Les Extradées

DU MÊME AUTEUR

Série de l'inspecteur Mike Donner

1. *Emorata – Pour quelques grammes de chair*, TheBookEdition, 2014
2. *Eunoto – Les noces de sang*, TheBookEdition, 2017
3. *Ilmoran – L'avènement du guerrier*, TheBookEdition, 2010
4. *Ilayok – Le berceau de la folie*, TheBookEdition, 2011
5. *Ilpayiani – Le crépuscule massaï*, TheBookEdition, 2012

Série du procureur Jemsen

1. *Le Miroir des âmes*, Slatkine & Cie, 2018 ; Le Livre de poche, 2019
2. *L'Ombre du renard*, Slatkine & Cie, 2019 ; Le Livre de poche, 2020
3. *L'Engrenage du mal*, Slatkine & Cie, 2020 ; Le Livre de poche, 2021
4. *Brume rouge*, Slatkine & Cie, 2022 ; Le Livre de poche, 2023
5. *Les Larmes du lagon*, Slatkine & Cie, 2022 ; Le Livre de poche, 2024

Diptyque du confinement

1. *Restez chez vous*, Slatkine & Cie, 2020
2. *Le Calendrier de l'après*, Slatkine & Cie, 2020

Titres indépendants

La Septième Vigne, TheBookEdition, 2013
Les Bouches, TheBookEdition, 2015
Horrora Borealis, TheBookEdition, 2016 ; Le Livre de poche, 2018
Heresix, Slatkine & Cie, 2021 ; Le Livre de poche, 2022
Le Philatéliste, Rosie&Wolfe, 2023 ; Rosie&Wolfe Poche, 2024

NICOLAS FEUZ

Les Extradées

– *ROMAN* –

ROSIE & WOLFE

Case Postale, 1211 Genève 3
www.rosiewolfe.com

ISBN 978-2-88973-065-0

« Être en prison pour un crime n'empêche pas de commencer un autre crime. »

Victor Hugo

Prologue

Estavayer-le-Lac, jour J

Nul cri n'est plus terrifiant que celui d'un parent qui survit à son enfant. Il colle aux tympans comme l'odeur du sang aux narines. La mémoire auditive devient aussi puissante que la mémoire olfactive.

Assis à l'arrière du SUV, perdu dans ses pensées et épuisé par les évènements des derniers jours, Norbert Jemsen regardait défiler le paysage sans vraiment le voir : une large étendue bleu marine sous les lueurs pastel de l'aube et, au premier plan, la végétation assez dense, floutée par la vitesse du véhicule de police. L'esprit du procureur vagabondait quelque part au milieu de ce décor impressionniste qui rappelait un peu Cézanne, entre formes éphémères et celles qu'on ne voyait pas. Entre lumière et néant.

Jemsen n'avait jamais entendu Flavie ou Tanja hurler leur douleur, mais il les avait souvent imaginées, pleurant à l'unisson, soudées dans la tourmente. Transposant sur elles les cris de ces mères et de ces pères qui avaient perdu un fils ou une fille, des cris entendus tant de fois au cours de ses missions dans les Balkans, quand la guerre faisait encore rage au Kosovo. Quand il était un autre, dans une autre vie.

L'ancienne vie de Jemsen le rattrapait parfois, comme le passé d'un prisonnier. Un moment hors du temps. Et à cet instant précis, le procureur redoutait d'entendre une nouvelle fois ce cri.

Un léger vent d'ouest irisait les flots et se faufilait à travers les roseaux, qui frémissaient à peine au passage du convoi. De temps à autre, des oiseaux dérangés par le bruit des moteurs s'envolaient en manifestant leur mécontentement.

Les trois voitures banalisées et les deux fourgons d'intervention avaient quitté Fribourg dans la nuit, contourné Payerne et traversé Estavayer-le-Lac encore endormi. Pare-chocs contre pare-chocs, ils roulaient à vive allure sur le chemin des Lacustres en direction d'Yverdon, au cœur de la Grande Cariçaie : cinquante kilomètres de chemins pédestres et cyclables qui s'étendaient sur la rive sud du lac de Neuchâtel, au cœur d'une réserve naturelle abritant le quart de la flore et de la faune suisses.

Ils passèrent à côté d'un volumineux bloc erratique au bord de la route, puis d'une station d'épuration qui détonnait complètement au milieu des arbres et de la nature sauvage. Le passager avant se tourna vers les trois occupants de la banquette arrière.

— Tenez-vous prêts, on arrive.

L'annonce tira Jemsen de ses pensées. Il regarda sa greffière au centre, puis le commissaire à sa gauche. L'air grave, épuisés eux aussi, Flavie Keller et Daniel Garcia étaient restés silencieux depuis le départ du convoi. À l'avant, le chauffeur – un policier fribourgeois dont le procureur avait oublié le nom – et, à sa droite, l'inspecteur vaudois Pascal Kneuss n'avaient échangé que des banalités pour meubler l'insupportable incertitude qui les accompagnerait jusqu'au bout du chemin. La tension des derniers jours n'avait rien de comparable à la prière qui brûlait maintenant toutes les lèvres : *pourvu qu'on n'arrive pas trop tard…*

Étrange panachage intercantonal que ce convoi : des enquêteurs neuchâtelois pour une affaire neuchâteloise, appuyés par des policiers vaudois et fribourgeois, parce que le lieu précis de l'intervention n'était connu que depuis une petite heure. Jusque-là, ils n'avaient acquis qu'une seule certitude : *la petite est dans la Broye.* Mais c'est grand, la Broye ! Des petites villes, des villages et des bleds surtout, perdus au milieu d'hectares agricoles à perte de vue. Des centaines de kilomètres carrés, historiquement morcelés entre les cantons de Vaud et de Fribourg, ce qui compliquait la procédure. Deux jours qu'ils cherchaient une aiguille, non pas dans une, mais dans deux meules de foin.

Le convoi bifurqua sur un chemin forestier en direction du lac et s'arrêta sous le couvert végétal. Les portières des fourgons coulissèrent en silence, libérant les hommes des deux groupes d'intervention, le GRIF fribourgeois et le DARD vaudois, fantômes vêtus de noir pour les premiers et de kaki pour les seconds, attirail lourd : casque, cagoule, tenue d'assaut, ceinture de charge, gants, bottes et armement.

Jemsen, Garcia et Flavie sortirent à leur tour de la voiture de queue, prenant garde à faire le moins de bruit possible. Kneuss les avait précédés et avait extrait du coffre des gilets pare-balles, qu'il leur tendit. Il avait déjà enfilé le sien et ajustait au niveau du biceps son brassard fluo sur lequel on lisait *POLICE* en lettres bien visibles.

Se contentant de gestes furtifs de la main et de simples échanges de regards, les policiers d'élite s'enfonçaient déjà en silence dans les sous-bois, slalomant entre les troncs et pilant les fougères. Les enquêteurs en civil leur emboîtèrent le pas. De temps à autre, un oiseau sifflait, annonce du réveil de la nature.

Une branche morte craqua soudain sous le poids d'un

spectre. L'homme de tête s'immobilisa aussitôt et leva le poing. Les fantômes se statufièrent, imités par ceux qui les suivaient.

La pénombre envahissait la forêt. Le feuillage était si dense que même en pleine journée, le soleil ne parvenait pas à le percer. À l'abri de la canicule des derniers jours, les sous-bois conservaient un peu d'humidité. Odeur terreuse de l'humus mêlée à celles, plus douces, de la mousse et des hautes herbes.

Les secondes s'égrenèrent.

Nouveau cri d'un oiseau.

Battement d'ailes invisibles.

Retour du silence.

Poing baissé.

Les fantômes reprirent leur progression silencieuse. Ils marchèrent à pas de loup jusqu'à une clairière en demi-lune, ouverte sur le lac. Au bord de l'eau, une cabane de pêcheur dont les couleurs se fondaient dans le paysage : murs en bois craquelé, vieux toit gris en fibres-ciment et volets bleus à la peinture écaillée.

Les spectres du GRIF et du DARD encerclèrent méthodiquement la cabane isolée, veillant à ne laisser aucun chemin de fuite à ses éventuels occupants, hormis celui du lac. Mais nul danger de ce côté-là : à l'unique ponton installé devant la petite maison, aucun bateau amarré.

Un groupe prit position devant la porte, armes prêtes à l'engagement. Un homme tenait un bélier et attendait le go.

Jemsen, Flavie, Garcia et Kneuss étaient restés en retrait à la lisière de la forêt. Ce dernier murmura à l'oreille du procureur :

— Ils attendent votre ordre.

Le magistrat n'avait jamais compris pourquoi, lors des assauts du Groupe d'intervention, le feu vert devait venir de lui. L'opérationnel n'était pas du ressort de la procédure pénale, mais quand un procureur se déplaçait sur le terrain, c'était ainsi. Il devenait le maître de la manœuvre et, en cas de coup dur, probablement aussi le responsable de son échec.

Jemsen se tourna vers sa greffière. Flavie comprit tout de suite ce qu'il attendait d'elle : son approbation. Depuis l'attentat dont il avait été victime, le procureur s'appuyait systématiquement sur elle quand une situation sortait de l'ordinaire. Elle était sa bouée de sauvetage, son garde-fou quand il flirtait avec la ligne rouge. D'un hochement de tête, Flavie approuva.

— Donnez le go, dit Jemsen.

D'un simple signe de la main, Kneuss transmit l'ordre au chef du GRIF, qui le répercuta à l'homme au bélier. D'un geste précis, celui-ci précipita le lourd rondin métallique contre la serrure. Le bois craqua, la porte s'ouvrit violemment et les spectres s'engouffrèrent dans la cabane.

Police !

Leurs cris résonnèrent aux quatre vents dans la clairière.

Police !

Sommations destinées à paralyser les éventuels occupants et à pallier toute velléité de résistance de leur part.

Le silence envahissait à nouveau les lieux depuis une bonne minute. Aucun coup de feu, ce qui était plutôt bon signe. Mais l'attente devenait insupportable.

— Des nouvelles ? finit par demander Garcia à Kneuss.

L'inspecteur vaudois tenait une radio dans sa main droite. Il hésita un instant, puis appuya sur le bouton de l'intercom.

— Aigle à aiglon, comment est le nid ?

Bref grésillement dans le haut-parleur, suivi d'une voix métallique :

— Le nid est sécurisé. Aucun complice.

— Et la petite ?

Kneuss sentit une hésitation chez son interlocuteur. Le

chef du GRIF portait d'ordinaire une double carapace: montagne de muscles d'acier sur le plan physique, imperméable à toute démonstration sentimentale sur le plan psychique. Pourtant, la seconde partie de cette carapace venait de voler en éclats. Kneuss le sentit au son de sa voix.

— On... on est arrivés trop tard.

— La fillette n'est plus là?

— Si, on l'a trouvée...

Au même moment, un homme du Groupe d'intervention sortit de la cabane. Il retira son casque et sa cagoule, son visage était livide. Le fantôme redevenu humain se précipita vers la barrière du porche et se pencha en avant pour vomir tripes et boyaux.

— Vous pouvez venir, reprit le chef du GRIF. Mais je vous préviens: ce n'est pas beau à voir.

La boule au ventre, Jemsen suivit Kneuss et Garcia en direction de la cabane. Flavie marchait à côté de lui, impassible. Il lui avait proposé de les attendre à la lisière de la forêt, mais elle avait refusé. Aucune scène de crime, prétendait-elle, ne pouvait plus l'atteindre depuis la mort de sa fille. Dans l'exercice de sa profession, disait-elle aussi, les morts devenaient de simples pièces à conviction. Question d'habitude. Mais à en juger par la réaction du chef du GRIF et de son homme, tous les deux pourtant rompus à ce genre de situation, le procureur en doutait.

Ils atteignaient l'entrée de la cabane quand, soudain, des voix s'élevèrent dans leur dos.

— Laissez-moi passer! criait un homme. Où est ma fille? Je veux voir ma fille!

Des membres du DARD l'empêchaient d'avancer. Quelques mètres derrière le cordon de sécurité, une dizaine de personnes observaient la scène. Jemsen devina dans leurs mains des blocs-notes, des appareils photos, des micros et des caméras.

— Merde, soupira Garcia. Comment sont-ils arrivés jusqu'ici ?

— Ils ont dû nous suivre, répondit calmement Kneuss. Restez là, je m'en charge.

L'inspecteur vaudois s'éloigna en direction du petit groupe contenu par les hommes en kaki. Il leur parla quelques secondes. L'homme qui avait crié semblait l'écouter, l'air hébété. Au fil des mots, son visage se décomposa.

Et là, le procureur entendit ce qu'il n'aurait jamais voulu réentendre : le hurlement d'un père qui venait de comprendre qu'il survivrait à son enfant. Une douleur incommensurable que les journalistes s'empressèrent d'immortaliser.

La prison

(Première partie)

1

Lonay, jour J-3

La cellule forte, le cachot, le mitard : peu importait, au fond, le nom qu'on lui donnait. Officiellement, la mesure visait à resocialiser un détenu récalcitrant avant de le remonter parmi les siens, parmi ceux dont, justement, la société ne voulait plus.

L'isolement cellulaire constituait l'ultime sanction, lorsque toutes les autres avaient échoué : avertissement, réprimande, perte de certains privilèges ou de certains droits, comme l'accès au travail, le pécule, la cantine, le sport ou la promenade commune.

Mais quand un détenu n'avait plus rien à perdre, la mesure revenait à déshumaniser un peu plus celui qui, déjà, n'était plus qu'un fauve aux yeux des humains.

Comme une lionne en cage, Tanja Stojkaj tournait en rond dans la pénombre du mitard. L'endroit lui était familier : une petite pièce exiguë de ciment et de métal, aucune fenêtre sur l'extérieur, un vague puits de lumière au plafond qui n'indiquait pas si, dehors, il faisait jour ou nuit. En prison, la notion du temps était relative ; en cellule forte, elle n'existait carrément plus.

Extradée depuis la Polynésie sur la base d'un mandat d'arrêt international émis par la Suisse sous son pseudonyme d'Alba Dervishaj, sa principale couverture quand elle travaillait encore comme agente infiltrée pour le compte de la police judiciaire fédérale, Tanja était arrivée à Lonay six mois plus tôt. Depuis son incarcération, elle avait connu plusieurs allers-retours entre sa cellule et le mitard. Entre son domicile et sa résidence secondaire, comme les agentes de détention appelaient cette antichambre de l'enfer, avec une pointe d'ironie mêlée de sadisme.

Note inexistante sur TripAdvisor: lit en béton coulé dans le sol, matelas en plastique d'une épaisseur de cinq centimètres, couverture aux taches douteuses, morve ou vomi. Au pied du lit, un trou creusé dans la dalle: les toilettes turques. Un rouleau de PQ posé à même le sol. Et la puanteur des canalisations.

Tanja ne sentait même plus les effluves d'excréments, ses narines s'y étaient habituées. Les odeurs de la prison, celles de la pisse et de la transpiration, étaient toutes acres, mais elles paraissaient bien suaves comparées à celle de la peur qui régnait en maître chez les détenues. Jusque dans la cour de promenade. « À l'air libre », comme disaient les surveillantes en plaisantant. Elles étaient les seules à rire.

Abandonnée dans un coin de la cellule, une bible à la couverture écornée et aux pages à moitié déchirées. Le seul livre autorisé au cachot. Peu de chance qu'il trouve grâce aux yeux de Tanja: pour elle, Dieu s'était à jamais noyé dans les eaux turquoise de Bora Bora.

Dans la pénombre, la lionne distribuait les coups. Ses pieds, ses genoux, ses coudes et ses poings fendaient l'air vicié, frappant inlassablement des ennemis imaginaires aux quatre coins de la cage. Elle pouvait presque sentir les chocs, entendre l'os d'un nez se rompre dans un cri de douleur, voir le sang gicler par les narines, les lèvres et les arcades sourcilières exploser, deviner le dernier souffle de l'adversaire étranglé par les cartilages de son cou écrasé.

Filiforme, presque anorexique, Tanja transpirait à grosses gouttes par tous les pores. Crâne rasé, muscles tendus à se rompre, saillants dans la vague source de lumière diffusée par le puits du plafond. Son cou et ses bras recouverts de tatouages tribaux, souvenirs de la maison d'arrêt Faa'a-Nuutania de Papeete. Des dessins gravés à jamais dans sa peau avec les moyens du bord, des objets introduits en douce dans la prison, parfois avec l'aide d'un gardien en échange d'une fellation : un peigne pointu en écaille de tortue fixé à un manche en bois, utilisé avec un maillet, et de l'encre à base de charbon de noix de bancoulier, diluée dans de l'huile ou de l'eau.

En Polynésie, chaque tatouage racontait l'histoire de la personne qui le portait. Pour Tanja, ils symbolisaient la vie éternelle de sa mère et de son fils, les deux êtres les plus chers qu'elle n'avait pas su protéger.

Les multiples visages du Mal croisés dans son ancienne carrière de policière apparaissaient à tour de rôle devant elle, fantômes furtifs qu'elle détruisait aussitôt les uns après les autres, avec une rage inépuisable. Elle était devenue une véritable machine à cogner, à broyer, à tuer.

Le dernier visage qui se matérialisa devant ses yeux fut le sien. Mais lequel ? Elle avait eu tant de fausses identités dans sa misérable existence qu'elle ne savait plus qui elle était vraiment, ni quel était son véritable nom. Depuis la mort des siens, elle errait de cage en cage comme une orpheline dont les parents adoptifs auraient changé le prénom, en perte totale de repères, incapable de remonter jusqu'à ses racines.

Pour ses employeurs, pour la cause en laquelle elle avait cru, elle était devenue tour à tour Monia la toxicomane, Lucille la flic des stups genevoise, Alba la prostituée albanaise et tant d'autres encore. Des rôles qu'elle avait investis comme l'aurait fait une actrice de théâtre ou de cinéma, au point de se confondre avec ses personnages fictifs, ses légendes, comme on disait dans le jargon policier.

Même l'État, qu'elle avait pourtant servi durant des années, avait oublié sa véritable identité. Son nom d'écrou : Alba Dervishaj, travailleuse du sexe, en situation illégale en Suisse et meurtrière, dans l'attente d'un nouveau procès suite à son extradition. Son premier jugement, rendu par défaut en raison de son évasion, avait été annulé, mais l'accusation d'enlèvement et de double homicide, certes commis dans des circonstances très particulières, demeurait valable. Et le verdict prononcé à l'époque par les juges donnait déjà une petite idée de ce qui l'attendait : dix ans de tôle.

Quand Alba vit le visage de Tanja flotter devant ses yeux, elle frappa si fort que son poing traversa son propre fantôme et s'écrasa contre la porte blindée de la cellule forte. Résonance métallique, rictus de douleur, cri de haine.

La lionne regarda sa patte ensanglantée. Les blessures de ses phalanges s'étaient rouvertes. La dernière fois qu'elle avait cogné, c'était contre une mâchoire et des pommettes bien réelles. L'autre détenue y avait laissé quatre dents et des traînées de sang dans la cour de promenade.

Une fois de plus, Tanja/Alba avait fini au mitard. Sans clopes ni médocs de contrebande. Et ça, c'était clairement le plus dur : ses combats simulés atténuaient à peine l'état de manque.

Le pêne claqua dans la serrure, la porte du cachot s'ouvrit, une ombre apparut dans l'encadrement. Silhouette en forme de poire surdimensionnée, signes évidents de malbouffe, jambes potelées que l'uniforme bleu marine, pourtant ample, ne parvenait pas à dissimuler. Bras aussi volumineux que les mollets. Cou de taureau et crinière qui rappelaient plus le dos hirsute d'une hyène que l'auréole majestueuse du roi des animaux.

Majo pour les détenues et sûrement pour les intimes. Vu le genre, Tanja se doutait que certaines de ses consœurs feraient bientôt partie des deux catégories, qu'elles soient d'accord ou pas.

Tanja ignorait le vrai prénom de la nouvelle responsable de son unité. Marjorie, peut-être. Ou Marie-José. Peu importait à vrai dire. Elle ne la connaissait que depuis ce matin, mais déjà, elle la détestait. Et Majo le lui rendait au centuple. Lors de sa première visite au mitard, la hyène avait balancé le plateau-repas sur le sol de la cellule, l'assiette avait glissé et s'était à moitié renversée. Aucun couvert. « T'as qu'à bouffer par terre, lui avait-elle craché à la figure, les bêtes font ça. »

Tanja n'avait pas réagi. Avec ce genre de personne, ça ne servait à rien. Entre détenues, on pouvait marquer son territoire. Avec les gardiennes, c'était inutile, un combat perdu d'avance. Et Tanja s'était fixé une règle : jamais elle ne toucherait une agente de détention, aussi désagréable fût-elle.

Majo s'avança dans la cellule et brailla :

— Suis-moi, Derviche ! Les vacances sont terminées. Tu rentres à la maison.

La maison, tu parles… Étage du dessus, unité 3, cellule numéro 4.

— C'est Dervishaj, répondit calmement Tanja en épongeant la sueur sur son visage d'un revers du bras.

— Qu'est-ce que tu veux que ça me foute, Derviche ! C'est imprononçable, comme tous les noms de ton putain de pays. Je t'appelle comme ça me chante. Allez, en route !

Dix jours… Déjà dix jours dans cette oubliette, à ne parler à personne, sauf à la gardienne responsable de l'unité qui passait trois fois par jour, à l'heure des repas. Seul repère temporel sous réserve du respect des horaires, ce qui n'était pas une garantie.

Fin de dix jours au mitard, fin de la sanction disciplinaire, fin de la peine dans la peine. Jusqu'à la fois suivante.

La lionne précédait la hyène dans un long couloir mal éclairé. Quand Tanja prit la direction de l'unité 3, Majo l'arrêta d'un petit coup de bâton dans le dos.

— Attends un peu, Derviche ! Tu rentres pas tout de suite te prélasser dans ta suite royale. On a une petite mise au point à faire. Tu prenais un peu trop tes aises, ici. Avec moi, ça va filer droit.

Elle tourna dans un autre couloir et prit le chemin de son bureau, suivie par Tanja qui, sur ses gardes, serra inconsciemment les poings.

2

Lonay, jour J-3

Une demi-heure plus tard, Majo déverrouillait la porte de l'unité 3 au moyen de son gros trousseau de clés, Tanja patientant à ses côtés. Une fois à l'intérieur, la gardienne accompagna la détenue jusqu'à la cellule numéro 5.

— C'est pas la mienne, fit remarquer Tanja.

— On a déménagé tes affaires, répondit froidement Majo.

— Pourquoi ?

— C'est une surprise.

Tanja entra dans la cellule numéro 5, en tout point semblable à la numéro 4 : porte donnant sur le coin lavabo et W.-C, séparé de la chambre par un petit muret à hauteur de taille, onze mètres carrés entre sol en béton coulé, murs et plafond en crépi blanchi. Au fond, une grande fenêtre verticale avec, derrière la vitre ouverte, les barreaux. Une petite table sur la droite, une seule chaise. Au-dessus, derrière un grillage, la télévision. Et à gauche, la seule chose qui différenciait la cellule 5 de la 4 : deux lits superposés.

Sur celui du dessous, une fille pleurait, recroquevillée en chien de fusil et secouée de petits spasmes, visage côté mur. À ses pieds, un gros sac de sport non encore ouvert. Aussitôt agacée par ces discrètes jérémiades, Tanja se tourna vers Majo, dont la carrure éléphantesque occupait tout le cadre de la porte. Elle lui demanda sur un ton suspicieux :

— C'est qui, cette nana ?

— Ta nouvelle coloc.

Tanja fronça les sourcils.

— Il est hors de question que je partage ma cellule avec une autre.

— C'est pas toi qui décides, Derviche.

— Dervishaj.

Sa langue s'apprêtait à ajouter *connasse*, mais le mot demeura dans son esprit.

— Ordre de la direction, reprit Majo. T'as pas le choix. C'est pas un hôtel, ici.

— Pourquoi je ne peux pas garder la cellule numéro 4 ?

— Parce qu'elle est occupée.

— Par qui ?

— Nikolic.

Tanja ouvrit de grands yeux étonnés.

— Steva ?

— Ouais, Steva. Pourquoi ? T'en connais une autre ?

— Pourquoi vous l'avez changée d'unité ?

— Ordre de la direction.

— Alors, vous n'avez qu'à mettre Steva avec cette fille.

Majo éclata d'un rire sonore.

— Pour qu'on retrouve la petite nouvelle avec les viscères dans la bouche demain matin ? Bonne idée, Derviche !

— OK, dans ce cas, vous n'avez qu'à demander à une autre fille de l'unité de jouer les nounous : Clem, Pilar ou Louise. Si cette nana vient d'arriver ici et que vous craignez un suicide, Louise sera parfaite pour gérer la situation. Moi, je n'ai pas l'âme d'un saint-bernard.

— Pourtant, il faudra bien.

— Je préfère encore la cellule forte.

Majo ricana et conclut d'un air suffisant :

— Ça viendra, Derviche, ça viendra. Mais pas cette nuit, chaque chose en son temps. Et tâche d'être un peu aimable avec Mlle Amey. Je n'aimerais pas lui découvrir des dents en moins demain matin au petit déjeuner. Allez, bonne nuit, les hamsters !

La gardienne referma la porte et la verrouilla à double tour.

Sans un mot, Tanja traversa la cellule et se dirigea vers la fenêtre. Belle soirée d'un été caniculaire, le soleil venait de se coucher et la chaleur encore présente dépareillait avec la fraîcheur du sous-sol. Dans la cour de promenade en contrebas, la pelouse avait jauni. Derrière les grillages de sécurité de la cour, le mur d'enceinte en béton gris, haut, froid, dépourvu de toute humanité. En son sommet, des barbelés rappelaient aux gens de l'extérieur l'existence de ce donjon moderne et de celles qui le peuplaient : ces âmes oubliées aux portes de l'enfer.

À l'intérieur du mur d'enceinte, des mots en gros caractères, alignés de manière désordonnée, donnaient peut-être de l'espoir à celles qui pouvaient aspirer à retrouver un jour la liberté : VERTIGE VILLE DÉPART TRAIN LUMIÈRE NUIT RÊVE SOUVENIR CHAGRIN HOMME FEMME ATTENTE RETOUR. Sûrement ce qu'on appelait le pourcent culturel des bâtiments étatiques, comme le palmier métallique qu'on avait érigé dans la cour de la prison de Gorgier. Plus ironique qu'artistique.

Et au-delà du mur, cette liberté, précisément, symbolisée par bien peu de choses : des immeubles d'habitation, quelques arbres, de temps à autre un train qui passait et le bruit lancinant de l'autoroute Lausanne-Genève.

Tanja fit volte-face, retraversa la pièce et se dirigea vers l'armoire à pharmacie qui surplombait le lavabo. Elle l'ouvrit, trouva sa trousse de toilette. À l'intérieur, un tube de dentifrice, mais pas le bon. Pas celui dans lequel elle avait aménagé un double-fond : sa cachette pour les médocs acquis au marché noir. Les matonnes avaient dû flairer le truc, mais Majo s'était bien gardée de le lui dire. Une autre surprise sadique dont les gardiennes dans son genre avaient le secret. La hyène devait maintenant se délecter en imaginant la scène, tranquillement assise derrière son bureau.

Tanja claqua nerveusement l'armoire et vint se positionner devant le lit à deux étages. La petite nouvelle lui tournait toujours le dos et continuait de pleurer. Tanja s'énerva.

— Dégage de là ! C'est mon lit. T'as qu'à prendre celui du haut.

La détenue se retourna lentement, affronta le regard noir de la lionne et comprit que cet animal sauvage ne plaisantait pas. Sans un mot, elle essuya ses larmes, se leva, prit son sac et monta par l'échelle sur le lit du dessus.

Appuyée contre la table, Tanja la regarda faire et l'évalua rapidement. Petit bout de femme, cheveux mi-longs, blonds, en pagaille, cinquante kilos maximum, pas sportive pour un sou, trente-cinq ou quarante ans. Un peu plus âgée qu'elle. Pas le profil type des détenues qu'elle avait croisées à Papeete ou à Lonay. La petite nouvelle dégageait une fragilité qui allait en faire une cible facile. Une coloc docile pour Tanja, une proie vulnérable pour les autres.

Sur ce coup-là, Majo avait raison : même si la nouvelle s'était promis de se blinder, Steva n'en ferait qu'une bouchée, quelle que soit sa détermination. À moins que l'autre pleurnicheuse ne tente de se suicider avant.

Tanja fit un brin de toilette sommaire au lavabo, pour se décrasser des dix jours de mitard et des exercices de combat auxquels elle s'était livrée ces dernières heures. La douche, elle n'y aurait droit que demain matin, avec les autres filles de l'unité. Puis elle soulagea sa vessie. Non sans mal.

Pas évident d'uriner quand on se retrouve dans la même pièce qu'une inconnue, sans porte séparant les W.-C. de la chambre. Rapide brossage de dents, brève évaluation de ses phalanges meurtries, coup d'œil dans le miroir.

Tanja regardait Alba ou inversement. Qui était la fille devant la glace? Et celle dans le reflet? Elle n'était pas sûre de le savoir et dut faire preuve de beaucoup de retenue pour ne pas fracasser le miroir d'un coup de poing.

Puis elle éteignit la lumière, gagna le lit et s'allongea sur les draps. Il faisait encore chaud, beaucoup trop chaud. Et au-dessus d'elle, l'autre ne cessait de gémir.

— Arrête de chialer, grommela Tanja. J'aimerais dormir.

Elle savait qu'elle n'y arriverait pas. Du moins pas tout de suite. Quelques minutes s'écoulèrent. La petite nouvelle retenait ses jérémiades. Tanja se l'imaginait, faisant des efforts pour pleurer en silence, le visage enfoui dans son oreiller. Elle reprit d'un ton sec:

— Et si tu descends pendant la nuit pour pisser, évite de faire trembler le lit. Parce que, si tu me réveilles, je ne réponds pas de ma réaction. T'as pigé?

Pas de réponse.

— T'as pigé ou pas?

— Oui…

Tiens, la nouvelle savait parler. Murmurer plutôt. Un *oui* si timide qu'il avait dû monopoliser toute son énergie vitale. Tanja en profita pour enfoncer le clou.

— Et si tu me la fais à l'envers, ce n'est pas de Steva dont tu devras avoir peur.

— Je… je ne comprends pas.

— Si tu me trahis…

— Pourquoi est-ce que je vous trahirais?

— Je ne sais pas. À toi de me le dire. Tu es flic?

— Non… bien sûr que non.

Tanja lâcha un sourire dans l'obscurité.

— Évidemment. Si tu étais flic, tu ne me le dirais pas…

— Mais je ne suis pas flic.

— Dans ce cas, tu peux dormir tranquille.

Tanja se tourna sur le côté et essaya de trouver le sommeil. Mais comme tous les soirs, les fantômes de sa mère et de son fils vinrent lui rendre visite. Elle savait que durant des heures, ils ne la lâcheraient pas.

Un train passa à proximité de la prison. Puis un autre. Et encore un autre. Repères temporels éphémères dans la nuit carcérale. Il y en aurait régulièrement jusqu'à minuit, puis de manière plus espacée jusqu'au petit matin. Et une nouvelle journée commencerait. Une de plus. Ou une de moins pour celles qui avaient en point de mire une date de libération. Mais pour Tanja, ce n'était pas le cas. Pas tant que les juges n'auraient pas décidé de son sort.

— Pourquoi pensez-vous que je pourrais être flic ? demanda la petite voix du dessus au terme d'un long silence.

— Parce que je connais leurs méthodes et qu'ils seraient capables de jouer à ce jeu-là pour me soutirer des informations que je n'ai pas envie de leur donner.

— Les flics font ce genre de trucs ?

— Tout est possible. C'est pour ça que jamais je ne prendrai le risque de te parler de ce qui m'a conduite ici. T'as pigé ?

— Je ne vous le demande pas.

— Et cesse de me vouvoyer, maugréa Tanja. C'est agaçant, limite malpoli. Moi, c'est Alba. Alba Dervishaj. Et toi ?

— Coralie Amey.

— Pourquoi es-tu ici ?

— Erreur judiciaire.

— Nous sommes toutes victimes d'une erreur judiciaire. Ici, il n'y a que des innocentes, victimes du système.

— Mon avocat m'a dit qu'il allait me faire sortir très rapidement.

Tanja ricana.

— Les avocats disent tous ça. Le mien aussi m'a dit ça… il y a six mois… J'attends toujours.

— Six mois ?

— Un bon conseil, Coralie, tiens-toi à carreau. Ne fais pas de vague, fonds-toi dans la masse des détenues et fais-toi oublier. Dans cet enfer, seules les ombres ne craignent pas les brûlures du soleil.

3

LONAY, JOUR J-2

Minuit passé, Coralie ne parvenait pas à trouver le sommeil. Les deux médecins qu'elle avait vus ces dernières quarante-huit heures, d'abord dans le cadre de sa garde à vue dans les locaux de la police, puis à son arrivée à Lonay, avaient voulu lui prescrire des anxiolytiques et des somnifères, mais elle avait refusé toute médication.

Jusqu'à sa discussion avec Alba, elle avait conservé l'espoir et sa foi en les mots bienveillants de son avocat commis d'office. Le Tribunal des mesures de contrainte – le TMC, comme ils disaient – avait ordonné sa mise en détention provisoire pour une durée de deux mois, mais son défenseur avait été catégorique : dès le lendemain matin, il déposerait un recours auprès du Tribunal cantonal et demanderait sa libération immédiate. Avec, toujours selon l'homme de loi, de grandes chances de succès.

Après tout, Coralie n'avait ni tué ni blessé personne. Elle n'avait pas vendu de drogue ni volé quoi que ce soit à qui que ce soit. Elle n'avait fait aucun mal et avait agi au plus près de sa conscience, dans les limites de ce qu'elle considérait comme son bon droit et son devoir. Une forme de légitime défense. Ou d'état de nécessité.

Six mois…

Les mots de cette femme, Alba, résonnaient dans son esprit. Pourquoi diable l'avait-elle écoutée ? Au plus profond d'elle-même, Coralie était convaincue qu'elle n'avait rien en commun avec sa codétenue. Alba était une criminelle, elle non. Alba se disait innocente, tout comme Coralie, mais elle cachait à l'évidence des choses à la police. Et Coralie ? Certes, elle non plus n'avait pas tout dit aux enquêteurs, mais elle leur avait expliqué ses raisons. En toute bonne foi.

Six mois…

Les inspecteurs, le procureur et le juge du TMC l'avaient écoutée et avaient retranscrit fidèlement ses paroles dans le procès-verbal. Elle avait cru déceler de l'empathie chez ses interrogateurs, mais ils l'avaient quand même arrêtée et envoyée en prison. Et si les juges cantonaux suivaient le même raisonnement ?

Six mois… Impossible.

La justice pouvait-elle se tromper à ce point sans que quiconque n'intervienne ? Alba avait semé un doute dans son esprit : et si son avocat avait tort ? Et s'il échouait ?

Coralie aurait voulu poser des dizaines d'autres questions à sa codétenue, qui semblait en connaître un bout sur le fonctionnement de la chaîne pénale. Mais en dessous d'elle, Alba dormait. Coralie entendait ses ronflements ; en réalité assez discrets, ils prenaient une tout autre dimension dans le silence pénitentiaire.

Toutefois, Alba ne dormait pas du sommeil du juste. De temps à autre, elle cessait de respirer, s'agitait en faisant trembler le lit et bafouillait quelques mots à peine audibles, incompréhensibles. Au milieu de ce charabia, Coralie crut deviner un prénom – *Loran* – suivi d'une longue complainte. Puis Alba se remit à respirer plus calmement et finit par ronfler à nouveau. Jusqu'au cauchemar suivant.

Coralie avait vite compris que, cette nuit, elle ne dormirait pas. Sans faire de bruit, elle se redressa dans son lit et descendit discrètement par l'échelle, puis elle se dirigea sur la pointe des pieds vers la fenêtre ouverte. L'air était irrespirable dans la cellule, elle espérait trouver un peu de fraîcheur mais dut vite déchanter. Aucun souffle ne se faufilait entre les barreaux, il faisait presque aussi chaud que dans l'après-midi. Le lendemain promettait une nouvelle journée caniculaire avec, peut-être, des orages en début de soirée.

D'ordinaire, Coralie n'aimait pas l'orage. Depuis toute petite, elle en avait peur. Mais là, en cet instant précis, elle aurait aimé que le vent se lève, que le ciel se déchaîne et se déchire en puissants éclairs, gronde et craque à rompre les tympans, lâche des trombes d'eau dans la cour et sur les toits. Elle imaginait la pluie ruisseler le long de la façade, ses mains tendues à l'extérieur, son visage collé contre les barreaux, les gouttes se mêlant à ses larmes. Et la température chuter brutalement : une dizaine de degrés en moins.

Pour ne plus étouffer, ne plus suffoquer. Sauf sous le poids de l'injustice.

Soudain, un cri retentit au cœur de la nuit. Coralie sursauta et se tourna d'un bloc vers Alba. Sa codétenue dormait. Le cri ne provenait pas d'elle, mais d'une cellule voisine. Même bloc, même étage, même unité.

Coralie se tourna à nouveau vers la fenêtre et s'approcha au plus près des barreaux, mais elle ne pouvait voir que la cour plongée dans l'obscurité. Aucun rai de lumière qui aurait indiqué une lampe allumée dans une cellule voisine, ni à droite ni à gauche.

Pourtant, Coralie était convaincue que ce cri ne provenait pas d'un cauchemar. C'était celui d'une personne qui souffrait. Elle entendit une vague complainte, puis les suppliques se transformèrent en pleurs, de plus en plus faibles. Et le silence revint.

Coralie hésita. Elle regarda Alba qui continuait de dormir, puis l'interphone, cette petite plaque murale grise et métallique à côté de la porte, avec un bouton et une grille protégeant le micro et le haut-parleur. Chaque cellule en était dotée, mais Majo avait été claire avec elle : abuser des appels intempestifs était passible de sanctions disciplinaires. Chaque détenue était responsable de ce qui se passait dans sa cellule et n'avait pas à se mêler de la vie des autres. Sauf s'il y avait péril en la demeure.

Les images tournaient en boucle dans l'esprit de Coralie. Depuis qu'elle était arrivée ici, elle avait entendu le médecin de la prison parler de déni et de risque de suicide. Pourtant, elle n'avait aucune intention d'attenter à ses jours, même si sa vie s'était effondrée depuis plusieurs mois. Elle ne pouvait pas se le permettre, parce qu'elle n'était pas seule. Dehors, quelqu'un l'attendait. Un être cher, le moteur de sa vie.

Le risque de suicide était beaucoup plus élevé en prison qu'à l'extérieur. C'était un fait et les statistiques, imparables, parlaient d'elles-mêmes. Coralie le savait et imaginait la détenue qui venait de crier.

Et si elle avait fait une bêtise ? Si elle ne parvenait pas à atteindre l'interphone ? Ou si, tout simplement, elle n'en avait pas envie ?

Coralie s'approcha d'Alba, posa délicatement une main sur son épaule, la secoua doucement et chuchota :

— Alba…

Aucune réaction. Elle insista un peu.

— Alba, réveille-toi…

Sa codétenue grogna, ses yeux clignèrent, s'entrouvrirent, puis d'un coup, s'ouvrirent tout grands. En moins de temps qu'il ne faut pour le dire, Coralie fut emportée par un ouragan. La lionne la saisit à la gorge, bondit hors du lit et la précipita violemment contre la table. Coralie sentit le choc du bois dans le bas de son dos, une vive douleur, elle voulut crier mais aucun son ne sortit de sa trachée obstruée. À moitié couchée sur la table, elle sentait l'avant-bras d'Alba lui écraser la glotte si fortement qu'il menaçait de lui briser le cou, et voyait son autre bras levé au-dessus de sa tête, le poing fermé, prêt à s'abattre.

Alba affichait un regard bestial, ses yeux noirs exorbités comme si elle avait pris de la drogue. Mais elle retenait son coup, semblant chercher à analyser la situation et à comprendre ce qui se passait.

— C'est... moi, Coralie, gémit cette dernière. Ce... n'est... que moi...

Reprenant ses esprits, la lionne comprit que le fantôme qui l'attaquait était finalement inoffensif. Elle relâcha la pression de son avant-bras, baissa son poing et cria :

— Mais qu'est-ce que je t'ai dit, espèce de connasse ! T'es stupide ou quoi ? Tu veux mourir ?

— Non...

— Alors, qu'est-ce que tu fous ? Pourquoi tu me réveilles ?

— Quelqu'un a crié...

D'un geste énervé, Alba dégagea son bras de la gorge de sa codétenue et s'éloigna en soupirant.

— Et alors ? Ça arrive toutes les nuits, ici. Va falloir t'y habituer, ma belle !

— Mais...

— Il n'y a pas de *mais*. Fous-moi la paix et rendors-toi !

— Je n'y arrive pas.

— Dans ce cas, fous-moi la paix, tout court ! Et oublie ça. C'était sûrement Louise et ses douleurs. Ou Clem sur le point d'accoucher.

— D'accoucher ? s'exclama Coralie horrifiée, à moitié incrédule.

Alba soupira.

— Ben ouais, qu'est-ce que tu crois ? C'est pas parce que t'es enceinte que tu ne peux pas finir en tôle. Un moussaillon dans la cale, c'est pas une carte « sortie de prison ».

— Mais c'est affreux…
— Va dire ça à son ex-mari qu'elle a tenté d'assassiner.

Les deux détenues avaient à peine regagné leurs lits que le cri se répéta.
— Tu as entendu ? demanda Coralie.
— Ouais, c'est Louise.
— Qu'est-ce qu'elle a ?
Alba n'eut pas le temps de répondre. Des voix s'élevèrent et traversèrent le réfectoire commun de l'unité, résonnant par les portes des cellules.
« Ferme ta gueule, la vieille ! » cria une détenue.
Une autre prit la défense de Louise.
« Va te faire foutre, Steva ! *Hija de puta !* »
La joute verbale aux accents hispanique et balkanique monta en puissance, passant d'injures en menaces de mort, puis on entendit une clé tourner dans une serrure, une porte s'ouvrir, des pas de charge dans l'unité et les voix des gardiennes. Coralie reconnut celle de Majo, qui hurlait encore plus fort que les deux détenues. Déverrouillage d'une cellule, nouveaux cris, bruits de lutte, nouvelles injures en serbo-croate, frottements de vêtements traînés sur le sol, vociférations.
« Pourquoi vous m'emmenez, moi ? Pourquoi pas elle ? Bande de chiennes ! »
Les frottements s'éloignaient dans le couloir, la voix aussi.
« Tu vas crever, l'Espagnole ! Tu m'entends ? J'arracherai tes petites lèvres avec mes dents et je te les ferai bouffer ! »
Claquement de porte, bruits de clé, retour au calme.
— Qu'est-ce qui s'est passé ? murmura craintivement Coralie.
— Steva et Pilar, répondit Alba. Elles sont comme chien et chat. Cette histoire va très mal se terminer. Et je ne parierais pas sur Pilar. Là, elle a obtenu un sursis : Majo et les autres matonnes ont emmené Steva au mitard pour le reste de la

nuit. Voire pour deux ou trois jours, avec un peu de chance. Mais elles ne pourront pas indéfiniment les séparer. Tôt ou tard, elles se recroiseront. Et là…

— Mais c'est qui, cette fille ? demanda Coralie, inquiète.

— Steva Nikolic ? Qui elle est n'a pas grande importance. Ce qu'elle a fait non plus. Son pays réclame son extradition, mais la Suisse ne semble pas pressée de s'en débarrasser. En attendant, la seule chose que tu dois retenir si tu veux survivre, c'est qu'il n'y a que deux vrais dangers dans cette prison : Steva et la porte rouge.

— La porte rouge ?

Après un petit silence, Coralie entendit Alba soupirer, comme si elle regrettait d'avoir trop parlé.

— Laisse tomber, ma belle. Quoi qu'en dise ton avocat, m'est avis que t'auras tout le temps de découvrir chaque recoin de cet hôtel cinq étoiles. Maintenant, essaie de dormir un peu. Le soleil va bientôt se lever.

4

Lonay, jour J-2

Comme tous les matins à sept heures tapantes, rituel des clés. Depuis qu'elle était la surveillante responsable de l'unité 3, Majo semblait prendre son pied à frotter son trousseau contre les portes des cellules. Cliquetis métalliques assourdissants, réveil brutal.

— Debout les hamsters ! cria-t-elle avec un plaisir non dissimulé. Vous connaissez la consigne par cœur, pas d'embrouilles !

On entendit les portes des cellules s'ouvrir les unes après les autres, une vague protestation en espagnol, puis vint le tour de la numéro 5. Le loquet du judas glissa, puis la voix de la matonne gronda à travers la porte :

— Derviche ! Tu expliques à la nouvelle ou je dois le faire moi-même ?

À moitié assommée par un début de migraine, Tanja se leva et secoua sa camarade du dessus.

— Lève-toi.

Les paupières lourdes, les yeux mi-clos encore rougis par les larmes qui n'avaient pas tari du reste de la nuit, Coralie ronchonna dans un demi-sommeil.

— J’ai pratiquement pas dormi, laisse-moi un peu de temps.

— Tu n’en as pas.

— Quoi ? Mais…

— C’est comme ça, ici. Jamais de grasse mat’.

Au ton péremptoire de sa codétenue, Coralie comprit qu’elle n’avait pas le choix. Elle obéit et descendit l’échelle comme un zombie.

— Fais comme moi, reprit Tanja. Et ne bouge pas.

Coralie l’imita. Les deux femmes se tinrent debout, côte à côte, presque au garde-à-vous devant la fenêtre, en faisant face à la porte afin que Majo puisse voir qu’elles ne lui réservaient aucune mauvaise surprise. Mesure classique de sécurité.

Bruit de la clé dans la serrure, claquement du pêne, ouverture de la porte, carrure difforme de la hyène dans le cadre.

— C’est pas trop tôt, j’ai failli attendre. Que ça ne se reproduise pas demain matin ! Compris, Amey ? Sinon, tu vas goûter au mitard.

Coralie avala péniblement sa salive.

— Elle a compris, répondit Tanja à sa place.

— C’est pas à toi que je parle, Derviche.

— J’ai compris, murmura Coralie en baissant les yeux.

— Parfait. Maintenant, au karcher !

La salle des douches était assez vétuste. On aurait dit un vieux gymnase soviétique de l’après-guerre. Du carrelage usé qui, au jour de la construction, devait être blanc. Des bacs individuels pourvus de rideaux jaunâtres, pommeau accroché au mur, calcaire bouchant la moitié des trous, jet puissant qui arrachait la peau.

Coralie imaginait les bactéries qui devaient grouiller au niveau des jointures et remonter par la tuyauterie à moitié rouillée.

Escortées par Majo, les cinq détenues en short et tongs, portant leurs serviettes et bouts de savon, avaient marché en silence, l'une derrière l'autre dans le couloir. Coralie avait observé les trois inconnues. En fonction des indications d'Alba, elle avait rapidement mis un nom sur chacune d'elles.

Clem, une jeune femme de type européen aux longs cheveux noirauds, la trentaine, propre sur elle et en bonne condition physique, enceinte de plusieurs mois.

Pilar, de type plus latino qu'hispanique, grande maigre aux cheveux ébène, coupe rasta, impossible de lui donner un âge mais elle avait à l'évidence passé la quarantaine, un corps aux restes athlétiques qui pouvait faire penser à une ancienne sprinteuse jamaïcaine, la peau ridée plus grise que café au lait, des yeux injectés qui trahissaient une consommation régulière de stupéfiants ou de médicaments.

Et Louise. Que dire de Louise ? Elle avait créé un véritable électrochoc dans le cerveau de Coralie. Louise était le portrait craché de sa défunte maman. Coralie aurait presque cru voir la jumelle de sa mère, mais elle savait que cette dernière était enfant unique. Coiffure à l'identique, un chignon blanc sur la tête, des yeux bleus fatigués, la soixantaine et la même démarche : chaque pas semblait une épreuve pour elle et lui arrachait des rictus de douleur.

L'eau piquait la peau et ruisselait sur le corps de Coralie, qui ne parvenait pas à effacer de son esprit l'image de Louise. Elle revoyait sa mère aux soins palliatifs, à La Chrysalide à La Chaux-de-Fonds, cette antichambre de la mort où nombre de malades en fin de vie tentaient de partir dans la dignité. Cancer du pancréas, saloperie sans espoir, déclin rapide, trois mois entre le diagnostic et le décès, trois mois d'enfer avant la délivrance, pour Coralie et pour sa mère.

— Deux minutes ! cria la hyène depuis l'entrée du local des douches. Il vous reste deux minutes, les hamsters. Pas une de plus. Sinon, les plateaux de petit déj repartent en cuisine.

— Va te faire foutre, grommela Pilar dans la cabine voisine.

— Qu'est-ce que t'as dit, Feliz? s'énerva la gardienne.
— Rien cheffe, je parlais à Alba.
— OK, je préfère ça. Mais une injure reste une injure. Plus que trente secondes pour toi, Feliz.
Coralie entendit la Jamaïcaine soupirer.

La vie en prison exigeait une grande discipline, le temps était régulé comme une montre suisse, même si, entre deux échéances, il pouvait parfois s'écouler au rythme d'un sablier à moitié obstrué. Réveil, douche, petit déjeuner. Ensuite, le travail en atelier ou en cuisine pour celles qui y avaient droit. Le nombre de places était limité et la priorité était donnée aux exécutions de peines, puis aux prévenues en attente de jugement, en fonction de la chronologie des arrivées dans l'établissement ou du risque de collusion. Les détenues de l'unité 3 n'y avaient pas droit.

Pour elles, c'était l'enfermement vingt-trois heures sur vingt-quatre. Deux fois trente minutes de promenade par jour, le matin et l'après-midi. Le sport, trois fois par semaine. Et avec un peu de chance, si une personne de l'extérieur en faisait la demande et que le procureur en charge de l'affaire l'autorisait, une visite au parloir.

La prison de Lonay présentait toutefois un avantage par rapport à bon nombre de prisons pour hommes : durant la journée, l'enfermement ne se passait pas en cellule individuelle, mais dans la salle commune de l'unité. Les détenues pouvaient y partager les repas et d'autres activités, comme des jeux de société.

Les cinq femmes prirent place à la table au centre du réfectoire, entourée de quatre cellules aux portes ouvertes. La cinquième demeurait verrouillée en raison de l'absence momentanée de sa pensionnaire : Steva.

Sur la table, cinq plateaux-repas à l'identique : du café, du pain, du beurre, de la confiture, un yogourt et une pêche. Sur chaque plateau, un petit couteau en bois à bout carré, totalement inoffensif.

Les cinq femmes mangèrent en silence. Louise ne toucha pratiquement pas à son petit déjeuner, Pilar tira le plateau de la vieille femme sans rien lui demander et s'envoya une double ration, sous les yeux étonnés de Coralie. Les trois autres ne bronchèrent pas. La Jamaïcaine dévora une seconde tartine tout en grattant ses dreadlocks de sa main libre, et ronchonna, la bouche à moitié pleine :

— Cette pute de Majo ne m'a pas laissé le temps de me rincer correctement les cheveux. Un jour, je vais...

— Tu ne vas rien lui faire, coupa Tanja.

— Elle mériterait pourtant.

— Peut-être, mais tu ne la touches pas. Sinon, on ramasse toutes.

Pilar termina sa dernière bouchée puis alluma une cigarette, soufflant la fumée dans toutes les directions. Aussitôt, Clem se leva en tenant son ventre arrondi et se dirigea vers sa cellule. Pilar ricana en la regardant s'éloigner et lui lança :

— C'est pas la clope qui va le tuer, ton môme !

— Laisse-la tranquille, dit Louise.

Pour toute réponse, la Jamaïcaine cracha la fumée en direction du visage de la vieille femme qui ferma les yeux mais ne réagit pas.

— Arrête tes conneries, intervint Tanja. Et va plutôt chercher mes friandises. J'espère que t'en as encore...

— Ça dépend. T'as de quoi payer ?

— Est-ce que je t'ai déjà escroquée ?

Pilar tira deux autres bouffées, posa sa cigarette allumée sur le bord de son plateau et se leva. Elle disparut dans sa cellule, revint quelques secondes plus tard et déposa devant Tanja un petit sachet en plastique zippé contenant des médicaments.

— Tu me dois deux cents.

Tanja ouvrit de grands yeux étonnés et lui jeta un regard noir.

— Tu déconnes ? C'est pratiquement le double de d'habitude.

— Problème d'approvisionnement. Si tu ne les veux pas, aucun souci, je trouverai une autre acquéreuse dans la cour de promenade.

Tanja lâcha un juron en albanais et empocha les Rivotril de contrebande.

Selon les indications du médecin de la prison, Clem s'était recouchée dans son lit. Pilar avait suivi Tanja dans sa cellule pour finaliser la transaction. Une fois seule avec Louise, Coralie lui avoua :

— Je vous ai entendue crier, cette nuit.

La sexagénaire lui sourit tendrement.

— Ne me lance pas du *vous*, s'il te plaît. Je vais avoir l'impression d'être encore plus vieille que je ne le suis. Ici, on se tutoie toutes. Et désolée si je t'ai réveillée.

— Pourquoi as-tu crié ?

— À cause du crabe.

— Du crabe ?

— Cancer, phase terminale.

Coralie sentit son cœur se briser une nouvelle fois ; elle revit sa mère et ses atroces souffrances, La Chrysalide et, enfin, la délivrance.

— Ils ne te soignent pas, ici ?

— Ils ont essayé. Mais il n'y a plus rien à faire.

— Dans ce cas, pourquoi ils ne te libèrent pas ? C'est dégueulasse…

— Parce que j'ai pris perpète.

— Mais il existe des remises de peine dans ce genre de situation, non ?

— Pas pour moi.

— Pourquoi ?

— Parce que je suis un monstre…

Louise

Les Portes du Soleil, 31 décembre 1999

Peu avant minuit, la foule descendait la route des Frasses en direction du centre de Châtel. Au cœur du domaine skiable des Portes du Soleil, la petite station française s'apprêtait, comme tous les autres pays du même méridien, à passer le cap de la nouvelle année. Dans l'esprit des gens, cette date marquait aussi le passage au nouveau millénaire, curieux mélange de liesse populaire et d'appréhension : sur toutes les lèvres, on lisait la question du bug de l'an 2000.

Les feux d'artifice promettaient d'être à la hauteur de l'évènement. Une nuée de touristes s'était amassée sur la place proche de l'église, le long des commerces et des chalets de montagne, tous souriaient, attendant le clou de la soirée, emmitouflés dans des habits chauds, avec gants et bonnet.

Le regard vide et le pas chancelant, une femme errait seule au milieu de la foule. Elle abordait les passants, répétant inlassablement d'une voix sans timbre, à la manière d'un robot :

— Vous avez vu mes enfants ?

Certains lui faisaient comprendre par des gestes de la main, l'air navré, qu'ils ne parlaient pas le français.

D'autres lui répondaient poliment que non et s'éloignaient. D'autres encore, ayant observé son étrange manège, cherchaient à l'éviter ou, quand ils ne le pouvaient pas, lui disaient un peu agressivement qu'elle ferait mieux d'arrêter de boire.

Elle finit par attirer l'attention de deux policiers municipaux, qui se positionnèrent devant elle. Elle les regarda tour à tour sans vraiment les voir, puis leur demanda d'une petite voix :

— Comment vont mes enfants ?

La police municipale de Châtel et la gendarmerie nationale partageaient le même bâtiment, un beau chalet au socle de pierres apparentes et aux étages boisés, arborant les drapeaux de la commune et de l'État français.

Quelques dizaines de minutes plus tard dans les locaux surchauffés, en marge du centre du village et de l'effervescence, les deux policiers n'avaient toujours pas réussi à obtenir le nom de la femme interpellée. Elle n'était en possession d'aucun document d'identité et ne semblait réceptive à aucune question.

— Où habitez-vous ?

— Je ne sais pas. Vous avez vu mes enfants ?

Les policiers l'avaient fait souffler dans un éthylomètre. Pas d'alcool dans le sang.

— Vous avez consommé de la drogue ?

Pas de réponse.

— Des médicaments ?

Bref silence, suivi d'un murmure à peine audible :

— J'espère qu'elles vont bien.

Les policiers se regardèrent et s'éloignèrent de quelques mètres, la laissant sur une chaise, complètement avachie. Sans la quitter des yeux, ils évoquèrent différentes options, relevèrent ses empreintes digitales et, avec la collaboration du poste de gendarmerie voisin, les comparèrent avec le FAED, sans succès. En désespoir de cause, ils prirent finalement une photographie de son visage qu'ils envoyèrent à tous les postes de police et de gendarmerie avec lesquels ils avaient l'habitude de collaborer.

Une réponse positive tomba peu après minuit. Elle émanait de la police cantonale valaisanne, poste de Monthey, en Suisse voisine.

Le col du pas de Morgins marquait la frontière entre la Suisse et la France. Aucun poste de douane, un simple panneau au bord de la chaussée verglacée, qui annonçait le passage d'un pays à l'autre. En contrebas de la route, le petit lac de Morgins avait disparu sous la neige.

Comme convenu entre policiers suisses et français, le contact se fit au milieu de la nuit. La femme fut discrètement transférée de la voiture de la police municipale de Châtel à celle de la gendarmerie valaisanne.

Avant de se quitter, les policiers des deux pays échangèrent quelques mots.

— Pourquoi est-elle recherchée chez vous ?

— Enlèvement d'enfants. Juste avant Noël, son mari a obtenu la garde exclusive de leurs deux filles. Mais elle a refusé de se plier à la décision du tribunal de Sion. Il y a huit jours, il a porté plainte contre elle.

— Pas de mandat d'arrêt international ?

— Non, notre juge d'instruction ne l'a pas estimé utile pour le moment.

— Tant mieux. Dans ce cas, comme convenu par téléphone, nous indiquerons dans notre rapport qu'elle a regagné la Suisse à pied, libre et de son plein gré.

— Nous ferons la même chose. Notre rapport mentionnera qu'on l'a interpellée sur le sol suisse, alors qu'elle était en train de cheminer le long de la route entre la frontière et le village de Morgins. Franchement, c'est mieux. Je suis pas contre éviter une procédure formelle d'extradition.

— Et toute la paperasse qui va avec. Merci de votre compréhension, les gars.

— Merci à vous deux. Sans ça, on devrait attendre plusieurs semaines avant de pouvoir lui mettre la main dessus.

Le policier français soupira.

— Plusieurs mois, tu veux dire. Tu sais ce que c'est, chez nous. Même si elle donne son accord à l'extradition, il faut attendre la signature du Premier ministre sur le décret. Avec Lionel Jospin, ça peut prendre jusqu'à six mois, crois-en mon expérience.

— Encore mille fois merci, les gars. On est d'accord, ce transfert n'a jamais eu lieu. Reste plus qu'à espérer que Louise Brossard n'en parlera pas à son avocat ou au juge d'instruction.

— Vu son état, c'est fort peu probable qu'elle se souvienne de quoi que ce soit. Elle a l'air complètement barrée.

La voiture de la gendarmerie valaisanne redescendit prudemment en direction de Morgins, sur la chaussée glissante. À l'arrière, menottée les mains dans le dos, Louise chantonnait une comptine, le regard perdu dans le paysage hivernal qui défilait à travers la vitre du véhicule. La neige alourdissait les branchages des sapins et des feuillus et recouvrait tout le reste, y compris l'asphalte qu'on ne voyait plus.

Peu avant l'entrée du village, quelques fermes d'alpage et des chalets isolés.

— Mes enfants ! cria soudain Louise.

Surpris, le conducteur jeta un coup d'œil dans le rétroviseur central. Le passager se retourna.

— Quoi, vos enfants ?

— Je veux leur dire bonne nuit.

— Où sont vos filles, Louise ?

— Là !

Elle désigna du menton un immeuble locatif sur la gauche de la route.

— Où ça, là ? insista le gendarme.

Louise ne répondit pas. Elle fixait l'immeuble avec un sourire béat, presque un sourire de soulagement, comme si elle avait enfin retrouvé celles qu'elle cherchait depuis des heures.

— OK, tourne là, dit le passager au chauffeur en indiquant un petit chemin de traverse qui menait devant la bâtisse.

Le véhicule de la gendarmerie bifurqua et s'arrêta devant la porte de l'immeuble. Le passager se tourna une nouvelle fois vers l'interpellée.

— Vos filles sont là, Louise ?

— Oui. Je veux leur dire bonne nuit.

Les deux gendarmes se regardèrent, un peu incrédules. Des jours qu'ils cherchaient à localiser ces enfants pour les rendre à leur père, sans succès. Toutes les pistes s'étaient soldées par un échec.

Sans vraiment y croire, le passager dit :

— D'accord, Louise. On y va.

Les trois occupants du véhicule sortirent dans le froid et marchèrent jusqu'à la porte d'entrée de l'immeuble. Celle-ci n'était pas verrouillée malgré l'heure tardive. Ils entrèrent dans le hall, encore illuminé par des décorations de Noël. Un des gendarmes regarda rapidement les étiquettes sur les boîtes aux lettres, mais n'en vit aucune au nom de Louise Brossard. Certaines n'affichaient toutefois aucun nom, comme c'était souvent le cas des résidences secondaires ou des appartements de location.

Toujours menottée, Louise marchait devant les gendarmes et se dirigeait déjà vers l'escalier. Sans un mot, ils la suivirent à travers les étages et elle finit par s'arrêter devant une porte palière du quatrième.

— C'est là ? demanda un des gendarmes.

— Oui. Je veux leur dire bonne nuit.

Le second gendarme actionna la poignée de la porte, qui n'était pas verrouillée et s'ouvrit. Louise le précéda, à la limite de le bousculer, et s'engouffra dans l'appartement telle une enfant espiègle. Elle alla directement se placer devant la porte d'une chambre et s'arrêta net, impatiente, comme attendant qu'on lui permette d'entrer. Le gendarme la rejoignit, ouvrit la porte et alluma la lumière.

Au centre de la pièce, trônait un grand lit. Les filles étaient là.

— Ah, elles vont bien, soupira Louise d'un air soulagé.

Le second gendarme arriva à son tour et se figea à côté de son collègue médusé.

— Louise…, balbutia-t-il. Qu'avez-vous fait ?

— Je les ai aidées à s'endormir. Regardez comme elles sont belles. De vrais petits anges. Et dire que leur papa voulait me les enlever…

Couchées côte à côte, Delphine Brossard, sept ans, et Marie Brossard, cinq ans, reposaient sur le dos, l'air apaisé. Sur la tête de chacune, un sac plastique maintenu autour du cou par de la ficelle. À travers le plastique transparent, on devinait leurs yeux et leur bouche grands ouverts, le teint violacé de leur visage. Louise avait disposé leurs mains en croix sur la poitrine.

— De vrais petits anges, répéta-t-elle, de l'amour plein le regard.

5

Lonay, jour J-2

Parce que je suis un monstre…

La phrase de Louise résonnait encore dans l'esprit de Coralie, qui demeura abasourdie au terme du récit de la vieille femme. Elle entendit à peine le sosie de sa mère résumer l'instruction qui avait suivi son arrestation, l'audience de jugement de trois jours, le lynchage médiatique et populaire qui avait anticipé le verdict : réclusion à vie.

— Bien peu de chose comparé à la perte de mes filles, conclut Louise avec un sourire empreint de tristesse. Je les ai assassinées, c'est tout ce que je méritais.

— Mais enfin… D'après ce que tu m'as raconté, tu n'étais pas dans ton état normal, dit Coralie, encore sous le choc du récit de Louise. Le tribunal n'a retenu aucune circonstance atténuante ?

— Aucune. J'ai été jugée pleinement responsable de mes actes.

— Comment est-ce possible ? demanda Coralie, qui ne pouvait s'empêcher de ressentir de l'empathie pour cette femme malgré l'horreur de son crime.

En contemplant ce visage défait dont la souffrance

faisait peine à voir, elle voyait sa mère, et cela la bouleversait.

— Mon avocat a eu la même réaction que toi quand il a lu le rapport d'expertise psychiatrique, qui minimisait totalement mon état psychique le soir du drame et les jours qui ont suivi, répondit Louise. Mais il faut savoir qu'à l'époque, l'expert s'est bien gardé de révéler autre chose : il était l'un des meilleurs clients de mon encaveur de mari. Et ça, mon avocat et moi ne l'avons découvert qu'au moment où l'affaire était jugée en deuxième instance, mais comme nous n'avions aucune preuve de leur accord, ni le Tribunal cantonal, ni le Tribunal fédéral n'ont retenu cet argument.

— C'est dégueulasse.

— Oh, c'est du passé, tout ça. Une *Walliserei*, comme ils disent dans les vallées reculées. Une *valaisannerie* en français, si tu préfères. Une de plus. On ne peut pas lutter contre ce genre de pratiques, surtout quand ton mari dispose de puissants appuis politiques. C'est d'ailleurs grâce à ça qu'il avait d'abord obtenu la garde des filles. Mais quelle importance, aujourd'hui ? Je suis condamnée à mort et ce n'est pas par décision des hommes. La cancéreuse que je suis n'a plus de raison de se battre contre une grippe vieille de vingt-quatre ans. Je vais m'en aller d'ici dignement, je pourrai enfin revoir mes filles et leur demander pardon.

Les infanticides commis dans un cadre conjugal conflictuel avaient aujourd'hui un nom : on les appelait des *féminicides par procuration*. Assassiner un enfant dans le seul but de faire mal à son ex, le moyen le plus cruel d'atteindre la mère et de lui dire : « Tu veux m'enlever mes enfants, tu ne les auras pas non plus. » On les appelait *féminicides par procuration*, parce que dans la très grande majorité des cas, l'acte était commis par le père. Louise, elle, avait déjoué les statistiques.

— Et la libération conditionnelle ? demanda Coralie. Elle n'existe pas dans les cas de perpétuité ?

— Si. Tu peux l'obtenir après quinze ans. Mais je n'en ai pas voulu.

— Pourquoi ?

— Pas la force d'affronter le monde extérieur, le regard des autres. Si tu écoutes les détenues, elles te diront qu'ici, c'est l'enfer. Mais paradoxalement, pour quelqu'un comme moi qui ne connais que cet univers depuis plus de vingt ans, la prison est un cocon protecteur.

Clem lisait un roman de Ramuz dans sa cellule. Tanja s'était recouchée dans la sienne, tentant d'abattre sa migraine avec les cachets de Pilar. La Jamaïcaine était revenue dans la salle commune et préparait du café dans une bouilloire ; un des rares privilèges de l'unité, en plus du petit frigo et du droit, généralement reconnu en prison, de fumer à l'intérieur des locaux.

Pilar avait entendu la fin de la discussion entre Coralie et Louise.

— Hé, la vieille ! intervint-elle. Y a une chose que t'oublies de préciser à la petite nouvelle. C'est ce qu'une condamnée à perpète fait dans un secteur de détention provisoire.

— C'est vrai, sourit Louise. On ne mélange pas les torchons et les serviettes.

Pilar lui jeta un regard noir.

— Tu nous traites de torchons ?

— Bien sûr que non ! Nous avons toutes nos salissures à expier.

— Qu'est-ce que tu as fait pour qu'on te renvoie à la case départ ? demanda Coralie.

— J'ai voulu partir plus vite. À cause des douleurs, tu comprends ? Dans un moment de désespoir, j'ai mis le feu à ma cellule. Sans réfléchir aux conséquences pour les autres détenues. T'aurais dû voir le branle-bas de combat. En plus des pompiers et des ambulanciers, ils ont appelé le DARD à la rescousse, pour éviter toute tentative d'évasion. Du coup, je me retrouve avec une accusation d'incendie intentionnel sur le dos et une nouvelle instruction. Le procureur a obtenu du Tribunal des mesures de contrainte que je sois replacée en détention provisoire. Je risque une nouvelle peine d'un an de prison, en plus de la perpétuité.

— Mais c'est ridicule ! s'offusqua Coralie.

— C'est le système pénal. De toute façon, je n'irai pas au procès. Je mourrai avant.

Pilar servit trois cafés, alluma une cigarette et jeta des barres chocolatées au milieu de la table :

— Servez-vous, les filles. C'est ma tournée.

— Non merci, répondit Louise.

— Tu n'aimes pas le chocolat, la vieille ?

— C'est lui qui ne m'aime pas.

— Pourtant, tu devrais te forcer à bouffer un peu, avant de faire le grand saut. Le Créateur n'aime pas les anorexiques. Et je suis sûre que tes filles non plus…

— Ça suffit ! lança Coralie, excédée par les provocations gratuites de la Jamaïcaine.

Surprises, ses deux codétenues la regardèrent et restèrent sans voix durant plusieurs secondes. Pilar finit par arborer un large sourire et s'esclaffa.

— Olé ! C'est qu'elle sait montrer les griffes, la petite nouvelle ! À peine un jour en tôle et elle veut déjà faire sa place ?

Coralie s'était surprise elle-même. Elle baissa les yeux et bafouilla :

— C'est pas ça… mais… c'est déjà assez dur d'être ici… alors…

— Alors quoi ?

— On pourrait au moins…

— Quoi ? coupa la Jamaïcaine. S'entendre entre nous ? C'est ça ? Mais on s'adore ! Hein, la vieille ?

Louise ne répondit pas. La réaction vint de la cellule numéro 5. Voix lointaine et rocailleuse de Tanja.

— Arrête de les faire chier, Pilar. Garde ta salive et tes forces pour Steva.

La longue perche grisâtre aux dreadlocks s'approcha de la porte ouverte de la cellule.

— Déjà réveillée, l'Albanaise ?

— Faut croire que tes médocs étaient périmés.

— Désolée, je ne peux pas assurer un contrôle qualité, ici. Mais si tu veux, tu peux te plaindre à mon fournisseur.

— Donne-moi son adresse.

Pilar éclata de rire.

— Dans tes rêves ! Comment je ferai après, si tu me court-circuites ? Je ne pourrais même plus offrir de petits cadeaux à mes copines.

Elle se tourna vers Coralie et reprit :

— Alors, la nouvelle, elles ne te plaisent pas, mes friandises ?

— Il fait trop chaud pour manger du chocolat, répondit timidement Coralie.

— Et voilà ! s'exclama la Jamaïcaine. Encore une pénible ! Vous n'êtes jamais contentes, les filles. C'est triste.

Pilar repartit vers la table, ramassa les barres chocolatées et les remit dans le frigo.

— Elles viennent d'où ? murmura Coralie à l'oreille de Louise.

— De la cantine.

— Y a une cantine, ici ?

— Une fois par semaine. Mais faut raquer, évidemment. Tu veux du papier, des lettres et des timbres ? Tu paies. Tu veux faire plus de lessives que le quota de produit qui t'est remis chaque mois ? Tu paies. Tu veux manger plus que les trois plateaux par jour ? Tu paies. Comme pour toutes les autres choses. La télévision ? Un franc par jour. L'ordinateur…

— On peut avoir accès à un ordinateur ?

Louise lui sourit.

— Oui, mais sans Internet, évidemment.

— Et le téléphone ?

— Seulement sur autorisation du procureur en charge de ton affaire.

Coralie adressa un petit sourire gêné au sosie de sa mère.

— Je voulais dire… un portable… Il paraît qu'il y en a qui circulent, parfois, entre les détenues.

— Ne joue pas à ça, répondit Louise d'un air grave. La prison, c'est une vraie cour d'école. Toutes les détenues essaient de tricher. Mais si tu te fais choper, c'est minimum dix jours de mitard. Et la « location » du téléphone coûte très cher, comme toutes les merdes qui circulent en douce dans l'établissement.

— Comment elles font, les filles, pour payer ?

— Elles travaillent et reçoivent vingt-sept francs par jour. Huit francs sont automatiquement retirés pour la pension, de même que les cotisations sociales et une part dévolue au dédommagement des victimes.

— Et quand on n'a pas le droit de travailler ?

— Tu ne peux que compter sur une aide de l'extérieur. Un proche, un parent ou un ami qui t'envoie de l'argent. La somme est versée sur ton compte, géré par le personnel pénitentiaire.

— Personne de l'extérieur ne peut m'envoyer d'argent.

— Dans ce cas, oublie. Celles qui dealent de la drogue, des médicaments, des téléphones ou d'autres choses finissent toujours par le payer très cher.

— N'écoute pas la vieille, intervint Pilar qui était revenue vers la table. Je n'ai jamais eu le moindre problème. Suffit d'être maligne.

— Pourtant, tu devrais te méfier, répondit Louise. Tu sais que tu marches sur les plates-bandes de Steva.

— Je l'emmerde, cette *hija de puta* !

La Jamaïcaine se tourna vers Coralie et reprit :

— Ou alors, tu vends ton cul. Le tien est plutôt pas mal.

Tu trouveras toujours une matonne ou un cuisinier prêt à monnayer une petite gâterie.

Un bruit de clés stoppa net la conversation. Le pêne claqua dans la serrure et la porte de l'unité s'ouvrit. Carrure éléphantesque de Majo dans le cadre. Elle s'écarta et laissa entrer une détenue.

— Je vous ramène votre petite copine, annonça fièrement la gardienne. Prenez-en soin ! Je compte sur vous, les hamsters !

Elle fit quelques pas dans la salle commune, déverrouilla la porte de la cellule numéro 4, puis repartit en verrouillant le secteur.

Pilar, Louise et Coralie restèrent sans voix. Clem et Tanja s'étaient levées et se tenaient debout à la porte de leurs cellules. Silencieuses, les cinq détenues fixaient la sixième. On lisait dans leurs yeux des sentiments divers, mais surtout de la crainte. Au cœur de la canicule, le retour de Steva Nikolic venait de jeter un grand froid.

6

Lonay, jour J-2

Le tigre est un tueur né, paraît-il. Ce serait inscrit dans ses gènes. Sa force musculaire et son régime alimentaire le placent au sommet de la chaîne alimentaire. Et parfois, à l'instar de l'orque, il lui arrive de tuer par jeu et non pour se nourrir.

Steva traversa lentement et silencieusement le réfectoire de l'unité, ignorant les cinq regards qui la suivaient, et se dirigea vers le fond de la pièce. Sur son passage, elle laissa des effluves de transpiration, marque indélébile d'une nuit passée au cachot.

Comme le fauve qui ne craint aucun prédateur, elle marcha au milieu des autres en direction du frigo et finit par leur tourner le dos. Coralie fut frappée par ses yeux vides de toute expression humaine et son calme apparent. Celui qui précède la tempête.

La Serbe affichait la cinquantaine, peut-être à peine moins. Une étoile tatouée au sommet de son crâne rasé. Elle n'était pas bien grande, un mètre soixante-cinq maximum, pas vraiment athlétique. Mais sa démarche quasi robotique trahissait une boule de nerfs dormante.

Elle se baissa face au frigo, ouvrit la porte, se servit d'une barre chocolatée, referma la porte et fit face aux autres. Sans un mot, elle déchira l'emballage de la friandise, prit son temps comme si elle déballait un cadeau en faisant durer le plaisir de la surprise, puis se dirigea vers Pilar et se planta devant elle.

La Jamaïcaine dominait Steva d'une bonne tête, mais à l'évidence, le rapport de force était inversé. À deux ou trois mètres, Tanja se tenait sur ses gardes, prête à bondir à la moindre alerte.

La Serbe fixait Pilar dans les yeux, regards menaçants dans les deux camps, quatre fusils de chasse braqués les uns sur les autres, balles engagées, chiens armés. Ne manquait plus qu'une légère pression sur la détente.

Lentement, sans battement de paupières ni déviation des pupilles, Steva leva la barre chocolatée vers sa bouche et croqua un morceau. À nouveau, elle prit son temps pour mâcher et avaler.

— T'en veux? finit-elle par demander calmement à Pilar.

Sans bouger, la Jamaïcaine tourna les yeux vers Tanja, qui lui fit comprendre d'un discret signe de tête qu'elle ne devait surtout pas réagir. Son regard plongea à nouveau dans celui de la Serbe, mais elle ne lui répondit pas. Steva reprit:

— C'est dommage. C'est bon.

Toujours très calmement, la Serbe fit un pas en arrière, adressa un sourire glacial à Pilar, lui montra le reste de la barre chocolatée et conclut froidement:

— Merci de ta générosité.

Puis elle marcha jusqu'à sa cellule et ferma la porte derrière elle.

Coralie n'avait pas perdu une miette de la scène. Elle regarda Alba. La lionne semblait presque soulagée que la tigresse soit retournée dans sa cage. Mais ce n'était que partie remise, Coralie le sentait.

Alba s'approcha de Pilar, posa une main bienveillante sur son épaule et chuchota :

— Je suis fière de toi.

La Jamaïcaine était tendue comme un arc sur le point de décocher sa flèche.

— Putain, murmura-t-elle entre ses dents serrées, je vais la buter.

— Tu ne vas rien faire du tout. Sinon…

— Sinon quoi ?

— C'est toi qui partiras d'ici les pieds devant.

— Tu sais très bien que si je ne fais rien, ça finira quand même par arriver. Alors, autant anticiper.

— Pas maintenant.

— Quand alors ?

— Je vais d'abord lui parler quand elle se sera calmée.

— Mais elle est calme. Elle est toujours calme. Même quand elle tranche la gorge de quelqu'un, elle ne sourcille pas. C'est une psychopathe. On ne raisonne pas une psychopathe.

— Laisse-moi essayer.

Visiblement nerveuse, Pilar s'assit à la table centrale et alluma une cigarette. Louise et Coralie n'avaient pas bougé de leurs places. Devant elles, leurs cafés refroidissaient. Clem demeurait debout à la porte de sa cellule, les mains plaquées sur son ventre arrondi. Tanja préféra rester debout elle aussi, appuyée contre le petit frigo.

— Qu'est-ce que tu comptes faire ? demanda Coralie.

— Lui parler, je l'ai dit.

— Lui dire quoi ?

— Ça me regarde.

— Ça nous regarde toutes, intervint Louise.

— Vous n'avez pas besoin de le savoir.

— Ça ne servira à rien et tu le sais, répéta Pilar. Tu le dis toujours, l'Albanaise : la prison transforme les humains en bêtes sauvages. Sauf que Steva, elle, était déjà un fauve en liberté avant son incarcération.

— Un fauve, ça se dresse.

— N'importe quoi ! Jamais tu n'en feras une bête de cirque. Elle est plutôt comme le taureau qu'on enferme dans le noir avant d'ouvrir les portes de l'arène. Chaque séjour au mitard l'énerve un peu plus. Pour une bête dangereuse comme elle, il n'y a qu'une solution : l'euthanasie.

— Peut-être, répondit Tanja, mais tu ne seras pas la vétérinaire qui appuie sur la seringue. Tu n'es pas assez dangereuse pour elle. Et pour contrer un danger, il faut parfois l'exposer à un danger encore plus grand.

Coralie tentait de suivre la discussion, mais dans son rôle de dernière arrivée, elle n'était pas sûre de saisir le sens de chaque phrase. Le mot *danger* résonnait toutefois dans son esprit et une phrase d'Alba lui revint en mémoire : *il n'y a que deux vrais dangers dans cette prison : Steva et la porte rouge.*

Elle hésita, puis osa :

— C'est quoi, la porte rouge ?

La question fit l'effet d'une bombe dont le souffle aurait soudainement vaporisé toute discussion. Coralie se retrouva face à quatre paires d'yeux incrédules braquées sur elle. Après quelques secondes de silence et de tension indicible, Clem finit par lâcher :

— T'es folle ou quoi ?! C'est interdit d'évoquer ne serait-ce que son existence.

— Qui t'a parlé de ça ? demanda Louise.

— C'est moi, s'excusa Tanja avant que Coralie eût le temps de répondre. C'est de ma faute.

— Ouais, ben c'est un peu tard, lui reprocha Pilar. Mais c'est vrai que Steva mériterait de la franchir. Au moins, on n'en parlerait plus.

— N'importe quoi, lui dit Louise. Tu ne sais même pas de quoi tu parles.

— N'empêche, lui fit remarquer la Jamaïcaine, Pépita a disparu. Et ça, ce n'est pas une simple rumeur. Je te rappelle que tu n'es pas la seule à avoir connu Pépita. J'étais son amie.

— Mais arrêtez ! cria Clem. Vous êtes toutes devenues folles ? Si Majo nous entend, on est bonnes pour le mitard. Ou peut-être pire. Et dans mon état, je ne peux pas me le permettre. Alors, fermez-la !

La porte de la cellule numéro 4 grinça, toutes les têtes se tournèrent d'un coup. La tigresse aux yeux perçants les dévisageait l'une après l'autre dans un silence qui valait mille feulements. Dans la jungle, elle les aurait déjà égorgées de ses crocs ou lacérées de ses griffes.

— Un problème ? demanda Tanja.

— Trois, répondit Steva.

La Serbe se mit à compter sur ses doigts tout en commentant calmement :

— Primo, la vieille qui gueule pendant la nuit. Deuzio, l'Espagnole qui m'envoie au cachot. Tertio, la vache sur le point de vêler qui se met à meugler comme si on l'amenait à l'abattoir.

Clem baissa les yeux.

Steva reprit :

— J'aimerais dormir.

— Excuse-nous, répondit Tanja dans un souci d'apaisement.

— Ce n'est pas à toi de t'excuser.

La Serbe fixait Clem qui releva les yeux, affronta le regard sans affect et balbutia :

— Ex… cuse-moi, Steva.

— Pour toi, c'est madame Nikolic.

Clem avala péniblement sa salive.

— Excusez-moi, madame Nikolic.

— Bien.

La Serbe tourna la tête vers Pilar et lui dit :

— Et toi, va me chercher un deuxième chocolat. Par ta faute, j'ai rien bouffé ce matin.

— Va te faire foutre, répondit la Jamaïcaine.

Steva ignora l'injure. Toujours calmement, elle traversa la salle commune et se dirigea vers le frigo. Alors qu'elle tournait le dos aux autres, Pilar lui lança :

— Ce sont mes chocolats. Tu prends, tu paies.

— Tout ce qui est à toi est à moi, répondit la Serbe sans se retourner.

Cette fois, Tanja n'eut pas le temps de réagir. Pilar s'exclama :

— C'est bon, je me la fais, cette conne !

La Jamaïcaine se précipita sur Steva. Vive comme l'éclair, cette dernière fit volte-face et para l'attaque. Médusées, les quatre autres détenues ne purent qu'assister au désastre. La Serbe saisit le poing de Pilar en plein vol, lui tordit violemment le poignet et l'immobilisa avec une clé de bras. La Jamaïcaine se retrouva en fâcheuse posture, à moitié couchée sur le frigo. Steva la dominait. Et entre les doigts de la Serbe, une lame de rasoir brillait de mille feux dans les rayons du soleil qui inondaient la salle commune à travers les barreaux de la fenêtre.

7

Lonay, jour J-2

Terrifiée, Coralie vit la mort dans les yeux de Steva. La lame de rasoir n'avait pas échappé à la jeune femme. Elle avait entendu les autres parler de la Serbe et savait qu'il suffirait d'un seul geste appliqué sur la trachée de la Jamaïcaine, vif et précis, pour que tout se termine en moins de trente secondes.

Les deux détenues se fixaient dans un ultime affront, suspendu hors du temps comme ces secondes soutenues par des accords morriconiens et précédant l'échange des coups de feu. Sauf que là, il n'y aurait pas de duel, la gagnante était déjà désignée.

Le bras meurtrier de Steva s'abattit, Coralie ferma les yeux. Elle entendit un choc, pas le cri qu'elle attendait. Par réflexe, elle rouvrit les yeux et n'eut que le temps de voir le décor basculer. Le frigo se renversa dans un fracas assourdissant et les deux corps roulèrent au sol, sous le poids d'un troisième.

Libérée de l'entrave de la Serbe, la Jamaïcaine se releva d'un bond et s'écarta pour s'éloigner du danger. Autour d'elle, le chaos. Boostée par l'adrénaline, Louise avait surmonté son handicap et s'était précipitée vers la porte de l'unité, contre laquelle elle tambourinait en appelant à l'aide. Elle avait aussi appuyé sur le bouton de l'interphone. À moitié recroquevillée, enveloppant de ses bras protecteurs son ventre arrondi, Clem s'éloignait à reculons vers sa cellule. Coralie, elle, n'avait pas bougé. Assise à la table centrale et tétanisée, au bord des larmes et de la crise de nerfs, elle tremblait de tout son corps.

Au sol, une lutte acharnée s'était engagée entre Steva et Tanja. L'Albanaise tenait fermement le bras armé de la Serbe au niveau du poignet. Les mains libres de l'une et de l'autre balançaient des coups de poing. Leurs jambes gesticulaient dans tous les sens, chaque détenue cherchant à atteindre l'autre d'un coup de genou.

Les deux détenues transpiraient à grosses gouttes dans la chaleur matinale, les parties à nu de leurs corps glissaient. Rugissements et feulements de part et d'autre, crachats, injures et cris de rage.

Le poing libre de Steva s'écrasa dans les côtes de Tanja, qui lâcha prise sous l'effet de la douleur. L'Albanaise roula immédiatement sur le côté et se releva. La lame de rasoir fendit l'air, coupa son T-shirt et frôla son abdomen.

Sur sa chaise, Coralie hurla de terreur.

Tanja réagit aussitôt en balançant un violent coup de pied au visage de Steva. La Serbe s'écroula sur le dos, à moitié assommée. Sa main s'ouvrit et la lame glissa sur le sol. Tanja en profita pour éloigner l'arme d'un balayage du pied. Puis elle sauta sur Steva, encore à moitié groggy, la retourna sur le ventre et l'immobilisa par un étranglement.

Le hurlement de Coralie, les coups contre la porte et les appels à l'aide de Louise finirent par alerter les gardiennes. On entendit des pas de charge dans le couloir, puis un bruit de clé dans la serrure.

Steva était sur le point de s'évanouir, tous les muscles de son corps s'étaient relâchés. Tanja retira son avant-bras de son cou, la tête de la Serbe retomba sur le sol.

À quatre pattes, dans un mouvement rapide, Tanja se rua sur la lame de rasoir, la ramassa tant bien que mal en s'aidant de ses ongles, faillit se couper, et, au moment où la porte de l'unité s'ouvrait, elle jeta l'arme par la fenêtre ouverte de la salle commune.

Deux agentes de détention déboulèrent dans le réfectoire. Puis la carrure imposante de Majo apparut dans l'encadrement de la porte.

— Qu'est-ce qui se passe encore ici ? aboya la hyène.

— Steva a essayé de tuer Pilar, gémit Coralie, encore tremblante.

— Ta gueule ! rugit méchamment Tanja.

Mais il était trop tard.

La gardienne responsable de l'unité 3 évalua rapidement la scène. Le frigo renversé, sa porte ouverte, des barres chocolatées répandues sur le sol, du lait qui s'écoulait encore d'une brique à moitié écrasée.

Au pied du frigo, encore dans les vapes, Steva marmonnait des mots incompréhensibles. À la porte de sa cellule, Clem semblait apeurée. Contre un mur de la pièce, Pilar était en sueur et essoufflée.

— C'est vrai, ce que raconte la petite nouvelle ? demanda Majo en se tournant vers Louise.

La détenue âgée baissa les yeux et resta muette. La hyène fit un pas dans la salle et s'adressa à Clem.

— Alors, c'est vrai ou non ?

— Je…, balbutia la détenue enceinte, je n'étais pas là quand c'est arrivé… Je lisais dans ma cellule.

— Évidemment, sourit Majo.

La gardienne cheffe se tourna vers Pilar.

— Elle a essayé de te tuer ?

— On… on jouait, répondit la Jamaïcaine. Et le jeu a mal tourné.

La hyène s'approcha de la lionne, l'haleine animale des deux femmes se mélangeait dans la moiteur de la cage.

— Et toi, Derviche, j'imagine que tu n'as rien vu non plus, vu ta réaction.

Tanja ne répondit pas. Elle savait de toute façon comment se terminerait cette histoire.

Majo fit un tour de la pièce en silence, sous le regard des cinq détenues et des deux autres surveillantes. Elle passa près de Steva, couchée sur le ventre et qui bavait sur le sol en poursuivant son charabia à peine audible. La hyène regardait vaguement çà et là, sur les meubles et par terre autour du corps de la Serbe, à la recherche d'une arme. Puis elle se tourna vers ses collègues et lâcha, tout en désignant Steva :

— Bon, emmenez-moi cette merde !

— En cellule forte ? demanda une agente.

— Non. Mettez-la au frais, là où vous savez. Et attendez-moi. Pour les autres, procédure habituelle.

Majo se tourna vers Pilar et reprit :

— Je commence par toi, Feliz. Suis-moi dans mon bureau. Interro surprise.

Les deux gardiennes se penchèrent, agrippèrent Steva par les bras et la relevèrent. Encore à moitié avachie, la Serbe se laissait aller et pesait le double de son poids. Elle tenait à peine debout, soutenue par ses geôlières. Sa tête dodelinait de gauche et de droite, de la salive teintée de sang coulait sur sa poitrine.

Les surveillantes emmenèrent Steva vers la sortie et passèrent devant Tanja. À cet instant, la Serbe fit l'effort de relever la tête, la fusilla du regard et maugréa entre deux filets de bave :

— T'aurais jamais dû faire ça, l'Albanaise… non, t'aurais jamais dû…

Tanja ne réagit pas. Sous ses yeux et ceux de Louise, de Clem et de Coralie, dans un silence monacal, les deux agentes quittèrent l'unité en escortant leur prisonnière. Penaude et tête baissée, Pilar sortit à son tour. Majo verrouilla la porte derrière elle.

Toujours assise à la table de la salle commune, Coralie pleurait.

— T'es fière de toi ? lui demanda sèchement Tanja.

Coralie releva la tête et affronta le regard noir de sa voisine de cellule.

— Qu'est-ce que j'ai fait ?

— Pourquoi t'as dit à Majo que Steva avait essayé de tuer Pilar ?

— Parce que… c'est la vérité !

— Peut-être, mais certaines vérités ne sont pas bonnes à dire. Surtout ici. Et encore moins aux matonnes.

— Mais…

— Il n'y a pas de *mais* ! Dénoncer Steva pour une tentative de meurtre… T'es barge ou quoi ? Autant te mettre un flingue dans la bouche et appuyer sur la détente. Tu piges ?

Les pleurs de Coralie redoublèrent d'intensité.

— Et arrête de chialer, putain ! renchérit Tanja. T'es plus une gamine. Tu me donnes envie de gerber.

Louise s'approcha de la table, s'assit à côté de Coralie et la prit dans ses bras, comme une mère l'aurait fait avec sa fille.

— Alba n'a pas tort, dit Louise d'une voix douce et tendre. Si tu veux survivre dans cet enfer et sortir d'ici en bonne santé, tu dois apprendre certaines règles.

— Au moins, sanglota Coralie, on est enfin débarrassées de Steva.

— Dans tes rêves, intervint Clem.

Coralie se tourna vers la détenue enceinte.

— Ils ne vont tout de même pas la renvoyer ici ? Elle a essayé de tuer Pilar, elle a menacé Alba devant les gardiennes, et maintenant, c'est moi qu'elle va…

— Il n'y a plus de place nulle part, coupa Tanja. De toute

façon, la direction de la prison sait que Steva représente une menace pour n'importe quelle détenue de n'importe quelle unité. Donc, il va falloir faire avec.

— Mais il existe d'autres prisons pour femmes en Suisse. Ils n'ont qu'à la transférer !

— Elle les a déjà toutes faites depuis son arrestation. Les autorités craignent une tentative d'évasion avec des complicités externes. Donc, elles la changent régulièrement d'établissement. Notre seule chance serait qu'elle soit extradée en Serbie au plus vite. Mais ses avocats font traîner la procédure.

Complètement perdue, Coralie regarda tour à tour ses trois codétenues.

— Qu'est-ce qu'on fait, alors ? gémit-elle. Et pourquoi Majo a emmené Pilar ?

— Pour l'interroger sur ce qui vient de se passer et justifier la procédure disciplinaire contre Steva, répondit Tanja. Cet après-midi, nous passerons l'une après l'autre dans son bureau pour les mêmes raisons. Elle verbalisera chacune de nos paroles. Alors, un bon conseil, ma belle : pas un mot au sujet de la lame. T'as entendu Pilar ? C'est un jeu qui a mal tourné, rien de plus. Pas question de parler de tentative de meurtre. Sinon, la prochaine victime de Steva qui repartira d'ici les pieds devant, ce sera toi. Pigé ?

8

Lonay, jour J-2

Le bureau de Majo était d'une austérité affligeante. Une vieille table en chêne massif sur laquelle étaient posés un ordinateur et une petite lampe, un fauteuil de style ancien dont les accoudoirs laissaient à peine la place de s'asseoir à l'imposant fessier. Pas de chaise en face. Celles qui défilaient dans cette pièce étaient condamnées à rester debout. Aucun tableau au mur, aucune plante verte ni autre déco. Une bibliothèque remplie de classeurs. Une seule fenêtre ouverte, les stores baissés. Un environnement d'une froideur extrême, à l'image de la maîtresse des lieux.

Majo portait des petites lunettes rondes pour travailler à l'écran. Avec son air déshumanisé, on aurait dit une investigatrice de la Gestapo dans un film parodique sur la Seconde Guerre mondiale. Ne manquait plus que l'accent germanique pour parfaire la scène.

— Alors Amey, commença la hyène, tu confirmes que Nikolic a tenté de tuer Feliz ?

Coralie déglutit avec peine. Elle se rappelait les mots qu'elle avait prononcés devant Majo et plusieurs témoins. Mais elle se souvenait aussi de l'avertissement d'Alba. Elle se sentait piégée, entre le marteau et l'enclume.

— En fait, non…, hésita-t-elle.

Majo leva les yeux de l'écran et fixa étrangement Coralie. Dans la pénombre, les foyers de ses lunettes de lecture grossissaient ses pupilles, deux billes noires dépourvues de vie, comme les yeux d'un grand requin blanc.

— Comment ça, non ?

— Je ne confirme pas.

La gardienne passa sa langue sur ses dents, la fit claquer et reprit :

— Qu'est-ce que tu ne confirmes pas ?

— Je… je ne suis pas sûre d'avoir bien compris la situation. Je ne crois pas que Steva a voulu tuer Pilar.

— C'est Derviche qui t'a soufflé ces conneries ? Elle t'a menacée ?

— Non ! s'exclama Coralie. Bien sûr que non ! Alba ne m'a jamais menacée. Elle…

— Mais elle t'a fait peur.

Coralie sentait ses genoux jouer des claquettes ; tout son corps tremblotait sans qu'elle ne parvienne à se maîtriser.

— Non… non, c'est pas ça non plus… mais…

Majo enregistrait les réponses en les tapant grossièrement sur le clavier. Seuls ses deux index pianotaient. Ça prenait du temps.

— C'est quoi, alors ?

Coralie baissa les yeux. Face à l'absence de réponses, Majo releva une nouvelle fois les yeux vers la détenue qui demeurait silencieuse, la tête baissée.

— Je vois, dit Majo en reculant son siège.

Elle se leva, contourna le bureau et vint se positionner juste derrière Coralie. Celle-ci pouvait entendre le souffle court de la hyène, qui finit par murmurer à son oreille :

— Moi, je me méfierais de Derviche, si j'étais toi. Tu sais qu'elle est gouine ?

La question claqua comme un coup de fouet au tympan de Coralie, qui balbutia :

— Non, je… je ne la connais que depuis hier soir.

— Et ça te fait quoi, de savoir qu'on t'a mise en cellule avec une brouteuse de moules ?

Coralie resta muette quelques secondes, puis bafouilla :

— Chacune est libre de ses orientations. Ce n'est pas la mienne.

— La prison change les orientations, tu sais.

— Je sortirai bientôt.

Majo éclata de rire dans le dos de Coralie.

— Ce n'est pas ce que me raconte ton dossier. En particulier l'ordonnance de détention provisoire que j'ai reçue en copie du Tribunal des mesures de contrainte.

— Mon avocat a fait recours.

— Et ton recours vient d'être rejeté, Amey. J'ai reçu l'arrêt du Tribunal cantonal il y a cinq minutes. Ils sont rapides, les juges, quand ils veulent. Demain, tu recevras probablement un courrier de ton avocat, qui te confirmera cette mauvaise nouvelle.

Nouveau coup de fouet, plus cinglant. Les lèvres de Coralie se mirent à trembler, des larmes perlaient au coin de ses yeux.

— Eh oui, Amey, tu risques de passer encore quelques mois avec nous. J'espère que ça te réjouit.

— Mon… mon avocat fera recours au Tribunal fédéral.

— Il peut. Mais tu sais comment on appelle les juges fédéraux ? « Les juges de Mon Repos ». M'est avis que ton cas ne va pas les empêcher de dormir, si tu vois ce que je veux dire.

Les larmes coulaient maintenant sur les joues de Coralie.

— Je… je veux retourner en cellule. Je n'ai plus rien à vous dire.

Majo tourna autour de Coralie en la dévisageant de la tête aux pieds.

— Pourquoi cet empressement ? ricana la hyène. Tu n'es pas bien avec moi ?

Pas de réponse.

— Ou tu es pressée de revoir Derviche, maintenant que tu sais qui elle est ? C'est vrai que cette petite pute albanaise te ferait probablement découvrir des sensations que tu n'as jamais connues dans ta vie. C'est son métier. Paraît même qu'elle se tapait la greffière d'un procureur. Tu te rends compte ? Où va le monde ?

Toujours pas de réponse.

— Ou alors, reprit Majo en se plantant face à Coralie, la gouine t'a peut-être demandé de planquer l'arme de Nikolic. C'est ça ?

— Non, murmura Coralie en frémissant. Où est-ce que je l'aurais planquée ?

Éclat de rire de la hyène.

— Mais quelle naïve tu fais, Amey ! Par ta question, tu viens de me confirmer qu'il y avait une arme.

— Bien sûr que non, s'offusqua timidement Coralie.

— Bien sûr que si ! Et je connais Derviche. Si elle t'a demandé de la planquer, je sais où. Reste plus qu'à vérifier. À poil !

Incrédule, Coralie regarda Majo sans bouger.

— Qu'est-ce que tu n'as pas compris, Amey ? J'ai dit *à poil !*

— Mais…

— Retire tes vêtements.

— Vous n'avez pas le droit.

— J'ai tous les droits, ici. Et toi, tu n'en as aucun ! lança avec force la gardienne, à deux centimètres du visage de Coralie. Obéis, sinon je t'envoie au mitard pour dix jours. Après une fouille forcée, bien entendu.

Coralie sursauta. Des scènes de films défilèrent à l'accéléré dans sa tête, des personnages de fiction, outranciers, bestiaux. Jamais elle n'aurait imaginé que cela puisse arriver dans une prison de son pays. Était-ce possible ? Elle hésita encore un instant, mais au regard que lui lançait Majo, elle compris que celle-ci ne plaisantait pas. Tremblante, elle retira lentement ses chaussures, son short et son T-shirt. Les larmes aux yeux, elle resta plantée en sous-vêtements devant Majo.

La hyène la regarda un instant, l'air amusé, puis reprit sèchement :

— Tu le fais exprès ou t'es stupide, Amey ? J'ai dit *à poil !*

Timidement, Coralie retira son soutien-gorge et sa culotte. Majo fit le tour du bureau, ouvrit un tiroir et en sortit une paire de gants en latex et du gel lubrifiant.

— Penche-toi en avant, les mains sur le bureau, lui ordonna la hyène. Et écarte les jambes.

— Vous… vous n'avez pas le droit, répéta Coralie.

— Mais qu'est-ce que tu n'as pas compris ? vociféra Majo. J'ai tous les droits. Tu obéis ou tu préfères que j'appelle les deux autres et on y va à sec ?

Coralie pleurait maintenant à chaudes larmes. Elle obtempéra à contrecœur. La hyène passa derrière elle et lui dit :

— Alors, tu l'as planquée devant ou derrière ?

— Quoi ?

— Non, mais je rêve ! Faut tout t'expliquer, à toi ! Dans le vagin ou dans le cul ?

Crise de larmes.

— Je n'ai rien planqué du tout, je vous le jure.

— Ne jure pas. Elles le font toutes. La parole d'une détenue ne vaut rien.

Coralie entendit le bruit des bulles d'air évacuées du tube avec le gel. Elle imaginait déjà le contact froid du lubrifiant avec son sexe, les doigts gantés et boudinés de Majo fouiller son intimité. L'humiliation. Et cette question qui la hantait depuis quelques secondes : la hyène aimait-elle les femmes, elle aussi ? Allait-elle éprouver non seulement un plaisir sadique à dégrader une détenue, mais aussi une forme d'excitation sexuelle ? Les deux allaient peut-être de pair.

Un évènement inattendu vint au secours de Coralie. *In extremis*. Quelqu'un frappa à la porte du bureau.

— Plus tard ! cria Majo. Je suis occupée.

— C'est urgent, répondit une voix féminine à travers la porte.

Coralie crut reconnaître une des deux surveillantes intervenues le matin.

— Qu'est-ce qui se passe ? demanda la hyène.

— C'est Nikolic. Je crois qu'elle ne va pas très bien.

Majo soupira.

— C'est bon, j'arrive. Je reconduis Amey à sa cellule et je vous rejoins.

Elle retira ses gants, les jeta dans une poubelle à côté du bureau et ordonna à Coralie :

— Rhabille-toi.

Sans demander son reste, Coralie obéit. Les yeux et les joues rougis par les larmes, tête baissée, elle suivit en silence la hyène à travers les couloirs de la prison. Elles empruntèrent un autre chemin qu'à l'aller et passèrent près d'une gardienne qui attendait devant une porte.

— J'arrive, répéta simplement Majo avant de pousser Coralie dans le couloir en direction de l'unité 3.

Au passage, celle-ci crut entendre une vague complainte provenant de l'autre côté de cette porte. Une porte rouge.

9

Lonay, jour J-2

Coralie se sentait mal. Et sale. Majo ne l'avait pas touchée, mais chacune de ses paroles, chacun de ses gestes valait un viol et lui collait à la peau comme la graisse aux filtres d'une hotte de ventilation.

La hyène la fit entrer dans l'unité 3, puis repartit en verrouillant la porte. Coralie se précipita dans sa cellule en pleurant, sous les yeux éberlués des quatre autres détenues.

— Qu'est-ce qu'elle lui a fait ? s'inquiéta Clem.

— C'est une petite nature, tempéra Tanja. Elle vient juste d'arriver et elle craque déjà. Voilà pourquoi ils l'ont mise dans une cellule à deux.

— N'empêche, maugréa Pilar, Majo ne vaut pas mieux que Steva. Ces salopes mériteraient de crever toutes les deux.

Louise soupira.

— Plutôt que de critiquer tout le monde et de souhaiter la mort des autres, tu ferais bien d'avoir un peu de compassion, parfois. Ça ne te ferait pas de mal.

Elle se leva péniblement, marcha lentement vers la cellule numéro 5 en boitant et entra.

Couchée sur son lit, Coralie pleurait, recroquevillée et secouée de spasmes comme la veille au soir. Louise se dirigea vers la tête du lit, passa un bras sous la barrière et caressa le dos de la malheureuse.

— Qu'est ce qui s'est passé ? demanda-t-elle de sa voix maternelle.

Après quelques secondes, les pleurs se tarirent et Coralie murmura :

— Mon recours a été rejeté.

— Ce n'est qu'une bataille, répondit Louise. Tu n'as pas perdu la guerre.

Nouveaux sanglots.

— Tu ne peux pas comprendre. Je dois sortir d'ici au plus vite.

— Tu finiras par sortir.

— Mais quand ? Si je ne suis pas libérée d'ici une dizaine de jours, je perdrai toute raison de vivre.

— Pourquoi ?

— Je ne peux pas t'en parler. Pas maintenant. Je suis désolée. Et puis…

Coralie se tut brusquement, se retourna et regarda Louise. Elle semblait désespérée.

— Y a-t-il autre chose que tu souhaites me dire ? demanda la sexagénaire de sa voix douce.

— Majo…

— Qu'est-ce qu'elle t'a fait ?

Coralie fondit à nouveau en larmes.

— Elle a essayé de me violer.

— De te violer ? répéta Louise qui semblait abasourdie.

Coralie lui résuma ce qui s'était passé dans le bureau.

— Je vois, compatit Louise. C'est dégueulasse.

— Qu'est-ce que je peux faire pour que ça ne se reproduise pas ? J'ai tellement peur…

— Hélas, soupira Louise, pas grand-chose.

— Ça t'est arrivé, à toi ?

— Pas de cette manière, non. Et pas de la part d'une matonne. C'était une codétenue, mais ça remonte à pas mal d'années. Aujourd'hui, à mon âge, je n'intéresse plus personne.

— Tu as déjà eu des problèmes avec Majo ?

— Non. Ça ne fait que quelques jours qu'elle a été mutée à l'unité 3. Avant, elle était affectée à un autre secteur de la prison.

Coralie renifla.

— Je pourrais en parler à mon avocat et porter plainte contre elle.

— Je ne le ferais pas, si j'étais toi.

— Pourquoi ?

— Parce que Majo niera et que ce sera parole de l'une contre parole de l'autre. Et la parole d'une matonne, c'est comme celle d'un flic : elle vaut bien plus que la parole d'une criminelle.

— Je ne suis pas une criminelle.

— Peut-être que non. Mais aux yeux de la société, tu l'es. Je ne sais pas ce que tu as fait pour te retrouver ici, mais je suis convaincue que tu l'as fait pour de bonnes raisons. Tu n'es pas une mauvaise personne.

Coralie se remit à sangloter.

— Pourquoi es-tu si gentille avec moi, Louise ?

— Parce que tu pourrais être ma fille.

— Et toi, ma mère. C'est incroyable comme tu lui ressembles, tu sais. Tu es presque son sosie.

Louise, sourit, l'air flatté, puis rapidement son visage s'assombrit, recouvert par un voile de tristesse.

— J'espère qu'elle est une meilleure mère que je ne l'ai été, murmura-t-elle.

— Elle l'était. Elle est décédée il y a trois ans.

— Je suis désolée.

— Tu ne pouvais pas le savoir.

Coralie devina des larmes dans les yeux de Louise. Elle

s'assit dans son lit, descendit par l'échelle et les deux femmes se prirent dans les bras. Louise en profita pour glisser un secret à l'oreille de Coralie, qui demeura stupéfaite.

On frappa contre la porte ouverte de la cellule. Louise et Coralie tournèrent la tête en même temps et se séparèrent.

— Je dérange? demanda Tanja. Si vous voulez, je vous laisse la cellule et je prends celle de Louise.

— Tu sais bien que Majo refusera, répondit cette dernière.

— Pourtant, ce n'est pas faute d'avoir essayé, hier soir.

Coralie se sentait mieux. Ce moment de partage avec Louise lui avait redonné un peu d'espoir et de courage. Même au cœur de l'enfer, on pouvait trouver de belles personnes.

— Tu sais, Alba, dit-elle, j'ai vu la porte rouge, tout à l'heure.

Louise et Tanja se lancèrent un regard gêné.

— Et alors? répondit cette dernière.

— Je crois que Majo a enfermé Steva derrière cette porte.

— Si c'est vrai, tant mieux. On ne la reverra jamais.

— Balivernes, commenta Louise.

— Tu n'en sais rien, lui dit Tanja.

— Toi et les autres non plus. Alors, arrêtez de fantasmer sur quelque chose qui n'existe pas.

— Mais qu'est-ce qu'il y a derrière cette porte? insista Coralie.

— Probablement un simple placard, répondit Louise. Ou un local technique.

— Ou la mort, renchérit Tanja.

— Simple bruit de couloir, dit Louise. Déjà que la rumeur est détestable à l'extérieur, elle est encore pire en prison. Les détenues racontent tout et n'importe quoi pour se donner de l'importance. Et comme elles n'ont pas grand-chose à quoi se raccrocher, répandre des rumeurs devient un sport national, un moyen d'exister aux yeux des autres. Tu crois savoir, tu communiques. Tu crois informer, mais tu désinformes. Et tout se déforme, parce que tout est exagéré. La rumeur est un fléau destructeur, amplifié par l'enfermement et les secrets de chacune.

— Mais toute rumeur a une source, nuança Coralie. D'où vient cette peur de la porte rouge ?

— De Pépita, répondit Tanja.

— Pépita ?

— C'était une détenue de notre unité. Une coriace, à mi-chemin entre Pilar et Steva. Elle faisait la pluie et le beau temps, et surtout, elle tenait tête aux gardiennes. Une nuit, quelqu'un est entré dans sa cellule et l'a emmenée. Depuis, on ne l'a plus jamais revue.

— Quel lien avec la porte rouge ?

— Des bruits qui courent…

— Ne l'écoute pas, intervint Louise. Pépita a certainement été libérée. Des détenues se sont étonnées de ne pas recevoir de lettres de sa part et ont alimenté cette maudite rumeur. Pépita leur avait promis que, si un jour elle sortait d'ici, elle ne les oublierait jamais et leur écrirait souvent. Mais ce qu'elle n'avait probablement pas mesuré, c'est qu'une fois dehors, le besoin urgent de tourner la page prendrait le dessus : oublier la prison et toutes celles qui s'y trouvaient encore.

— Il n'y a pas eu d'enquête ? demanda Coralie.

— Enquêter sur quoi ? sourit Louise. On n'enquête pas sur une libération.

— Je voulais dire : les gardiennes ne vous ont donné aucune preuve qu'elle a bien été libérée et qu'elle est encore vie ?

— Pourquoi l'auraient-elles fait ?

— Je ne sais pas. Pour faire taire la rumeur.

Tanja ricana.

— Elles aussi, elles s'en repaissent, de cette rumeur. Ça les amuse de nous voir flipper à cause de cette porte rouge et de nous interdire de poser des questions à ce sujet. Je te l'ai dit hier soir : dans cet enfer, seules les ombres ne craignent pas les brûlures du soleil.

— Qu'est-ce que ça veut dire ?

— La légende d'Icare, qui s'est approché trop près du soleil. Ses ailes ont fondu, il a chuté et il s'est tué. Dans ce mythe, le soleil est une métaphore de la vérité. Plus tu cherches à t'en approcher et plus tu risques ta vie. Je te répète mon conseil, Coralie : reste dans l'ombre et ne parle jamais de cette porte rouge aux matonnes. Surtout pas à Majo !

L’enquête

(Première partie)

10

Val-de-Ruz, jour J-4

Durant les vacances scolaires d'été, le tunnel sous la Vue-des-Alpes était fermé pour cause de nettoyage et révision. Réduit en cette période estivale, le trafic était dévié par le col. Un vague détour de cinq ou dix minutes, qui réjouissait les moins pressés et énervait les millimétrés de l'agenda. Pour ces derniers, qui avaient tendance à appuyer sur le champignon et dépasser sur les lignes blanches, la police de la circulation procédait à la cueillette : radars mobiles et contrôles fréquents assuraient quelques rentrées financières à l'État. Les permis tombaient.

— Vous ne pourriez pas rouler plus vite ? demanda Jemsen à sa greffière.

— Pour quoi faire ? répondit Flavie avec un petit sourire en coin.

— C'est une situation urgente.

— Pas vraiment. La victime est décédée et la gendarmerie est déjà sur place. Le jour où l'intervention du procureur de permanence sera décrétée véritablement urgente, on vous donnera un gyrophare. Il y a quelques années, un de vos collègues a essayé d'en avoir un, mais il s'est fait remballer aussi sec.

— Laissez-moi deviner: Kornisch?

— Qui d'autre?

Jemsen détestait Sylvain Kornisch. Et inversement. Le premier symbolisait le pragmatisme, l'affranchissement de l'interprétation trop rigoureuse de la loi pour trouver la solution la plus efficace possible pour l'enquête. Un peu trop au goût de Flavie, depuis l'attentat dont il avait été victime quelques années auparavant. De temps à autre, elle se chargeait de le recadrer. Le second était l'archétype de l'universitaire empêtré dans l'application trop littérale des textes légaux. Un empêcheur de tourner en rond aux yeux des policiers, qu'il considérait comme des ennemis. Un procureur frileux et incompétent par excellence, pourvu – depuis qu'il approchait l'âge de la retraite – d'un incommensurable poil dans la main. Évidemment, moins il donnait de moyens aux enquêteurs, moins il recevait de rapports. Et plus les dossiers étaient minces, plus vite il rentrait à la maison.

Jemsen et Kornisch représentaient les extrêmes au ministère public. Et pour les raisons qui les caractérisaient l'un et l'autre, ils avaient tous les deux eu maille à partir avec le Conseil de la magistrature, l'autorité de surveillance des juges et des procureurs. Avertissements, blâmes et amendes fleurissaient dans leurs dossiers disciplinaires respectifs. Dans celui du premier, pour avoir franchi la ligne rouge à plus d'une reprise, dans celui du second, pour de nombreux retards injustifiés dans le traitement de ses affaires.

La voiture atteignit le col de la Vue-des-Alpes sous un soleil radieux. Ciel sans nuages, pas de vent, un panorama dégagé sur le Val-de-Ruz et, au-delà de la tranchée de Valangin, sur le lac de Neuchâtel, le Plateau suisse, les Préalpes fribourgeoises et les Alpes. Le thermomètre du tableau de bord affichait trente-cinq degrés à l'extérieur, la climatisation tournait à fond.

— Vous êtes sûre de vouloir venir sur les lieux? demanda le procureur à sa greffière.

— On a déjà eu cette discussion, lui répondit-elle en attaquant la descente des Loges. Et puis, c'est un peu tard pour faire demi-tour, non?

— Vous êtes libre de changer d'idée et d'aller boire un café en attendant que je revienne.

— Pour vous laisser gérer seul ce genre de situation? Il n'en est pas question.

— Ce ne serait pas la première fois.

— Regardez où ça vous a mené!

Jemsen soupira.

— D'accord Flavie, mais si vous…

— Le sujet est clos, coupa-t-elle sèchement. La mort de ma fille remonte à plusieurs années, j'ai tourné la page.

Sauf qu'une mère ne se remettait jamais de la mort de son enfant. La vie était ainsi faite et le procureur le savait: depuis la mort accidentelle de Mathilda, Flavie s'était fabriqué une carapace de papier. C'était aussi le cas de Tanja, même si pour cette dernière, les faits étaient plus récents et les responsabilités beaucoup plus troubles. Le silence s'installa dans l'habitacle et Jemsen se rencogna dans son siège. Le visage de Flavie s'était assombri, et le procureur se reprocha d'avoir fait surgir en cette belle journée le drame qui avait marqué à jamais la vie de sa greffière, même s'il l'avait fait pour la protéger. Parfois, les bonnes intentions mènent au bord du précipice. Il ne le savait que trop bien.

Au bas d'une longue côte forestière, la voiture bifurqua à hauteur des Hauts-Geneveys et traversa le village de Fontainemelon: quartiers de villas, terrain de football, ancienne ferme d'accueil pour les requérants d'asile, immeubles de densité moyenne, usine horlogère désaffectée et centre commercial. Un peu plus bas, le village contigu de Cernier, chef-lieu de l'ancien district du Val-de-Ruz, une zone essentiellement rurale située entre les deux pôles urbains du canton, Neuchâtel et La Chaux-de-Fonds.

Le collège de La Fontenelle trônait en lisière de forêt et surplombait la vallée. En période scolaire, il accueillait plus de six cents élèves issus des villages formant la troisième commune du canton. Aujourd'hui, il était fermé.

— Bon Dieu, soupira Flavie en garant la voiture sur le parking. Qu'est-ce qui a pris à cette gamine de choisir cet endroit ?

— Quand on en arrive là, répondit Jemsen, je doute qu'on soit en état de choisir quoi que ce soit.

Les portières claquèrent et ils se dirigèrent vers les marches qui menaient au préau et à l'entrée principale. Au sommet du grand escalier, un gendarme en uniforme les attendait. Le procureur reconnut le chef de quart Perny.

— L'OPJ n'est pas là ? lui demanda Jemsen.

— Non, le commissaire Garcia traite une autre affaire de perm au BAP. Il nous laisse gérer celle-ci. Tragique hélas, mais rien de bien compliqué. La légiste nous attend.

— Et les parents ? intervint Flavie.

— Ils ont été pris en charge par notre cellule de soutien psychologique. Ils nous ont également remis la lettre trouvée ce matin dans la chambre de leur fille.

— Le suicide est évident ? demanda Jemsen.

— Limpide. Même si la méthode utilisée n'est pas banale.

— Elle explique les raisons de son geste ?

— Harcèlement scolaire. Elle a écrit qu'elle n'avait pas la force d'affronter la rentrée prochaine.

— Dans ce cas, pourquoi ici ? s'étonna Flavie.

— Probablement pour marquer les esprits, répondit le chef de quart. Ceux de ses harceleurs et peut-être aussi ceux des autres victimes potentielles, pour les motiver à parler. Dans sa lettre, elle ne parle que d'une seule personne : Justine.

— Son bourreau ?

— Non, sa meilleure amie. Et apparemment, sa seule amie. Elle la remercie de son soutien et lui demande de pardonner son geste.

— Vous avez pu identifier cette Justine ?

— Oui, mais nous ne parvenons pas à la joindre. Nous y travaillons.

— Le directeur de l'école ?

— Il est en route. Nous essayons aussi de contacter les enseignants de la jeune fille, mais la plupart d'entre eux sont en vacances.

Entre deux rangées d'escaliers, ils passèrent par un niveau intermédiaire, avec des peintures sur le sol. Un peu plus haut, ils atteignirent le préau et ses trois accès : sur la gauche, celui du bâtiment principal ; en face, celui de la piscine ; à droite, celui de la salle de gym. Sur la droite, entre le niveau intermédiaire et le complexe sportif, une étendue de gazon et quelques arbres. Sous un pin, les gendarmes avaient quadrillé un petit périmètre avec de la rubalise.

Le procureur et sa greffière suivirent le chef de quart jusqu'à la scène. À l'extérieur du secteur interdit, un homme en civil retirait sa combinaison blanche de polypropylène estampillée CFOR, pour Commissariat forensique, la police scientifique. À cause de la chaleur, il était en nage. Jemsen salua l'inspecteur Rosset.

— Des traces ?

— Seulement celles de la victime. *A priori*, l'intervention d'un tiers est exclue.

— L'arme ?

L'inspecteur scientifique tendit un sac en plastique transparent dans lequel reposait un petit couteau suisse à la lame ouverte et recouverte de sang.

— C'est celui de la victime ? demanda le procureur.

— Il appartient au père de la jeune fille. Il était toujours posé sur un petit meuble à l'entrée de la villa familiale, à

Dombresson. Je ferai des recherches de traces sur le manche, mais je pense que nous retrouverons un mélange de profils ADN.

— La cause de la mort ?

L'inspecteur Rosset désigna la médecin légiste, accroupie devant le corps, et répondit :

— La doctoresse Selina Argento du CURML pourra répondre à votre question. Elle remplace le docteur Ralf Janemond, actuellement en vacances.

La légiste, un petit bout de femme d'une trentaine d'années, avait tendu l'oreille. Elle releva la tête, salua Jemsen et Flavie. Puis elle indiqua le cadavre, T-shirt remonté à hauteur de la poitrine. Le ventre de la victime était percé en plusieurs endroits et, de certaines plaies, remontaient à l'air libre d'étranges masses tissulaires blanchâtres maculées de sang.

— Huit coups de couteau, commenta la doctoresse Argento. La pression abdominale a fait ressortir les viscères. *A priori*, les lésions sont compatibles avec une auto-agression, mais je ne pourrai vous le confirmer qu'après l'autopsie.

— Cette pauvre gamine devait être vraiment désespérée, lâcha Jemsen.

— Je ne vous le fais pas dire.

Le procureur s'étonnait du choix de l'arme, mais aussi et surtout de l'endroit du corps que la victime avait visé. Une mort lente, assurément.

Aux côtés de Jemsen, Flavie avait pâli. Elle avait surestimé ses forces, mais c'était à prévoir. Elle revoyait le corps de sa propre fille, renversé par une voiture et étendu sur la chaussée. Cette fille avait cinq ans de plus que Mathilda, elle n'était encore qu'une enfant. Comment pouvait-on, à douze ans à peine, en arriver à une telle extrémité ?

11

Neuchâtel, jour J-4

Au neuvième étage du BAP, le Bâtiment administratif de la police, le commissaire Daniel Garcia raccrocha le téléphone et regarda le bocal en verre rempli de bonbons Sugus. Il hésita à en déballer un, puis se ravisa. Ces friandises étaient pour lui un produit de substitution à la clope qu'il avait arrêtée deux ans plus tôt, mais là, il faisait trop chaud. Il rêvait plutôt d'une glace.

Gilles Amey.

Le nom cité au téléphone par la réceptionniste du BAP lui était familier. L'homme était le patron des pompes funèbres Amey, une des principales entreprises du canton qui collaborait régulièrement avec la police neuchâteloise sur les levées de corps. Garcia était plus habitué à le croiser sur les scènes de crimes, d'accidents ou de suicides que dans son bureau.

L'OPJ, l'Officier de police judiciaire, soupira, se leva et gagna les ascenseurs. Il descendit à l'étage de la réception et, à l'aide de son badge électronique, ouvrit la porte qui séparait la zone d'accueil de la partie non accessible au public. L'homme était assis sur un banc, penché en avant, la tête entre ses mains.

En entendant la porte s'ouvrir, il releva les yeux, reconnut le commissaire et se leva nerveusement.

— Bonjour monsieur Amey, dit l'OPJ. Vous avez demandé à me voir ? Que puis-je pour vous ?

Tremblant, l'homme répondit du tac au tac :

— Ma fille a disparu.

Dan Garcia conduisit Gilles Amey à travers le labyrinthe bleu-gris du siège de la police neuchâteloise, jusqu'à une salle d'audition du neuvième. Il alluma l'ordinateur et téléchargea un modèle de procès-verbal.

— Pourquoi moi ? demanda l'OPJ, tandis que le système informatique moulinait.

— Je vous demande pardon ?

— Pourquoi avez-vous demandé à me parler, à moi et pas à un autre policier ?

— Parce que je vous connais de longue date, commissaire. Vous êtes un des plus anciens de la maison, j'ai pu constater votre professionnalisme à maintes reprises sur le terrain et j'ai pleine confiance en vous.

Garcia soupira en constatant le temps inhabituel que prenait le téléchargement. En quelques secondes, sa mémoire fit défiler les trois dernières situations où les deux hommes s'étaient croisés, et le flegme britannique avec lequel le patron des pompes funèbres et ses employés abordaient des situations parfois insoutenables.

Quand ils avaient tenté de sortir le corps putréfié de Toni Almeida de sa baignoire et que la tête s'était détachée du tronc pour retomber dans la boue opaque en les éclaboussant, avant que le siphon n'entraîne dans les égouts les restes de ses chairs liquéfiées.

Quand ils avaient emporté dans une housse mortuaire la dépouille de Matthias Hodler et les lambeaux de son visage dispersé dans une brume rouge.

Ou encore quand ils avaient refermé le même genre de housse noire sur l'ultime rictus du Philatéliste.

Mais aujourd'hui, le croque-mort avait perdu son flegme.

— Je vous en supplie, commissaire, dit-il nerveusement. Retrouvez ma fille !

Garcia leva les yeux de l'écran.

— Racontez-moi.

L'homme déballa son histoire, le policier verbalisa à la volée.

> *Ma fille Justine vient de fêter ses douze ans. Elle vit avec moi à Dombresson. Sa mère a interdiction de l'approcher, le tribunal a rendu tout récemment une ordonnance provisoire suspendant tout contact, le temps d'une enquête sociale de l'Office de protection de l'enfance. Et ce matin, Justine a disparu.*

— Comment êtes-vous sûr qu'elle a disparu ? Qu'avait-elle prévu de faire aujourd'hui ?

— Rien du tout, justement ! Mes parents devaient passer la journée avec elle, comme souvent pendant les vacances. Je m'apprêtais à partir au travail, j'ai toqué à la porte de sa chambre comme d'habitude pour l'embrasser, et rien. Pas de réponse. Je suis entré, elle n'était pas dans son lit ! Elle est introuvable ! Son téléphone est éteint, et aucun de ses amis que j'ai réussi à joindre ne l'a vue. Elle n'a parlé de rien, à personne. Mes parents sont chez moi pour guetter son éventuel retour, nous sommes bouleversés ! Justine n'est pas partie de son propre chef, jamais elle ne ferait une chose pareille. C'est sûrement sa mère qui… Il faut m'aider, je vous en supplie, je…

— Vous avez une photo de Justine ? demanda Garcia.

L'homme sortit son portefeuille de la poche arrière de son pantalon, l'ouvrit et déposa sur la table une photo sur laquelle on voyait deux jeunes filles souriantes. Amey pointa celle de droite.

— C'est elle, dit-il.

— Et à gauche, sa sœur ?

— Justine n'a pas de sœur, elle est fille unique. L'autre est sa meilleure amie, Aurélie Gonin.

À l'énoncé de ce nom, Garcia fronça les sourcils.

— De Dombresson, elle aussi ?

— Oui, répondit l'homme, un peu surpris. Les Gonin sont mes voisins. Nos filles sont toutes les deux dans la même classe, au collège de La Fontenelle. Vous la connaissez ? Je n'ai pas réussi à la joindre, ce matin.

Le commissaire ne répondit pas, il prit son téléphone portable et, sous les yeux d'Amey, appela le chef de quart Perny.

— Salut, c'est Dan. Comment s'appelle la fille que vous recherchez ?

Garcia fixait le patron des pompes funèbres en écoutant la réponse.

— Vous avez réussi à la joindre ?

Bref silence.

— Son père est en face de moi, reprit-il. Il vient de se présenter au BAP pour signaler la disparition de sa fille Justine. Je te fais signe dès que j'en sais plus. Tiens-moi au courant s'il y a du nouveau.

Et il raccrocha.

— Que se passe-t-il ? demanda Amey, inquiet.

Le commissaire hésita, puis lâcha :

— Ce matin, on a retrouvé le corps d'Aurélie Gonin dans les jardins de La Fontenelle. Apparemment, elle s'est suicidée.

Pâle comme les morts qu'il côtoyait à longueur de journée, l'homme porta ses mains à sa bouche et murmura :

— C'est horrible…

— Elle a laissé une lettre à ses parents, dans laquelle elle explique son geste et remercie votre fille.

— Ma… ma fille ? Mais pourquoi ?

— Pour son soutien dans une histoire de harcèlement

scolaire, mais nous n'en savons pas plus à ce stade. Les gendarmes ont cherché à joindre Justine pour tenter de comprendre le geste d'Aurélie.

— Je..., balbutia Amey, je ne comprends pas.

— Votre fille sait probablement ce qui est arrivé. Aurélie devait se confier à Justine. Et voilà que vous venez annoncer sa disparition. Il y a peu de chance que ces deux évènements simultanés ne soient qu'une pure coïncidence.

— Vous croyez que ma fille... ?

— Je ne crois rien, monsieur Amey. Je ne fais que constater. Avez-vous une idée de l'endroit où se trouve Justine ?

— Non ! s'exclama l'homme. Bien sûr que non, je vous l'ai dit ! Sinon, je ne serais pas ici ! Mais je suis sûr que...

— Que quoi ?

L'homme s'énerva.

— Que c'est sa mère qui l'a enlevée ! Mon ex est complètement folle...

Garcia soupira.

— Calmez-vous, monsieur Amey. Nous voulons tous retrouver Justine. Au plus vite. Mais je dois savoir par où commencer les recherches. Alors, essayez de vous concentrer et reprenons depuis le début.

Il y a dix-huit mois, j'ai quitté ma femme pour une autre. Elle ne l'a pas supporté. Le jour où je lui ai annoncé que je partais, elle a fracassé le mobilier de notre appartement et a mis le feu à mes habits, qu'elle avait disposés en tas au milieu du lit conjugal. J'ai réussi à éteindre l'incendie avant qu'il ne se propage.

Puis elle a pris un couteau et menacé de se suicider. J'ai alors fait appel à vos services, qui sont intervenus et l'ont emmenée à l'hôpital psychiatrique de Préfargier. Elle en est ressortie deux semaines plus tard, stabilisée selon les médecins. Mais il n'en était rien.

S'est ensuivie une procédure de séparation devant le tribunal civil des Montagnes et du Val-de-Ruz. Elle a réclamé des pensions exorbitantes, ainsi que la garde exclusive de Justine. Je m'y suis fermement opposé.

Alors que nos avocats respectifs bataillaient pour obtenir gain de cause, ma femme a débarqué dans vos locaux et a porté plainte contre moi pour abus sexuels sur Justine. Les inspecteurs ont très vite compris que c'était du flan, mais elle n'a pas voulu entendre raison.

Justine a été entendue par des spécialistes et elle a contesté les accusations de sa mère à mon encontre. Mais ma fille s'est retrouvée empêtrée dans un conflit de loyauté et elle a essayé de justifier l'attitude de sa mère. La pédopsychiatre m'a expliqué que ce genre de situation, hélas fréquente, pouvait causer de gros dégâts psychologiques sur les enfants, mais que les parents en guerre avaient malheureusement de telles œillères qu'ils ne voyaient que leur propre intérêt et se focalisaient sur le but à atteindre, sans parvenir à se raisonner.

Suite au rapport de police, le ministère public a classé la procédure en ma faveur, puis a condamné ma femme pour dénonciation calomnieuse. Elle a fait opposition à cette condamnation du procureur, mais le tribunal de police a confirmé la sentence. Ma femme a fait appel, puis recours au Tribunal fédéral. Elle a perdu sur toute la ligne.

Et il y a deux jours, suite à de nouvelles accusations infondées et à un rapport alarmiste de la pédopsychiatre, le tribunal civil lui a retiré la garde de Justine et a ordonné une enquête sociale.

— Et vous suspectez votre femme d'avoir enlevé votre fille ? demanda Garcia en quittant des yeux le procès-verbal à l'écran.

— Je ne la suspecte pas, commissaire, répondit-il péremptoirement. J'en suis certain.

Le téléphone de Gilles Amey émit un *ting*, il baissa les yeux et lut rapidement le message qui venait d'arriver. Stupéfait, Garcia vit l'homme se lever d'un bond, comme mû par un ressort.

— C'est ma mère ! Elle est allée questionner les voisins, et une femme dit avoir vu la voiture de ma femme dans la rue très tôt ce matin. Elle en est pratiquement sûre, mon ex passait régulièrement chercher ma fille, les gens la connaissent. Vous voyez ? Je le savais ! Il faut la retrouver !

— Comment s'appelle votre femme ?

— Coralie Amey.

12

Val-de-Ruz, jour J-4

Le suicide chez les jeunes était un phénomène en pleine expansion, suscitant vagues d'émotion et d'incompréhension dans la population, inquiétudes et sentiments d'impuissance partagés par les thérapeutes. Précarité, coupure des relations humaines au profit des nouvelles technologies, perte de repères et de dialogue entre parents et enfants, inaptitude à affronter les difficultés de la vie conduisaient dans une impasse, dont seul le geste fatal semblait être la clé.

L'inspecteur Rosset rangeait son matériel forensique dans le coffre de sa voiture et les gendarmes retiraient la rubalise entourant le périmètre sécurisé. La doctoresse Argento signifia à Jemsen qu'elle avait terminé la première phase de son travail sur les lieux et que la seconde se poursuivrait en salle d'autopsie. Flavie remarqua immédiatement l'échange fugace de sourires entre le procureur et la légiste, et se dit qu'il n'y avait pas plus étrange endroit pour que le charme opère entre deux personnes. Elle sourit à son tour, agréa d'un discret signe de la tête et Jemsen ordonna la levée de corps.

Délicatement, deux employés des pompes funèbres

déployèrent une housse mortuaire sur le gazon, y déposèrent le corps de la jeune Aurélie et refermèrent le sac. Ils le transportèrent sous le préau de l'école, où ils avaient garé le corbillard. Leur première mission : transporter le corps au CURML, le Centre universitaire romand de médecine légale, d'Epalinges, afin de le mettre à disposition de la médecin légiste. Ensuite, une fois l'autopsie terminée et la libération du corps ordonnée par le procureur, ils rapatrieraient la dépouille en terres neuchâteloises et organiseraient les obsèques avec la famille.

Le coffre du corbillard se referma, le bruit résonna sous le préau. Sur la vitre arrière fumée, on pouvait lire en grosses lettres blanches : *POMPES FUNÈBRES AMEY.*

Le chef de quart Perny s'approcha de Jemsen et lui tendit son téléphone.

— Monsieur le procureur, le commissaire Garcia souhaite vous parler.

Jemsen prit l'appareil et le colla à son oreille :

— Salut Dan, c'est Norbert.

— Vous en êtes où, à Cernier ?

— On a terminé. Ma greffière et moi allons remonter à La Tchaux pour la paperasse. Mandat d'autopsie et tout le toutim.

— Ça peut attendre ?

— Ça dépend. Qu'est-ce qui se passe ?

En trois minutes, l'OPJ résuma l'audition de Gilles Amey. Jemsen jeta un coup d'œil au corbillard qui s'éloignait.

— Je comprends mieux pourquoi il ne s'est pas déplacé lui-même à La Fontenelle.

— Il n'était pas au courant pour Aurélie Gonin. C'est moi qui viens de le lui apprendre.

— Selon toi, les deux affaires sont liées ?

— Je ne sais pas. Il est convaincu que c'est son ex qui a enlevé Justine, sachant que cette femme n'a pas le droit d'approcher sa fille – une ordonnance provisoire. Et une voisine pense avoir vu sa voiture dans la rue ce matin. Je viens donc de lancer un avis de recherche contre Coralie Amey. De toute façon, c'est la merde. Tu sais ce que représente la disparition d'un enfant. Il faut agir vite. Les premières heures sont cruciales.

— La mère a des points de chute à l'étranger ?

— Pas qu'on sache. Mais dans le doute, j'ai demandé à la centrale de diffuser en urgence le mandat d'arrêt dans tous les aéroports, toutes les gares et tous les postes de douane, avec photos de la mère et de la fille à l'appui. L'autorité centrale en matière d'enlèvement international d'enfants a aussi été avisée. Comme ça, tous les pays limitrophes sont déjà informés.

— On lance une alerte enlèvement auprès des médias ?

— Le père m'a posé la même question. Je lui ai répondu que c'était prématuré. Il l'a mal pris et menace d'appeler lui-même la presse. Je lui ai dit que ce n'était pas une bonne idée, mais il est remonté à bloc.

— Il y a de quoi.

— Certes, mais je lui ai fait comprendre qu'il devait nous laisser faire notre travail.

— OK, approuva le procureur. Tu suggères quoi ?

— Que tu viennes au BAP avec ta greffière. J'ai rameuté les troupes et on va coordonner les opérations sur le terrain depuis le poste de commandement opérationnel. Il n'est pas exclu que nous ayons besoin de brancher des écoutes en urgence, avec localisation des antennes de téléphonie, sur les portables de la mère et de la fille.

Flavie circulait au régulateur de vitesse entre le village de Fontaines et l'hôpital de Landeyeux. Sur la gauche, loin au milieu des champs, la piscine d'Engollon et son emblématique plongeoir. La greffière imaginait les serviettes à cheval les unes sur les autres, les bassins envahis de baigneurs qui cherchaient à fuir la canicule. Elle se souvenait de cette horrible affaire qui avait déjà quitté les mémoires, ce corps décapité d'une jeune fille que le Monstre de Saint-Ursanne, un des derniers serial killers à avoir sévi en Suisse, avait suspendu à la plateforme des cinq mètres. Un dossier archivé de longue date, que Jemsen n'avait pas connu.

La route descendait vers le Seyon, la rivière qui traversait paisiblement le Val-de-Ruz dans le sens de la longueur, pour filer vers le bourg de Valangin, les gorges et le lac de Neuchâtel. Flavie était perdue dans ses pensées.

— Ça va ? lui demanda le procureur.

— J'ai connu mieux.

— Vous pensez à cette jeune fille ?

— Je pense à ses parents. Ce drame va les détruire, comme la mort de Mathilda a provoqué la fin de mon mariage.

Et la mort de votre mari, pensa Jemsen en se remémorant les tragiques circonstances qui avaient conduit au décès d'Alain Keller. Une zone d'ombre – une de plus – dans le dossier qui avait abouti à la première arrestation de Tanja Stojkaj, à son évasion, à sa fuite à l'autre bout du monde et à sa récente extradition. Une affaire en attente d'un nouveau jugement.

— Vous avez des nouvelles de Tanja ? demanda le procureur à sa greffière.

Terrain sensible, sables mouvants. Jemsen savait qu'il s'aventurait du côté obscur du cœur de sa greffière.

— Je lui rends visite à Lonay presque chaque semaine depuis le mois de janvier, répondit-elle froidement.

— Comment va-t-elle ?

— Mal. Je n'ai constaté aucune évolution de son état de santé psychique. Elle joue les dures à cuire, mais elle est comme un cerf-volant dans l'œil du cyclone.

— Il faut lui laisser du temps.

— Du temps pour quoi ?

— Pour se remettre de la mort de sa mère et de son fils.

— Une mère ne se remet jamais de la mort de son enfant. Je sais de quoi je parle.

— J'en ai conscience.

— Comment le sauriez-vous ? Vous n'avez pas eu d'enfant.

— J'ai perdu un frère.

— Ce n'est pas la même chose.

Ils traversèrent le hameau de la Borcarderie, puis le village de Valangin. Enchâssé sur son promontoire rocheux au fond d'une cuvette, le château médiéval dominait l'entrée nord des gorges du Seyon et le pont Noir.

— Comment va Lucifer ? demanda Jemsen.

Flavie lui lança un regard étonné. Jamais le procureur ne lui avait demandé de nouvelles du chat d'Ana Bartomeu. Ce chat que l'inspectrice genevoise, sur son lit d'hôpital, avait confié à Tanja, et que Flavie gardait temporairement chez elle, dans l'attente d'une hypothétique libération de sa bien-aimée.

— Il m'a coûté un canapé et une paire de rideaux, sourit-elle. Mais il a fini par s'habituer à son nouveau chez-lui. Et je dois dire que sa compagnie m'est plutôt agréable. Il me fait la fête tous les soirs et ne me harcèle jamais de questions pour savoir comment s'est passée ma journée de boulot.

13

Neuchâtel, jour J-4

Au cinquième étage du BAP, au pied des escaliers qui menaient à la CNU, la Centrale neuchâteloise d'urgence, le PCO était en pleine ébullition. L'abréviation désignait le Poste de commandement opérationnel, une salle résolument moderne, équipée des toutes dernières technologies de pointe.

Depuis cette salle, on pouvait rechercher et analyser les renseignements, planifier et coordonner l'engagement des moyens sur le terrain, assister et appuyer les intervenants dans les domaines techniques de la conduite, de la communication, de l'information et de la logistique. Autour d'une table centrale, une dizaine de policiers s'affairaient, la moitié au téléphone, l'autre moitié plongée dans la lecture de rapports. Sur les quatre murs de la pièce, des écrans d'ordinateurs et de télévisions, et des tableaux magnétiques sur lesquels on pouvait aussi écrire au feutre. On aurait dit une fourmilière à l'ouvrage, chaque fourmi ayant une tâche bien définie.

— La téléphonie? demanda Garcia au moment où le procureur et sa greffière entraient dans le PCO.

— L'appareil de la fille est éteint, répondit un inspecteur.

On attend que l'opérateur nous envoie les dernières localisations.

— La demande d'approbation au Tribunal des mesures de contrainte ?

— Prête et imprimée. Vous n'avez plus qu'à la signer et l'envoyer.

— Parfait. Et le téléphone de la mère ?

— Éteint également, répondit un autre. Mais pour les rétros, voire une écoute, il faut un ordre du procureur. On ne peut pas utiliser la procédure pour les personnes disparues.

Alors qu'il s'approchait de Jemsen et de Flavie pour les saluer, Garcia fut interrompu par un gradé de la gendarmerie.

— Commissaire, la patrouille 6 est en ligne.

Tous les regards se tournèrent vers un gigantesque écran de télévision au fond de la salle. Un homme en uniforme apparut et annonça :

— Le père avait raison. Depuis la séparation, Coralie Amey a tourné le dos à toutes ses anciennes amies. Aucune ne l'a vue depuis des mois. Il semblerait en revanche qu'elle ait noué des relations avec des pensionnaires de Préfargier. Nous avons déjà pris contact avec le directeur de l'hôpital psychiatrique et il est d'accord pour nous renseigner, mais il demande à être délié du secret médical.

— Je me charge d'écrire au médecin cantonal en ce sens, répondit Jemsen qui s'était déplacé dans l'axe de la webcam.

— Merci, monsieur le procureur. Avec mon collègue, nous nous déplaçons déjà à Préfargier.

L'image disparut. Dans un coin de la salle, Flavie avait sorti un calepin et notait la liste des documents qu'elle allait devoir préparer. Garcia se tourna vers un de ses hommes :

— Du côté de la famille ?

— Rien pour l'instant. Coralie Amey est enfant unique. Sa mère est décédée d'un cancer il y a trois ans et son père est dans une maison de retraite à Peseux, mais il est atteint d'un Alzheimer à un stade très avancé. Rien à espérer de ce côté-là. Et il semblerait qu'il n'ait pas reçu de visites de sa fille depuis la mort de sa femme.

— D'autres points de chute connus ?

— Aucun.

L'OPJ soupira et s'adressa au chef de la police de la circulation.

— Qu'en est-il de la voiture ?

— On a la marque, le modèle et le numéro des plaques. Une Volkswagen Golf blanche immatriculée dans le canton de Neuchâtel. Le service des autos va nous envoyer une copie de la carte grise.

— Un modèle suffisamment récent ?

— Oui, de l'année dernière. Je viens d'écrire au siège de Volkswagen à Wolfsburg, en Allemagne, pour tenter de localiser le véhicule. Mais je connais déjà leur réponse : ils exigeront une commission rogatoire internationale.

La greffière ajouta une note dans son calepin.

— Parfait, répondit Garcia. La voiture est signalée ?

— Oui, dans le système RIPOL. Les plaques aussi. Le signalement a été doublé par une diffusion nationale. Toutes les polices suisses et tous les postes de douane sont à l'affût. Et si Coralie Amey passe sous un portique LAPI, nous recevrons aussitôt une alarme.

L'abréviation désignait le système de Lecture automatisée de plaques d'immatriculation, qui équipait tout le réseau autoroutier et les principaux axes nationaux.

— Qu'en est-il des radars ? demanda l'OPJ.

— Si elle se fait flasher, nous le saurons aussi, mais avec un temps de retard, hélas.

— Et les caméras routières ?

— Dès l'annonce de la disparition de l'enfant, la CNU a sauvegardé toutes les images disponibles dans le canton. Deux de mes hommes sont actuellement en train de les visionner, mais c'est un peu chercher une aiguille dans une botte de foin. Et je crains que ce ne soit trop tard : les images du réseau autoroutier sont automatiquement écrasées au bout de trente minutes. Depuis ce matin, Coralie Amey a eu tout le temps de quitter le canton.

— Pour autant que ce soit bien un enlèvement..., murmura le commissaire.

Il se tourna vers le gradé de la gendarmerie et reprit :

— On en est où, avec le Super Puma ?

— On attend le feu vert de Payerne.

Étonné, Jemsen s'approcha de Garcia et lui demanda :

— Que comptes-tu faire avec un hélico ?

— Je ne ferme aucune porte, répondit l'OPJ. Pour l'instant, on travaille d'après les certitudes du père de Justine et le témoignage pas totalement certain d'une voisine, mais nous n'avons aucune preuve de l'enlèvement. Et nous n'en aurons peut-être pas d'ici ce soir. Imagine autre chose : et si Justine était présente lors du geste fatal d'Aurélie Gonin ? Que ferait une jeune fille dans une situation pareille ? Le choc post-traumatique peut être énorme, au point d'en perdre la raison. Le collège de La Fontenelle est en bordure de la forêt et ce ne serait pas la première fois qu'un enfant s'y perd. Une fois la nuit tombée, nous passerons le secteur au peigne fin avec le détecteur infrarouge. L'armée nous offre des heures de vol, à nous de les utiliser à bon escient.

— Dans ce cas, pourquoi attendre la nuit ?

— Parce que pendant la journée, il y a trop de promeneurs dans cette région. L'imagerie thermique ne nous serait d'aucune utilité.

Flavie s'était fait une petite place à la table d'état-major. Elle avait finalisé et imprimé toute une série de documents, que le procureur signait les uns après les autres. Une ordonnance d'écoute téléphonique et d'obtention de données rétroactives sur le portable de Coralie Amey, la demande d'approbation de ces mesures au TMC, le Tribunal des mesures de contrainte. Une demande adressée au médecin cantonal, visant la levée du secret médical du directeur et du personnel de l'hôpital psychiatrique de Préfargier. Une demande d'entraide judiciaire internationale à l'Allemagne, pour l'obtention de toute information utile auprès de Volkswagen sur la localisation de la voiture de Coralie Amey. Et aussi une demande séparée au TMC, visant à connaître, en temps réel, toute utilisation de cartes bancaires ou de cartes de crédit dont serait titulaire la mère de Justine. Tout paiement ou retrait de cash dans un distributeur à billets serait automatiquement et immédiatement transmis aux enquêteurs, avec la localisation de la transaction.

— Je viens de recevoir une réponse de Volkswagen, annonça le chef de la police de la circulation. Ils prétendent que si le propriétaire n'a pas activé le traqueur antivol, ils ne peuvent pas localiser la voiture.

— Ils ne peuvent pas ou ils ne veulent pas? s'énerva Garcia.

— Pourquoi ne voudraient-ils pas? demanda Jemsen.

— Parce qu'on vit dans un monde où on peut tout surveiller, répondit Flavie à la place de l'OPJ, mais on ne veut pas avouer publiquement qu'on peut le faire. Dès qu'un organisme comme La Poste ou les CFF ont affaire aux médias, ils shootent en corner toute question relative à la vidéosurveillance. Ce qui renforce les suspicions de l'opinion publique.

— Très bien, dit Garcia, irrité, au chef de la police de la circulation. Dans ce cas, répondez-leur qu'on sait très bien qu'ils peuvent le faire et qu'il y va de la vie d'une enfant. Ils n'oseront pas prendre le risque d'un scandale dans l'autre sens. Trop difficile d'assumer la mort d'une enfant en raison de leur inaction.

Le chargé de communication de la police neuchâteloise qui venait d'entrer dans la pièce et suivait l'échange en silence, émit un petit toussotement.

— Une objection, Dédé? demanda l'OPJ.

— Non, aucune. Mais je crains que nous ayons un petit problème.

— Lequel ?

Dédé dirigea une télécommande vers l'écran de télévision et l'alluma sur RTS Un. C'était la fin du journal télévisé de 12 heures 45. Un journaliste faisait face à la caméra, un micro à la main. En arrière-plan, on distinguait l'entrée du BAP. Dédé augmenta le son.

> *Nous sommes en direct devant les locaux de la police cantonale à Neuchâtel, où un drame familial est en train de se jouer. Ce matin, Justine Amey, douze ans, a disparu du domicile légal de son père à Dombresson. Face à ce qu'il juge comme une inertie des enquêteurs, Gilles Amey, patron d'une importante entreprise de pompes funèbres du canton, a décidé de prendre le taureau par les cornes et d'alerter l'opinion publique. Curieusement, aucune alerte enlèvement n'a encore été lancée par les autorités et, pour l'heure, le porte-parole de la police neuchâteloise se refuse à tout commentaire, ce qui n'est pas dans ses habitudes. Une position pour le moins curieuse, quand on sait que la mère de l'enfant…*

14

Neuchâtel, jour J-4

Le journaliste de la RTS se tourna vers Gilles Amey, la caméra suivit le mouvement et se focalisa sur le visage meurtri du père de Justine.

— Vous dénoncez aujourd'hui l'inaction de la police, alors que la disparition de votre fille ne remonte qu'à quelques heures. Pouvez-vous nous en expliquer la raison ?

— C'est un sentiment général, celui de ne pas être écouté, de ne pas être cru. Pas besoin d'être policier pour savoir que, dans les cas de disparition d'enfant, les premières heures sont cruciales. Le commissaire qui m'a reçu ce matin me l'a lui-même rappelé. Mais plutôt que de remuer ciel et terre pour retrouver Justine, il m'a posé mille questions sur ma situation personnelle et le conflit qui m'oppose depuis de nombreux mois à mon épouse.

— Vous dites *épouse* ? Vous la considérez toujours comme telle ?

— J'utilise le terme légal. Nous ne sommes pas encore divorcés. La procédure est compliquée et le tribunal civil a déjà reporté maintes fois l'audience de jugement à la demande de l'avocat de mon épouse.

— Vous vous dites convaincu que c'est elle qui, ce matin, a enlevé votre fille. Sur quoi fondez-vous cette conviction?

Amey sourit tristement aux dizaines de milliers de téléspectateurs qui le regardaient à travers la Suisse romande.

— Une voisine a aperçu sa voiture, mais même sans ça, je l'aurais su. Qui d'autre aurait pu faire cela? Coralie est une personne totalement instable, détruite sur le plan psychique. De nombreux rapports médicaux attestent de sa dangerosité.

— Pensez-vous qu'elle puisse être dangereuse pour votre fille?

Amey avala péniblement sa salive.

— De tout mon cœur, j'espère que non. Je compte sur son instinct maternel.

— Pourtant, le tribunal civil lui a dénié tout droit de garde et de visite. Pensez-vous que cette décision ait pu être le déclencheur de cet enlèvement?

— Très certainement.

— Mais vous doutez qu'elle puisse faire du mal à Justine.

— Je pense qu'à travers son acte, c'est moi qu'elle vise. Elle est convaincue d'être la victime d'une cabale montée de toutes pièces par les autorités judiciaires, les spécialistes de la protection de l'enfance et le monde médical. Elle s'est mis en tête que ma collaboration de longue date avec la police et le ministère public, ainsi qu'avec les hôpitaux du canton dans le cadre de mon travail, m'ont permis de corrompre tout le système à mon avantage.

— Pourtant, aujourd'hui, vous dénoncez justement les autorités pénales du canton.

— Je ne fais qu'agir dans l'intérêt de ma fille. Je veux qu'on la retrouve, vite et en bonne santé. Et pour ça, je pense qu'il est urgent que la photo de mon épouse soit diffusée dans tous les médias suisses, ainsi que dans ceux des pays limitrophes. Il y va de la vie de Justine.

Dans son oreillette, le journaliste reçut confirmation de la régie que la photo de Coralie Amey apparaissait en médaillon sur l'écran. La caméra changea à nouveau de position et se refocalisa sur lui pour ses commentaires finaux.

À l'heure où je vous parle, nous tentons d'obtenir la position de la police et du procureur de permanence à propos de cet enlèvement. Gilles Amey attend lui aussi des réponses des enquêteurs sur l'avancement des recherches. Et pour faire bouger les choses, il a décidé de lancer lui-même sa propre « alerte enlèvement ». Comme il me l'a confié hors antenne il y a quelques minutes, ce qu'il craint par-dessus tout est un homicide par procuration, en référence au nouveau terme de féminicide par procuration, *terme qu'on entend malheureusement trop souvent ces derniers temps et qui désigne l'acte infanticide d'un parent pour toucher l'autre dans ce qu'il a de plus cher: assassiner un enfant dans l'unique but de détruire son ex-conjoint. Gilles Amey craint sérieusement que son épouse en soit capable, puis qu'elle se suicide. Peu après la séparation, elle lui aurait dit plusieurs fois que si elle venait à perdre Justine, elle n'aurait plus aucune raison de vivre. Dans son travail de tous les jours, Gilles Amey est un homme habitué à vivre avec la mort. Mais aujourd'hui, c'est un homme qui a peur. Quand la mort frappe à la porte de votre famille et que ça devient personnel, on ne peut plus exiger du professionnel qu'il conserve le recul qu'on attend de lui dans son travail.*

Et le journaliste de conclure:

C'était Giovanni Donzé, en direct de Neuchâtel, pour la Radiotélévision suisse romande.

À peine libéré de la caméra, Gilles Amey fut pris à partie par les autres journalistes qu'il avait conviés à ce point presse. On tendait vers lui des micros de toutes les couleurs et des dictaphones, on notait dans des calepins le moindre de ses mots. Les questions fusaient dans tous les sens, l'homme y répondait au mieux, submergé par la vague qu'il avait provoquée et qu'il ne parvenait plus à contrôler. Il se tenait debout, sur les marches de l'escalier qui menait à l'entrée du BAP, quand il sentit soudain une poigne assez ferme le saisir par un bras et le tirer en arrière.

— Mais qu'est-ce qui vous prend!? lui murmura Garcia à l'oreille.

Amey se retourna et affronta le regard noir du commissaire.

— J'attends que vous fassiez votre travail.

— Et je le fais. Venez avec moi.

— Vous m'arrêtez?

— Bien sûr que non. Mais apparemment, on doit vous prouver que nous agissons. Et vous, vous sabordez nos efforts.

— Parce que je crie la vérité au monde?

— Non, parce que vous mettez votre fille en danger. Maintenant, grâce à vous, votre épouse sait que nous sommes à sa recherche.

— De toute façon, elle doit s'en douter.

— Peut-être. Mais tant qu'elle avait encore de l'espoir, elle pouvait faire un faux pas. Maintenant, elle va tout faire pour disparaître.

Sous le crépitement des appareils photos, le père de Justine se laissa emmener vers la porte vitrée de la réception. Derrière celle-ci, il reconnut le procureur Norbert Jemsen, qu'il avait vu pour la dernière fois sept ou huit mois plus tôt, dans les rues verglacées de La Chaux-de-Fonds, une nuit d'hiver où son corbillard avait pris en charge le corps du tueur que les médias avaient surnommé *Le Philatéliste*.

L'homme de loi était accompagné d'une femme qui devait

être sa greffière. Tous les deux le regardaient bizarrement, un étrange mélange de compassion et de jugement moral. Mais peu importait, ils ne pouvaient pas savoir ce qu'il endurait. Ni ce que Coralie lui avait fait subir ces derniers mois.

Tandis que Gilles Amey remontait l'escalier aux côtés de Garcia, ils croisèrent Dédé qui descendait en direction des journalistes. On aurait dit un échange de prisonniers, dans un de ces vieux films d'espionnage, une nuit de brume sur un pont abandonné. Les portes du BAP se refermèrent au moment où le chargé de communication de la police prenait la parole et tentait de rattraper le coup avec les médias. Même si pour le direct du journal télévisé, c'était trop tard.

Sans un mot, Amey suivit Garcia, Jemsen et Flavie dans les couloirs du BAP. Ils prirent l'ascenseur et gagnèrent le cinquième étage. Le commissaire fit jouer son badge sur une serrure électronique et ils entrèrent dans le PCO. Malgré l'interruption causée par les médias, l'effervescence n'était pas retombée. Le tableau magnétique était garni de nouveaux bouts de papier et de nouvelles notices manuscrites. On compilait les informations, on les recoupait, on les traitait les unes après les autres, sans relâche.

À la vue de l'OPJ, le gradé de la gendarmerie se leva et annonça :

— La police fribourgeoise a repéré la voiture de Coralie Amey. Elle vient de quitter Avry-sur-Matran en direction de Payerne.

— Et Justine ? demanda Garcia.

La prison

(Deuxième partie)

15

Lonay, jour J-2

La prison de La Tuilière avait été ouverte en 1992, en remplacement de celle de Morges dont l'infrastructure n'était plus adaptée, et de la colonie pour femmes de Rolle, fermée en 1978. *Lonay*, comme on l'appelait de manière abrégée dans le jargon policier et judiciaire, était une prison mixte, mais surtout connue pour son secteur femmes, un des seuls en Suisse romande. Le défi architectural majeur avait été de faire en sorte que les détenus et les détenues ne se croisent jamais.

Le secteur femmes assurait tous les régimes, de la détention provisoire à l'exécution des peines et des mesures, à l'exception de la détention des mineures. Toutes les modalités d'exécution étaient représentées : régime ordinaire, courtes peines privatives de liberté, semi-détention, travail externe.

Mais si, comme le préconisait le spécialiste de l'histoire carcérale suisse Daniel Fink au sujet de l'architecture des prisons, « il faut laisser l'espoir au prisonnier de pouvoir s'échapper », les unités au sein des secteurs demeuraient néanmoins très cloisonnées. On ne mélangeait pas les torchons et les serviettes. Et l'unité 3 renfermait les serpillières irrécupérables, celles qu'on laissait habituellement au fond du bac de linge sale, en hésitant entre les envoyer à la poubelle ou leur accorder la lessive de la dernière chance.

À 20 heures 15, Majo avait enfermé les détenues dans leurs cellules, verrouillé les serrures et frotté son trousseau de clés contre chaque porte, terminant son petit rituel sur sa phrase habituelle, prononcée avec le sadisme qui la caractérisait : « Bonne nuit, les hamsters. »

Dans la cellule 5, Tanja s'était étendue sur son lit et avait allumé la télévision. Télécommande à la main, elle zappait d'une chaîne à l'autre, faisant la moue devant la pauvreté des programmes. À croire que l'argent – comme les téléspectateurs – désertait de plus en plus les chaînes publiques et privées d'antan au profit des plateformes de streaming. Sauf que Netflix et compagnie n'avaient pas leur place en prison.

Coralie se tenait debout devant la fenêtre ouverte, mains crispées sur les barreaux qui la séparaient de la liberté. Pour combien de temps encore ? L'horloge tournait et elle craignait l'inéluctable : perdre bien plus encore que la liberté, perdre Justine, la seule personne qui comptait pour elle, et offrir ainsi la victoire à son ennemi juré, l'homme qu'elle avait aimé mais qui lui avait volé jusqu'à sa dernière goutte de dignité. Et ça, il n'en était pas question.

— Je peux te poser une question ? demanda-t-elle en se tournant vers Tanja.

— Tu viens de le faire, grommela sa codétenue.

Coralie sourit tristement.

— OK, une deuxième question alors : pourquoi Majo nous appelle les *hamsters* ?

Tanja quitta des yeux l'écran de télévision et regarda Coralie d'un air étrange. Au bout de quelques secondes, elle répondit :

— Laisse tomber, ma belle. La meilleure chose à faire est d'ignorer ses provocations.

— Mais en quoi un hamster serait-il un terme provocateur? C'est plutôt mignon, comme animal de compagnie.

Tanja ricana.

— On voit que tu ne sais pas de quoi ces petites bêtes sont capables.

— Alors, explique-moi.

Tanja soupira face à l'insistance de sa codétenue et coupa le son de la télévision.

— Tu veux vraiment le savoir? Je ne suis pas sûre que cette explication soit le meilleur des somnifères.

— L'absence d'explication non plus. De toute façon, je ne dormirai pas bien cette nuit. Ni les suivantes.

Tanja se redressa et s'assit au bord du lit, puis expliqua sur un ton agacé:

— Le hamster est une des rares espèces à pratiquer le cannibalisme puerpéral. En d'autres termes, la mère bouffe ses petits pour se nourrir. Surtout quand elle est dans un grand état de stress.

— Quel rapport avec nous? s'étonna Coralie.

— Nous avons toutes tué un ou plusieurs de nos enfants. J'ai tué mon fils, Pilar a tué sa fille, et Louise t'a raconté son histoire.

— Moi, je n'ai pas tué ma fille! s'insurgea Coralie.

— Je ne connais pas ton histoire. Et tu m'apprends à l'instant que tu as une fille. Il faut croire que dans l'esprit de Majo, ce que tu as fait revient au même. C'est comme pour Clem: elle n'a pas tué l'enfant qu'elle porte, mais elle va lui donner naissance dans une cage. Ce n'est pas mieux.

— Mais moi, je n'ai pas tué ma fille! répéta Coralie en s'énervant.

Des larmes apparurent aux coins de ses yeux, elle tremblait.

— Je ne sais pas ce qu'on te reproche, dit calmement Tanja. Ça a un lien avec ta fille?

— Je l'ai mise en sécurité.

— Dans une cage ?

— Bien sûr que non ! s'exclama la mère de Justine, horrifiée. Je l'ai emmenée loin de son père, parce qu'il abusait d'elle. Je l'ai fait pour le bien de ma fille. Pour la protéger.

— Alors, tu as bien fait.

Coralie fixa Tanja, l'air étonné, et balbutia :

— Tu... tu trouves que j'ai bien fait ?

— Ben oui, si tu l'as fait pour les motifs que tu dis, tu as bien fait.

Des larmes coulèrent sur les joues de Coralie.

— Pourquoi pleures-tu ? s'étonna Tanja.

— Parce que tu es la première personne à me dire ça depuis qu'on m'a arrêtée. Personne ne me croit. Tout le monde pense que, dans cette histoire, c'est moi la méchante. On me dit que je suis une mauvaise mère, que je ne pense qu'à moi, que j'ai fait ça par égoïsme, que j'ai inventé toute cette histoire d'abus sexuels. Mais c'est faux ! J'aime ma fille. Elle est la prunelle de mes yeux. S'il lui arrive quelque chose, je ne le supporterai pas. Je...

Coralie sécha ses larmes d'un revers de la main, renifla et conclut d'une petite voix :

— Je ne suis pas un hamster, Alba. Si Justine meurt, je meurs.

Tanja avait invité sa codétenue à la rejoindre sur le lit du bas et l'avait prise dans ses bras. Un geste un peu mécanique, bien éloigné de la tendresse maternelle de Louise. Toujours installées face à la télévision, les deux femmes regardaient sans vraiment la suivre la rediffusion par TV5 Monde du journal de 19 heures 30 de la RTS.

— Qu'est-ce qui est arrivé à ton fils ? demanda Coralie.

— Je préfère ne pas en parler, répondit Tanja. Ça remonte à plus d'une année et ça s'est passé loin d'ici, très loin, dans un beau lagon bleu à l'autre extrémité de la planète. Un paradis terrestre qui m'a dévoilé que l'enfer ne connaissait pas de frontière. Un cercueil d'eau turquoise et de sable blanc.

— Et pour la fille de Pilar?

— Ce n'est pas à moi de te raconter son histoire. C'est à elle de le faire, pour autant qu'elle soit d'accord. Mais la connaissant, elle le fera tôt ou tard. Sous ses airs un peu sauvages, Pilar cache un immense besoin de se confier.

— Comme Louise.

— Louise, c'est différent. Aujourd'hui, elle arrive à prendre du recul par rapport à ses actes. Probablement grâce au temps qui est passé et à une forme de résignation due à son âge. Elle sait qu'elle est condamnée à finir ses jours en prison.

— C'est injuste, murmura Coralie. Louise a payé pour son crime en étant enfermée toute sa vie. Elle est malade aujourd'hui, elle devrait avoir droit à un peu de clémence, à finir ses jours au calme, pas dans cette souffrance.

— À tes yeux, peut-être. Mais pas aux yeux de la justice.

— Quelle justice?

— Celle des hommes. Forcément imparfaite, à leur image. Mais nécessaire si l'on veut que ce monde conserve un peu d'espoir et ne devienne pas totalement chaotique.

— C'est fou, soupira Coralie, on jurerait que tu défends les flics, les procureurs et les juges qui t'ont envoyée ici.

— Parce qu'ils sont payés pour faire leur boulot et qu'ils ne le font pas tous mal.

Coralie afficha un sourire un peu triste.

— Je croirais entendre ma mère. Elle disait la même chose des médecins qui, pourtant, avaient diagnostiqué tardivement son cancer. J'aimais ma mère, tu sais. Éperdument. Et si elle avait encore été de ce monde, peut-être qu'elle m'aurait empêchée de faire ce que j'ai fait. Ou en tout cas, elle aurait tout fait pour m'en dissuader. Peut-être que je l'aurais écoutée. Ou peut-être pas. Ma mère me manque, Alba…

— La mienne aussi, répondit Tanja.

— Elle est décédée il y a longtemps ?

— Le même jour que mon fils. Dans ce même endroit paradisiaque.

— Je suis désolée…

— Tu ne pouvais pas savoir.

Coralie hésita, puis osa :

— Tu sais, Alba, Louise ressemble tellement à ma mère. C'est frappant. C'est presque son sosie. Ça m'a fait tout drôle, ce matin, quand je l'ai vue pour la première fois sur le chemin des douches. Et puis, elle a cette manière de se déplacer, de me regarder, de parler si sereinement. Cet après-midi, elle m'a confié un secret. Et je dois t'avouer que ce qu'elle m'a dit me travaille beaucoup depuis tout à l'heure…

— Attends ! coupa soudain Tanja en dirigeant la télécommande vers la télévision et en augmentant le son.

À l'écran apparaissait en médaillon la photo de Steva Nikolic. Le journaliste se tenait face caméra et, à l'arrière-plan, on distinguait l'accès principal de la prison de Lonay. Il commenta :

> *Cet après-midi, le Tribunal fédéral a donné son feu vert à l'extradition d'une des plus dangereuses criminelles détenues dans notre pays. Pour mémoire, l'intéressée avait été placée sous mandat d'arrêt par le TPIY, le Tribunal pénal international pour l'ex-Yougoslavie, pour crimes de guerre et génocide. Mais suite à la dissolution de cette haute cour en 2017 et quelques couacs dus au transfert des dossiers, elle a pu bénéficier d'un classement sans suite, faute de preuves suffisantes. Une décision violemment critiquée par la communauté albanaise*

du Kosovo. Parallèlement, la détenue était aussi recherchée par son pays d'origine pour des infractions de droit commun, liées à sa participation à une puissante organisation criminelle. Avec l'appui de ses avocats genevois, elle s'est opposée à son extradition, mais elle vient d'être déboutée aujourd'hui en dernière instance. En fin d'après-midi, par la voix de son porte-parole, l'Office fédéral de la justice à Berne a fait savoir qu'il allait organiser la remise effective de l'intéressée à la Serbie. Mais qui est vraiment Steva Nikolic, celle qu'on surnomme le Vampire des Balkans ?

Steva

Près de Pec, Kosovo, le 16 avril 1999

L'opération militaire « Force alliée » de la KFOR avait commencé une vingtaine de jours plus tôt. Elle visait le bombardement systématique de toute cible serbe au Kosovo, suite au massacre de Racak et à l'échec des négociations de la conférence de Rambouillet, lors de laquelle l'OTAN avait exigé, sans succès, un droit de passage absolu pour son personnel et son matériel à travers la République fédérale de Yougoslavie.

À dix kilomètres au sud-est de la frontière avec le Monténégro, la petite ville de Pec, au pied des montagnes enneigées de la Rugova et de ses gorges aux mille grottes, se trouvait sur la route de l'épuration ethnique.

Steva Nikolic était une des rares femmes à avoir atteint suffisamment d'estime dans l'esprit de son mentor Zeljko Raznatovic, dit Arkan, pour qu'il lui confie la tête d'un bataillon. Loin des petits larcins de son enfance, vols de sacs à main et rackets minables dans les rues de Belgrade, elle arborait aujourd'hui fièrement le treillis noir des Tigres, l'unité paramilitaire qui faisait frémir les Balkans depuis le déclenchement des hostilités en 1991.

Steva se tenait debout dans le char de tête, le buste dépassant de la tourelle, à côté d'un petit drapeau de la Serbie. Béret noir sur son crâne rasé, un MP-5 dans une main et, sur les épaules, une écharpe de l'Étoile rouge. C'était là qu'Arkan avait recruté les membres de sa milice : en prison d'une part, et parmi les ultras du club de football phare de Belgrade d'autre part. Des petites frappes capables des pires violences, façonnées et drillées pour devenir de véritables machines à tuer. Des machines dociles, soumises à une discipline de fer. Parce qu'on ne désobéissait jamais à Arkan.

Dès le début du conflit en Croatie, les Tigres avaient été envoyés en appui de la JNA, l'armée yougoslave majoritairement proserbe, pour effectuer des « nettoyages » aussi rapides qu'efficaces. Leur seul objectif : semer la terreur. Et cette terreur durait depuis huit ans.

Steva leva un poing vers le ciel. La colonne de blindés s'arrêta, de même que les nombreux civils qui l'entouraient : des boucliers humains censés empêcher tout bombardement des avions de la KFOR.

Steva tendit l'oreille, à l'affût du moindre écho suspect. L'OTAN utilisait des avions furtifs. Un F-117A avait été abattu vingt jours plus tôt au-dessus de la Serbie. Son pilote s'était éjecté, les deux camps s'étaient livrés à une vraie course contre la montre pour le récupérer et les alliés avaient joué de chance sur ce coup-là. Mais les Serbes n'avaient perdu qu'une bataille, ils n'avaient pas dit leur dernier mot.

Steva tendait l'oreille, mais un bébé pleurait. Elle détestait les enfants, plus encore quand ils étaient dans les rangs de l'ennemi et qu'ils l'empêchaient de faire son travail. D'un simple regard suivi d'un geste du menton, elle ordonna à un de ses Tigres d'intervenir. L'homme en treillis noir se dirigea vers la source du bruit indésirable et arracha le bébé des bras de sa mère, qui se mit aussitôt à crier. Le mercenaire gifla violemment la pauvre femme, qui tomba dans la boue. Puis il se dirigea vers le char de tête, grimpa sur le blindage et tendit le bébé à Steva. Elle déposa le MP-5 dans la tourelle et prit l'enfant en bas âge dans ses mains. Il pesait moins lourd que le chat de gouttière qu'elle avait égorgé le jour de ses quatorze ans, juste pour se distraire.

— Quel âge a-t-il ? demanda la tigresse à la mère qui s'était relevée et s'était positionnée au pied du char, les bras au ciel en signe de supplique et des larmes plein les yeux.

— Cinq mois, balbutia l'Albanaise du Kosovo. Rendez-le-moi, je vous en prie. Il est malade.

— Comment s'appelle-t-il ?

— Xherdan.

Steva fixa le bébé qui continuait de pleurer. Elle ne voyait même pas la couleur de ses yeux, plissés par ce que la Serbe considérait comme d'horribles grimaces.

— Tu veux revenir un jour au Kosovo, Xherdan ? lui demanda-t-elle.

Évidemment, le bébé de cinq mois ne pouvait pas lui répondre. Elle le savait et, à vrai dire, peu lui importait. Cet enfant symbolisait tout ce qu'elle combattait avec ferveur : ce taux trop élevé de natalité dans la population albanaise, qui visait à supplanter les Serbes de la province. Milosevic avait ouvert les yeux d'Arkan sur cette menace ethnique et le chef des Tigres l'avait largement enseignée à ses troupes.

Steva regarda la mère du bébé et lâcha froidement :

— Non, ce bébé ne reviendra jamais au Kosovo.

Au pied du char, un amas de grosses pierres bordait le chemin. Steva y jeta le nourrisson, comme elle se serait débarrassée d'un vulgaire sac-poubelle dans une benne à ordures. Le petit corps vola et décrivit une courbe dans les airs, avant de s'écraser plusieurs mètres plus bas dans le pierrier. Un simple bruit terne, à peine perceptible. Les pleurs du bébé se turent, aussitôt remplacés par les hurlements de sa mère, qui se précipita vers son fils et le prit dans ses bras. Les mains et les vêtements de la malheureuse furent bientôt maculés de sang.

Sous les regards terrifiés de la colonne de boucliers humains, le mercenaire s'approcha derrière la femme à genoux et sortit un long couteau à la lame aussi fine que celle d'une baïonnette. Il appliqua la pointe dans le creux de l'oreille droite de la mère et appuya d'un coup sec, en y mettant toutes ses forces. La lame traversa le crâne et la pointe ressortit par l'autre oreille. Puis il retira l'arme avec la même vigueur, en appuyant son autre main sur les cheveux de la malheureuse.

La mère et son bébé s'affaissèrent en silence dans les pierres au bord du chemin.

Comme si de rien n'était, Steva tendit l'oreille et cette fois, elle entendit : le bruit du vent et celui de la rivière qui coulait en contrebas. Pas d'avion de l'OTAN en approche.

Rassurée, elle leva le poing, signe de remise en mouvement du convoi. Le bruit des chars supplanta aussitôt celui des bottes des mercenaires, des souliers usés et crottés des boucliers humains, et de leurs conciliabules.

Parce que conciliabules il y avait et il devait y avoir, pour que l'horreur que faisait subir la machine serbe aux Albanais du Kosovo se répande comme une traînée de poudre, et que la terreur précède l'arrivée des Tigres. Partout, on devait savoir que ces actions ne relevaient pas d'erreurs isolées de commandement et de contrôle, mais d'une véritable stratégie visant à combattre sans relâche le terrorisme que représentait l'UÇK, la résistance kosovare.

En tuant les enfants de manière systématique et délibérée, on éliminait des combattants potentiels, mais on s'appliquait aussi et surtout à terroriser les parents et les autres adultes laissés en vie – des messagers nécessaires à l'affaiblissement du camp adverse.

La méthode et la mise en scène avaient aussi leur

importance. Une balle dans la nuque, c'était bien quand on avait peu de temps. Mais quand les circonstances le permettaient, s'attarder un peu et s'appliquer dans les détails permettait un meilleur impact sur les populations locales.

Comme à Kolic, où les hommes de Steva avaient ouvert le ventre d'une femme enceinte et laissé son enfant mort gisant sur elle. Ils avaient aussi massacré vingt et un Albanais suspectés d'accointance avec la guérilla kosovare. La plupart étaient des jeunes garçons d'à peine douze ans, qu'on avait égorgés devant leur école. On avait aussi coupé la jambe d'une femme et, alors que la terroriste présumée agonisait, on avait exhibé son membre amputé devant les habitants du village, comme un trophée. La terroriste était morte deux heures plus tard.

Le 17 mars 1999, dans le village d'Iglarevo, sur la route entre Pristina et Pec, les Tigres avaient renouvelé leur stock de boucliers humains, à l'exception des jeunes hommes, qui représentaient une trop grande menace. On en avait brûlé un vivant, en l'entourant de pneus de voiture et en l'aspergeant d'essence. Il n'en était resté que les os et un bout de jambe carbonisé. Les autres avaient été exécutés plus sommairement, par manque de temps. Et aussi parce que l'exemple du premier avait suffi à rendre docile le reste du troupeau.

Comme dans toute bonne guerre, on ne négligeait pas non plus les humiliations. Surtout celles faites aux femmes, idéalement devant leurs maris, mais ce n'était pas toujours possible. Les viols individuels ou collectifs étaient légion. Carrément dans la rue, ou bien dans des hôtels que les Tigres investissaient le temps d'une ou deux nuits, et transformaient en bordel pour le repos des valeureux guerriers.

Steva imposait parfois sa présence à ses hommes. Elle prenait alors place dans un canapé, dans un coin de la pièce, et observait la scène en silence, amusée par les couinements porcins de certains ou les faiblesses d'autres qui peinaient à bander. Les femmes étaient prises à la chaîne, parfois par plusieurs hommes en même temps. La plupart d'entre elles criaient ou pleuraient, parfois bruyamment, parfois timidement. Et quand une terroriste s'avisait de jouer les insensibles pour dissimuler ses craintes, Steva s'approchait d'elle et la menaçait de remplacer le dard de son soldat par une lame aiguisée. Généralement, elles finissaient toutes par craquer. Une seule fois, Steva avait dû mettre sa menace à exécution.

16

Lonay, jour J-2

… Ces témoignages de civils, tous plus terrifiants les uns que les autres, dressent le portrait d'une femme cruelle, d'une extrémiste sans pitié ni scrupules, capable d'assassiner froidement un bébé de cinq mois sous les yeux de sa mère, juste pour le faire taire, en le jetant violemment dans un tas de pierres.

Les yeux de Coralie étaient rivés sur la photo en médaillon de Steva Nikolic, en bas à droite de l'écran de télévision.

— Cette femme est monstrueuse…, murmura-t-elle, horrifiée.

Tanja restait silencieuse, tandis que le journaliste continuait :

Malgré tout, ces faits de l'acte d'accusation n'ont finalement pas été retenus par la justice pénale internationale à charge de l'ancienne membre des Tigres d'Arkan. Quant au sanguinaire Arkan lui-même, Zeljko Raznatovic de son vrai nom, l'un des prin-

cipaux exécutants de l'épuration ethnique orchestrée par le régime de Milosevic, il a été abattu à Belgrade le 15 janvier 2000 par deux tueurs armés de pistolets automatiques, alors qu'il sortait de l'hôtel Intercontinental avec ses gardes du corps, ses invités et sa femme. « Mort comme le chien qu'il était », disent les Bosniaques. « Comme le truand minable qu'il fut », répliquent les Serbes, en référence à son passé de criminel de droit commun, spécialiste des braquages à travers l'Europe. Aujourd'hui encore, on ne sait pas vraiment qui étaient les commanditaires de cet assassinat. Arkan était recherché par le TPI de La Haye pour crimes de guerre. Sans doute en savait-il trop et sa mort devait arranger beaucoup de monde à Belgrade.

Le journaliste revint ensuite sur le parcours de Steva Nikolic. À la fin de la guerre, on la soupçonnait d'avoir rejoint les Pink Panthers, une organisation criminelle à l'envergure internationale, spécialisée dans le braquage à main armée de bijouteries de luxe. Ses membres étaient pour la plupart d'anciens militaires ou agents des services secrets originaires d'ex-Yougoslavie ayant fait leurs armes durant le conflit des Balkans. Ils avaient aussi la réputation d'organiser régulièrement des missions commando pour libérer des militaires ou des miliciens détenus dans différents pays à travers le monde et avec lesquels ils avaient combattu par le passé.

Et le journaliste de conclure :

La Suisse romande vit encore dans le souvenir de la spectaculaire évasion de deux détenus de la prison de Bochuz, dans la plaine de l'Orbe. En juillet 2013, des membres des Pink Panthers avaient utilisé un fourgon pour fracturer le portail de l'enceinte, avant de tirer à la kalachnikov pour couvrir leur fuite. Cette expérience a enjoint les autorités pénitentiaires à redoubler de vigilance dans le cas de Steva Nikolic, en la changeant régulièrement de lieu de détention. Mais les craintes sont là, le risque accru d'évasion demeure et l'Office fédéral de la justice ne cache pas son impatience à voir la détenue monter dans un avion pour Belgrade.

Tanja éteignit la télévision et maugréa :

— La France n'a pas connu le même empressement à m'extrader de Papeete.

— Parce que tu n'es pas une vraie méchante, répondit Coralie.

— Qu'en sais-tu ? Tu ne me connais pas.

— Suffisamment pour savoir que tu n'as pas voulu la mort des tiens.

— Bien sûr que non. Mais j'ai tué d'autres personnes pour tenter de les protéger.

— Ça ne fait pas de toi un monstre.

— Peut-être pas, sourit tristement Tanja. Mais un hamster, oui. Comme les autres, comme Steva.

— Steva n'a pas assassiné son propre enfant.

— Steva n'a pas d'enfant.

— Alors, elle n'est pas un hamster.

— Les hamsters bouffent aussi les petits de leurs congénères.

— Elle mériterait de crever.

— Nous le méritons probablement toutes.

Coralie avait regagné son lit. Elle fixait le plafond de la cellule et ne parvenait pas à trouver le sommeil. Quelque part, entre ses rétines et le béton, flottait l'image de sa fille. Le visage fantomatique de Justine se transformait et prenait tantôt l'apparence d'une fillette avec un sac en plastique sur la tête, tantôt celui d'un bébé au crâne déformé par la caillasse.

Coralie sentait les larmes lui monter aux yeux, tout son corps trembloter de fébrilité. Elle voyait les traits angéliques de Louise et ceux, sataniques, de Steva. Elle se remémorait les paroles du pasteur qui avait officié lors de l'enterrement de sa mère et auquel elle s'était confiée pendant les pires moments de sa séparation, lui expliquant à quel point l'être aimé était devenu le diable en personne : « Coralie, lui avait-il dit d'une voix qui forçait l'empathie, n'oubliez jamais qu'à l'origine, Satan était un ange. »

Et que tout démon pouvait, un jour, revenir sur le droit chemin et regretter ses actes les plus sombres. Comme Louise.

— Alba, tu dors ? chuchota Coralie dans l'obscurité de la cellule.

— Non, grommela Tanja. Même si tu ne pleures pas, j'entends le bruit de tes larmes. Et ça m'agace.

— Désolée, s'excusa-t-elle timidement.

— C'est pas grave. En fait, tu me rappelles...

Il y eut un bref silence, que Coralie brisa.

— Je te rappelle qui ?

— Moi. Tu me rappelles mes premiers jours en détention à Papeete. Je n'étais plus moi-même, comme transposée dans le corps d'une autre. Complètement détachée de ma vraie personne, un véritable dédoublement de la personnalité. On m'a placée plusieurs semaines dans le secteur psychiatrique de l'établissement et on ne m'a même pas laissé assister à l'enterrement de mon fils et de ma mère.

— C'est horrible.

— C'était surtout horrible pour l'autre partie de moi, celle qui n'existait plus, celle que j'avais effacée pour éviter de trop souffrir. Sans ce mécanisme de défense, je serais probablement partie depuis longtemps.

— Partie ?

— Rejoindre Loran et ma mère.

Coralie soupira. Elle aussi avait songé plusieurs fois au suicide, mais elle y avait renoncé. Pour Justine. Seulement pour Justine.

— Tu sais, dit-elle après quelques secondes d'un silence pesant, c'est exactement de ça dont je voulais te parler, avant le JT.

— De quoi?

— Du secret de Louise.

— Si c'est un secret, tu ne dois pas me le dire.

— Pourtant, il le faut. Parce que j'ai peur pour elle.

— Qu'est-ce qu'elle t'a dit?

— Que c'était sa dernière nuit en prison.

— Et tu imagines quoi?

— Ben, c'est logique… qu'elle a l'intention de se faire du mal.

Ce fut au tour de Tanja de soupirer. Elle se leva et se tint debout à côté du lit. Entre le matelas et la barrière de l'étage, elle fixait sa codétenue dans les yeux.

— Et si je te disais que ce n'est pas ça? Que ce n'est pas ce que Louise a voulu dire?

— Comment ça? s'étonna Coralie. Tu connais ses intentions? Elle s'est confiée à toi?

— Oui.

— Qu'est-ce qu'elle va faire, alors?

— Laisse tomber.

— S'évader? C'est ça? Elle compte s'évader?

Tanja sourit.

— Nous aspirons toutes à nous évader. Nous sommes des fauves en cage. Pour Majo, nous sommes des hamsters, mais moi, je suis une lionne, Steva une tigresse. Et Majo, je l'appelle la hyène. C'est la savane, ici. Là où règne la loi du plus fort. Toi, tu viens de naître, tu ignores tout de ce monde, tu as encore beaucoup de choses à apprendre. Nous aspirons toutes à nous évader, mais comme nous n'y arrivons pas, notre esprit le fait à sa façon. Chacune a la sienne. Pour Louise, tu comprendras demain matin. Maintenant, essaie de dormir.

Tanja se rendit à l'armoire à pharmacie, où elle avait caché les Rivotril que Pilar lui avait vendus plus tôt dans la journée. Elle avala deux cachets avec un peu d'eau du robinet, puis retourna se coucher.

Les ronflements de sa voisine de cellule empêchaient Coralie de dormir. Pas plus que ses pensées, en fait. Son cerveau s'était transformé en un incontrôlable mixeur à idées noires. Autour de sa fille Justine, dansaient les âmes des enfants morts : ceux de Louise, ce bébé anonyme assassiné par Steva, le fils d'Alba et celui de Clem, qui naîtrait derrière ces barreaux, entre ces murs gris. Seule manquait au tableau la fille de Pilar, la Jamaïcaine n'en avait jamais parlé. Et quelque part, au milieu de cette bouillie accablante, flottaient le secret de Louise et celui de la porte rouge.

Coralie pataugeait comme une étrangère dans la fange de cet enfer quand un bruit la tira soudain de ses pensées. Discret cliquetis métallique dans la nuit et la chaleur qui envahissaient la cellule, léger grincement des gonds, faible lueur filtrant depuis le réfectoire.

Coralie entendit le frottement de pas lents sur le sol. Elle n'osait plus bouger. Surtout ne pas se retourner. Faire semblant de dormir. Fermer les yeux et maîtriser sa respiration. Elle imaginait déjà l'opulente Majo faire son tour de garde et prendre son pied à observer ses hamsters endormis. Mais le trou du judas ne devait pas lui suffire, il fallait qu'elle entre, qu'elle voie de ses propres yeux, sans filtre, qu'elle hume l'odeur des bêtes en cage.

Les pas s'étaient rapprochés et arrêtés près du lit. Pétrifiée, Coralie entrouvrit les yeux et tourna lentement la tête du côté de la barrière. Dans la seule clarté lunaire qui traversait les barreaux, elle ne vit personne, seul le décor glauque de la cellule. Majo devait être penchée sur le lit d'Alba. La scène du bureau de la surveillante revint à l'esprit de Coralie, elle l'imagina en train de glisser ses doigts boudinés vers l'intimité de sa codétenue et en fut dégoûtée.

Elle entendit un petit gémissement, suivi de spasmes. Le lit trembla légèrement durant quelques secondes, comme si Alba se débattait. Puis plus rien. Et le calme revint.

Soudain, l'intruse se redressa. Coralie vit son visage, affronta ses yeux sans vie, deux billes noires dénuées de toute humanité, et resta médusée. Immobile et silencieuse, Steva la regardait en arborant un sourire vampirique. Le pourtour de sa bouche, ses lèvres et ses dents étaient maculés de sang frais.

17

Lonay, jour J-1

Steva se déplaçait comme un robot vers le pied du lit. Elle montait maintenant par l'échelle, échelon après échelon, en prenant son temps, faisant durer le plaisir. Un plaisir sadique. Pas à pas, comme une tigresse approchant furtivement sa proie. Pétrifiée, Coralie ne bougeait pas, elle sentait le lit trembler, entendait les armatures grincer.

La Serbe parvint au sommet et lentement, à quatre pattes, la chevaucha. Elle agrippa les poignets de Coralie et les plaqua contre le matelas, au-dessus de sa tête. Steva la dominait, le sang coulait de sa bouche jusque dans son cou. Coralie sentait des gouttes chaudes et visqueuses s'écraser sur son visage.

— Qu'est-ce que…, balbutia-t-elle, tu as fait… à Alba ?

La Serbe afficha un rictus maléfique.

— Je l'ai égorgée avec mes dents, comme la chienne qu'elle était. Et je me suis abreuvée de sa vie, comme je vais le faire de la tienne.

Steva se pencha vers le cou de Coralie, qui ferma les yeux et tourna énergiquement la tête d'un côté et de l'autre pour tenter d'échapper à son sort. Mais rien n'y faisait. Le Vampire des Balkans était trop fort. Elle se mit à hurler.

Coralie se débattait comme un beau diable dans son lit. Elle avait l'impression que son cri s'était perdu dans le néant. Il résonnait encore dans sa tête quand elle ouvrit les yeux.

Penchée sur elle, les pieds sur les échelons, Alba la secouait vigoureusement par les bras. Le soleil matinal inondait la cellule.

— Ah enfin! grommela l'Albanaise en constatant que Coralie s'était réveillée. Arrête ton cirque et lève-toi! Il est 7 heures.

Pour la seconde fois, Majo frotta son trousseau de clés contre la porte de la cellule et cria:

— J'ai dit: debout les hamsters! Putain, mais qu'est-ce que vous foutez là-dedans? Derviche! La nouvelle! Ça sent le mitard à plein nez, ici!

Tanja regarda Coralie de manière insistante.

— Magne-toi! Sinon, on va déguster...

Coralie se redressa péniblement dans son lit et, comme le matin précédent, descendit l'échelle à la manière d'un zombie. Titubant à moitié, elle se plaça devant la fenêtre, face à la porte, au garde-à-vous à côté de Tanja. Même rituel, réglé comme du papier à musique, ou comme une montre suisse à complication: bruit de la clé dans la serrure, claquement du pêne, ouverture de la porte, carrure difforme de la hyène dans le cadre. Sauf que, cette fois-ci, Majo aboya:

— Amey, au karcher!

— Et moi? demanda Tanja.

— Tu te laveras demain, Derviche. Comme les autres.

Tanja ne broncha pas, Coralie intervint d'une petite voix:

— Ce n'est pas la faute d'Alba. C'est la mienne.

— Je sais, répondit Majo sur un ton militaire. Mais c'est comme ça, ici. Tu désobéis, les autres trinquent à ta place. Si tu ne veux pas respecter le règlement, peut-être apprendras-tu au moins à respecter les autres.

— C'est dégueulasse.
— Tu préfères le mitard ?
— Non.
— Alors, ramasse ta serviette et ton savon, et suis-moi !

Coralie obtempéra. La tête baissée, elle passa devant sa codétenue et murmura :

— Je suis désolée… je te demande pardon…

Tanja ne répondit pas, elle fixait silencieusement la hyène sans laisser transparaître la moindre émotion.

Dans le couloir, Coralie et Majo passèrent devant la porte rouge, fermée. Deux gardiennes venaient d'en extraire Steva et la soutenaient par les bras, chacune d'un côté. Coralie jeta un discret coup d'œil vers la Serbe, mais les yeux de celles-ci semblaient perdus dans le néant. On aurait dit une âme morte, une de ces pensionnaires d'un vieil asile psychiatrique dont on aurait lavé chimiquement le cerveau.

— Qu'est-ce que tu regardes ? aboya Majo. Avance !

Elle poussa Coralie dans le dos, direction la salle des douches. À l'entrée du gymnase soviétique de l'après-guerre, la surveillante lui indiqua un des bacs individuels au rideau jaunâtre et annonça en regardant sa montre :

— T'as deux minutes, Amey. Pas une de plus. Inutile de te savonner la moule, t'es pas près d'avoir un rendez-vous galant. Sauf peut-être avec Derviche, mais il paraît qu'elle adore quand ça sent la marée. Alors, grouille-toi ! J'ai pas que ça à faire.

Coralie avança vers la cabine, entra et referma le rideau. Elle imaginait à nouveau les bactéries grouillant au niveau des jointures et de la tuyauterie à moitié rouillée, quand Majo tonna :

— Depuis quand on se douche avec ses fringues ?
— Je… je vais me déshabiller, bégaya la détenue.
— Tu le fais devant moi, compris ? Et tant qu'à faire, tu laisses le rideau ouvert.

— Pourquoi?
— Raisons de sécurité. Ça t'évitera une fouille intime à la sortie. Ça te va comme réponse?

Tremblante, Coralie rouvrit le rideau, se dévêtit devant la gardienne, jeta son short et son T-shirt sur le sol, là où elle avait déchaussé ses tongs, puis elle actionna le robinet. Le puissant jet l'atteignit au niveau de la poitrine et lui piqua violemment les seins. Par réflexe, elle se retourna et se retrouva face à Majo, qui la reluquait de la tête aux pieds. Nouveau réflexe, Coralie croisa ses mains sur son sexe.

— Retire-les, lui ordonna la matonne.
— Pourquoi?
— J'aime savoir où Derviche met sa langue.
— Vous n'avez pas le droit.

Bref éclat de rire sarcastique.

— Je te l'ai déjà dit mille fois, j'ai tous les droits. Ici, tu n'es rien. Retire-les.

Coralie baissa la tête, fixa le carrelage usé comme si elle cherchait une échappatoire mentale et obéit.

— Joli minou, commenta Majo. Maintenant, sèche-toi et rhabille-toi.

La détenue releva la tête et fixa la gardienne, l'air étonné.

— Mais… je ne me suis pas encore savonnée.
— Les deux minutes sont écoulées, Amey. On n'est pas à l'hôtel, ici. Tu n'as qu'à te mettre au pas et peut-être que demain matin, tu feras mieux. Maintenant, fissa! À moins que tu ne veuilles passer par mon bureau pour une fouille en règle. Mais je te préviens, je n'ai pas le temps et je risque de faire ça comme un bourrin. Alors, qu'est-ce que tu décides?

Coralie avait regagné l'unité 3 au bord des larmes, tenant contre elle sa serviette mouillée et son morceau de savon, comme un enfant l'aurait fait avec son doudou. Au moment où Majo faisait claquer la porte dans son dos, Coralie se retrouva confrontée à quatre paires d'yeux inquisiteurs.

Les têtes s'étaient tournées à son arrivée dans la pièce, alors qu'elles étaient face à leurs plateaux de petit déjeuner. Aucune n'y avait touché.

— Je suis désolée, dit Coralie en fondant en larmes.

Sans demander son reste, elle gagna sa cellule, jeta la serviette et le savon sur la table, et se précipita dans son lit.

Elle pleurait, à plat ventre, la tête enfouie dans son oreiller, quand elle sentit une main bienveillante se poser sur son épaule. Elle releva timidement les yeux et croisa le regard empathique de Louise.

— Viens, lui dit cette dernière. Ne reste pas là.

— Elles me détestent, répondit Coralie.

— Bien sûr que non. Personne ne te déteste, ici. Nous savons toutes que Majo joue un jeu sadique. Surtout avec les nouvelles, pour les faire craquer.

— Cette femme est un monstre.

— Mais nous ne pouvons rien y faire, sauf apprendre à vivre avec.

— Je veux mourir.

— Ne dis pas de bêtises. Viens.

Coralie hésita, puis se résigna. Alors qu'elle descendait de l'échelle, elle demanda à Louise :

— Où est Steva ?

— Dans sa cellule.

— Je l'ai vue tout à l'heure avec deux gardiennes, vers la porte rouge. Elle était bizarre. Qu'est-ce qui s'est passé ?

— Nous ne savons pas. Steva n'a pas dit un mot depuis qu'elle est revenue dans l'unité. Les deux matonnes l'ont raccompagnée jusqu'à sa cellule et l'ont déposée sur son lit. Elle n'en a pas bougé jusqu'à présent. Je suis allée la voir pour essayer de lui parler, mais en vain. Elle se tenait le crâne comme si elle avait d'horribles maux de tête. Et elle tremblait.

— La fièvre ?

— Non, je dirais qu'elle tremblait de rage ou de peur. Peut-être les deux.

— Qu'est-ce qu'elles lui ont fait ?

— On ne sait pas. Mais j'ai remarqué qu'elle avait des marques sur le corps. Et je peux te dire qu'elle ne les avait pas hier, après sa bagarre avec Pilar et Tanja.

— Pourquoi ils l'ont remise ici ? Pourquoi ils ne l'ont pas changée d'unité ?

— Les mystères de la maison. Mais Tanja préfère ça. Ici, au moins, elle peut garder un œil sur Steva.

Coralie hésita à lui parler de son cauchemar du matin, mais elle se ravisa. Elle suivit Louise jusqu'au réfectoire commun, où les trois autres détenues n'avaient toujours pas touché à leur petit déjeuner. Elle remarqua aussitôt que quelque chose n'allait pas. Une tension puissante envahissait l'espace clos.

Clem pleurait discrètement, Pilar avait des larmes au bord des yeux et Tanja restait muette, le regard vide, plongé dans le bol de café qui refroidissait devant elle.

Coralie se tourna vers Louise, remarqua qu'elle souriait tristement et demanda :

— Je peux savoir ce qui se passe ?

18

Lonay, jour J-1

Louise continuait de sourire et Coralie pleurait maintenant comme une fontaine. Louise souriait parce qu'elle allait partir d'ici, quitter cet enfer, arrêter de souffrir le martyre, tuer son cancer et rejoindre ses filles. Elle souriait parce qu'elle allait enfin, après plus de deux décennies passées derrière les barreaux, pouvoir leur demander pardon. Pardon pour *son* bug de l'an 2000. Coralie, elle, pleurait à chaudes larmes parce qu'elle ne comprenait pas. Ou plutôt si, elle comprenait très bien, mais elle avait l'impression de perdre sa mère pour la seconde fois. À cause de cette même foutue maladie.

— Tu ne peux pas me faire ça, se lamenta Coralie. J'ai trop besoin de toi. Tu es la seule qui me comprenne un peu dans cette prison. La seule qui sache me soutenir dans les moments pénibles.

Louise avait pris Coralie dans ses bras et lui caressait tendrement les cheveux, comme une mère l'aurait fait pour consoler sa fille malheureuse.

— Ne dis pas de bêtises, répondit Louise. Ça ne fait même pas deux jours que tu es arrivée. Nous nous connaissons à peine.

— Mais tu es si gentille avec moi. Tu es trop jeune pour mourir ! Pourquoi refuses-tu de te battre ?

— J'ai essayé, mais mon corps me lâche. L'appel de mes filles est trop fort, plus rien ne me retient ici.

— Mais pourquoi maintenant ? Pourquoi aujourd'hui ?

Louise sourit.

— C'est le genre de situation qui se programme un peu à l'avance. L'avantage, c'est que tu peux choisir le jour et l'heure de ta mort.

Coralie se tourna vers les trois autres détenues qui pleuraient elles aussi en silence. Elle les défia du regard puis, se tournant vers Tanja, lui demanda sur un ton plein de reproches :

— Pourquoi tu ne m'as pas expliqué ça clairement quand je t'ai parlé de Louise cette nuit ?

— Parce que je lui avais demandé de garder le secret, répondit Louise à sa place. Et je savais que je pouvais lui faire confiance. Quant à Clem et Pilar, elles ne l'ont appris de ma bouche que tout à l'heure, quand tu étais à la douche. J'ai voulu être franche avec vous toutes pour pouvoir vous dire au revoir. Mais rien ne me fera changer d'avis. Cette décision est la mienne, et je ne la regrette pas.

Louise Brossard n'était pas la première détenue à avoir recours au suicide assisté en Suisse. Le premier à se voir prescrire une dose de pentobarbital par l'association Exit, le 28 février 2023, fut un interné de l'établissement pénitentiaire de Bostadel, dans le canton de Zug. L'acte fut réalisé à l'extérieur de la prison. La direction de la justice dudit canton avait admis que le droit de toute personne capable de discernement de choisir le mode et le moment de sa mort s'appliquait aussi aux personnes incarcérées. L'euthanasie ne pouvait pas être refusée au seul motif qu'il s'agissait d'une personne en exécution de peine. Exit était responsable de l'exécution correcte et conforme au cadre légal de l'acte. Et en règle générale, le suicide assisté n'avait pas lieu dans l'établissement pénitentiaire.

À 10 heures, la porte de l'unité 3 s'ouvrit et Majo vint chercher Louise pour son dernier voyage. Pour la première fois, la surveillante retint toute phrase désobligeante et fit preuve d'un certain professionnalisme. D'une certaine pudeur aussi.

— Je te laisse dire au revoir à tes codétenues, dit la surveillante. Prends le temps qu'il faudra, je t'attends derrière la porte.

Et elle se retira discrètement dans le couloir.

La première à s'écrouler dans les bras de Louise fut Clem. Les larmes de la future mère ne tarissaient pas.

— Je comptais sur toi pour devenir la seule grand-maman que mon enfant connaîtrait.

— Un jour, tu sortiras. Et il connaîtra ta maman.

— Elle ne me parle plus.

— Parfois, avec l'arrivée d'un enfant, les choses changent.

— Et parfois, elles ne changent pas.

— Tu dois y croire, garde espoir.

Clem s'écarta, sécha ses yeux rouges et humides.

— Je lui donnerai ton prénom.

— Ne dis pas de bêtise. C'est un garçon.

— La gynéco a pu se tromper.

Louise lui sourit, puis se tourna vers Pilar. Accolade franche, comme entre deux vieilles copines de toujours.

— Tu vas nous manquer, murmura la perche jamaïcaine à l'accent hispanique, des trémolos dans la voix.

— Vous allez toutes me manquer. Mais rappelez-vous que, de là-haut, je garderai toujours un œil sur vous.

— On se revoit bientôt.

— Toi aussi, tu dis des bêtises. Bien sûr qu'on se reverra, mais le plus tard possible.

Pilar céda la place à Tanja.

— Merci, dit simplement l'Albanaise.

— De quoi? s'étonna Louise.

— De ton soutien, de nos échanges, de tout ce que tu m'as appris depuis que je suis arrivée ici. Sans toi, je ne serais peut-être plus de ce monde depuis longtemps.

Ce fut au tour de Louise de sembler émue, mais son regard ne quitta pas celui de Tanja.

— Tu dois me faire une promesse, Alba.

— Laquelle?

— Tu es la plus forte d'entre nous, ici. Je te demande de tout faire pour protéger Coralie.

— Tu peux compter sur moi.

— Tu me le promets?

— Je te le jure.

— Bien…

Louise hésita, puis reprit:

— Encore une chose.

— Laquelle?

— Arrête de braver le système. Ignore les provocations de Majo. Parce que, depuis le mitard, jamais tu ne pourras tenir la promesse que tu viens de faire.

Tanja agréa d'un simple signe de la tête et Louise se tourna enfin vers Coralie. Entre elles, tout était dit. Elles se prirent dans les bras pour une ultime étreinte. Puissante et douce à la fois. Celle d'une mère disant au revoir à sa fille. En silence. Toute parole était inutile. Et quand vint le moment de la séparation, Louise quitta l'unité 3 pour la dernière fois, laissant derrière elle des sanglots et un torrent de larmes.

Au moment où Majo verrouillait la porte de l'unité, une voix rauque résonna dans le réfectoire.

— Quel émouvant spectacle!

Les quatre détenues se tournèrent d'un bloc. Appuyée contre le chambranle en acier de la porte de sa cellule, Steva applaudissait lentement, appuyant chaque coup comme elle l'aurait fait avec un clap de cinéma. Chaque frappe résonnait dans la pièce comme une injure à la mémoire de Louise.

— Pourquoi vous chialez, les mauviettes? reprit la Serbe avec un air dédaigneux. Vous n'avez jamais vu une détenue emprunter le couloir de la mort? Moi oui.

— Ce n'est pas une exécution, répondit Pilar. On n'est pas aux États-Unis.

Steva la fusilla du regard.

— Toi, je ne t'ai pas oubliée, l'Espingouine. On a toujours un problème à résoudre, toi et moi.

— Quand tu veux!

Coralie s'avança d'un pas vers Steva et cria:

— Louise ne mérite pas ça!

La Serbe se racla la gorge et cracha par terre.

— Bien sûr qu'elle mérite la mort pour ce qu'elle a fait à ses gosses. Dans d'autres pays, ça fait longtemps qu'elle ne serait plus logée et nourrie aux frais du contribuable. Mais rassure-toi, ma chérie, avec le pentobarbital, pas de risque d'une aiguille mal placée ou d'un mauvais dosage. Ta pauvre *maman* va partir dignement.

— Tu es ignoble! glapit Coralie. Louise ne croupirait pas ici depuis tant d'années si elle avait eu droit à une expertise psychiatrique en bonne et due forme. En revanche, toi, tu mériterais la mort pour ce que tu as fait à ce bébé, et certainement à beaucoup d'autres personnes.

— Je n'ai jamais assassiné d'enfant.

— Ce n'est pas ce qu'ils ont dit à la télévision.

Steva ricana.

— Depuis quand les journalistes disent la vérité?

Coralie fit encore un pas vers Steva, mais Tanja la retint par une épaule, lui faisant comprendre de reculer. Pilar en profita pour provoquer frontalement la Serbe.

— Au fait, *hija de puta*, raconte-nous: c'était comment, derrière la porte rouge?

Steva se referma comme une tombe. Elle laissa planer un long silence, puis répondit froidement :

— Toi, je te jure que, le jour venu, tu vas partir d'ici en couinant comme une chienne. En attendant, comme la petite nouvelle semble tout savoir sur l'histoire de Louise et sur la mienne, peut-être que tu pourrais lui raconter la tienne ? Allez, vas-y, explique-lui comment tu as éventré ta propre fille !

La tension était à son comble dans le réfectoire quand une clé claqua dans la serrure. Les cinq détenues se turent, la porte de l'unité 3 s'ouvrit et Majo apparut.

La surveillante les regarda l'une après l'autre, elle n'eut aucun mot à propos de Louise et se comporta comme si rien n'était arrivé. Tout semblait revenu à la normale, si tant est qu'on pût qualifier ainsi le comportement habituel de Majo. Elle regarda Tanja et annonça :

— Derviche, parloir ! J'espère que tu ne sens pas trop le fauve.

19

Lonay, jour J-1

Le parloir intime... La pièce était aussi chaleureuse qu'une chambre d'hôpital dont on aurait simplement remplacé les draps blancs par des draps roses. Devant la fenêtre, des voiles jaunâtres transparents masquaient à peine les barreaux. Au centre, une petite table et deux chaises en bois tout droit sorties des premiers prix Ikea. Contre le mur, un lit double. Cent vingt ou cent quarante de large maximum. Devant le lit, un ventilateur pour chasser les effluves de l'amour. Dans le parloir intime, on pouvait s'embrasser, se toucher, montrer qu'on s'aimait, qu'on était là.

Il avait fallu de nombreux postulats au Parlement vaudois pour que les politiques du canton daignent offrir ce petit nid douillet aux détenues de La Tuilière.

Tanja regarda la literie, propre en apparence. Probablement la changeait-on après chaque visite, mais psychologiquement, ce n'était pas très différent d'un hôtel de passe. L'évocation rappela à Tanja le *Perla Blu*, le bordel de Berti Balla dans lequel elle avait opéré en sous-marin durant plusieurs mois. La crasse des étreintes tarifées collait encore à sa peau et à son âme.

Pour la millième fois depuis que Tanja était arrivée dans l'enfer carcéral, la clé claqua dans la serrure et la porte sécurisée s'ouvrit. Derrière la gardienne préposée au parloir ce jour-là apparut Majo, qui s'écarta et laissa entrer Flavie.

— Vous avez vingt minutes, les amoureuses, annonça la hyène avant de refermer la porte.

Bruit de verrouillage et de pas qui s'éloignent. Majo. La gardienne du parloir, elle, resterait dans le couloir, dos à la porte, pendant toute la visite.

Le silence était étouffant. L'air intrigué, la greffière du procureur Jemsen s'avança d'un pas hésitant au centre de la pièce, tout en regardant autour d'elle.

— On a été surclassées? demanda-t-elle ironiquement.

— Un cadeau empoisonné de la nouvelle matonne, répondit Tanja.

— C'est quoi, cet endroit?

— Le parloir intime.

Flavie regarda le lit.

— Eh bien, ça fait bientôt quinze ans que je fais ce boulot et j'ai toujours cru que ce genre d'endroit était un mythe. Tu crois vraiment que les détenues… ?

— Faut bien préserver les couples.

— Moi, ça aurait plutôt tendance à me bloquer. Même si j'ai très envie de toi…

Tanja lui sourit.

— J'ai bien peur que tu ne doives te contenter de plaisir solitaire durant un certain temps encore. Mais je te l'ai déjà dit: tu n'es pas obligée de m'attendre. Vis ta vie.

— Ma vie, c'est toi. Et tu le sais.

Comme d'habitude, Flavie n'attendait pas de réponse. Plus encore qu'avant la mort de sa mère et de son fils, Tanja emmurait ses sentiments sous une chape de plomb.

La greffière examina les quatre angles du plafond et s'étonna de ne voir aucune caméra.

— On n'est pas filmées ?

— Pas officiellement.

— Qu'est-ce que ça veut dire ?

— Filmées ou écoutées, tout est possible ici. Donc, attention à ce que tu vas dire…

Flavie comprit à demi-mot. Elle aurait tant voulu aborder un sujet en particulier, celui qui avait motivé sa visite du jour plus encore que les précédentes, mais elle ne le pouvait pas. C'était trop risqué. Elle se contenterait de banalités, jouerait un rôle et pèserait chaque phrase en partant de l'idée que ses paroles seraient captées illégalement par les surveillantes. Cela n'empêchait pas quelques traits d'ironie. Tanja reprit d'ailleurs avec un sourire complice :

— Mais mon petit doigt me dit que Majo s'est déjà installée confortablement dans son bureau, devant son ordinateur, qu'elle a déboutonné son pantalon et glissé une main dans sa culotte.

Flavie imagina l'imposante surveillante et une vague de dégoût la submergea.

— J'imagine que le directeur l'ignore.

— Il s'en fout.

— Mais il est censé respecter la loi, s'indigna la greffière. Les détenues ont des droits.

— Nous n'en avons aucun, sauf celui de nous taire. La prison est une zone de non-droit. Et de non-intimité aussi. Une fois que tu l'as compris et accepté, tu vis mieux. Comment va Jemsen ?

Le changement brutal de sujet ne surprit pas vraiment Flavie. Avec Tanja, c'était fréquent. Comme ses variations d'humeur.

— Fidèle à lui-même, répondit la greffière en tirant une chaise.

Elle s'assit, Tanja l'imita.

— Toujours ses troubles de mémoire ?

— C'est ce qu'il prétend. Mais je crois qu'il en surjoue

quand ça l'arrange. Et il aime bien me donner de l'importance aussi, montrer aux autres qu'il ne peut pas se passer de sa nounou. Tu sais comment il est.

— Je connais le proc'. Mais je parlais de son passé au Kosovo.

— De votre passé commun, tu veux dire, corrigea Flavie. Il n'en parle jamais, tu le sais. Et c'est probablement mieux ainsi.

Tanja afficha un sourire un peu triste.

— Et Lucifer ? reprit-elle.

Le chat d'Ana Bartomeu était un sujet récurrent lors des visites.

— Il s'est assagi avec le temps. Depuis que j'ai changé le canapé et les rideaux, il n'a pas récidivé. C'est un amour, mais j'ai hâte que tu sortes pour que tu puisses t'en occuper.

— Je n'ai jamais eu d'animaux. Si c'est comme les plantes vertes, il n'a pas beaucoup d'avenir avec moi.

— Je suis sûre que tu sauras y faire. Et Ana ?

— Quoi, Ana ?

— Tu ne demandes jamais de ses nouvelles.

— Pourquoi le ferais-je ?

— Elle a frôlé la mort. Tu étais là quand les médecins l'ont récupérée *in extremis*. Tu n'as jamais été amoureuse d'elle ?

— Ana n'était qu'une mission.

Flavie n'en crut pas un mot. Elle n'avait vu l'inspectrice genevoise que deux fois, dans le bureau de Garcia au BAP et sur son lit d'hôpital aux HUG, quand Jemsen était allé l'entendre dans le cadre de l'instruction relative à la mort du Philatéliste. Au terme de l'audition, elles n'avaient pas parlé de Tanja, seulement de Lucifer. Ana avait paru soulagée de savoir son chat entre de bonnes mains. Elle n'avait pas émis le souhait de le récupérer tout de suite. Sa convalescence menaçait d'être longue. Après l'hôpital, elle serait transférée à la clinique Le Noirmont pour la réadaptation. Elle devrait réapprendre à vivre, guérir son corps et son esprit. Un interminable chemin de croix.

Pour Flavie, il était évident qu'Ana était tombée éperdument amoureuse de Tanja, comme on tombe malade, sans prévenir. Et que ce mal incurable avait fait voler en éclats la famille de l'inspectrice genevoise. Au final, Ana et Flavie n'étaient pas si différentes.

La greffière se leva, se dirigea en silence vers la fenêtre et écarta les rideaux. À travers les barreaux, au-delà du mur d'enceinte, quelques arbres aux couleurs ternes, desséchés par la canicule, et des immeubles d'habitation. Partout, du gris béton dont le bleu du ciel n'atténuait pas la froideur. Dans cet endroit, même l'illusion de liberté n'existait pas.

— Et les autres ? demanda Flavie en se retournant vers Tanja.

— Quoi, les autres ?

— Avec tes codétenues, ça va ?

Tanja regarda furtivement dans les quatre coins de la pièce, pour rappeler à son amie la présence potentielle de micros. Flavie comprit qu'avec sa dernière question, elle marchait sur des œufs.

— Ça dépend des jours, répondit évasivement Tanja. Là, c'est un peu tendu. On m'a collé une petite nouvelle en cellule pour que je joue les nounous.

— Les nounous ?

— La direction a peur qu'elle se suicide. C'est vrai qu'elle a l'air fragile. Ici, c'est comme à l'armée. Les premières semaines sont les plus dures et les plus délicates.

— Et tu t'en sors ?

— Je fais ce que je peux. Mais je ne suis pas sa mère. Je ne serai plus jamais la mère de personne. Et toi non plus, d'ailleurs.

La pique traversa le blindage de papier. Flavie se fit

violence pour ne pas réagir. Elle devait se concentrer, tenir son rôle et jouer pour les oreilles invisibles de la pièce.

— J'imagine que la cohabitation n'est pas au beau fixe.

— Je fais des efforts.

— Qu'est-ce qu'elle a fait pour être ici ?

— Je ne sais pas exactement. J'ai cru comprendre entre les lignes qu'elle avait enlevé sa fille, mais elle est avare de détails.

— Comment s'appelle-t-elle ?

— Coralie Amey.

La greffière ouvrit de grands yeux, porta sa main à sa bouche et lâcha :

— C'est notre détenue.

— Quoi, votre détenue ?

— Je veux dire… c'est Jemsen qui l'a arrêtée. Quelle coïncidence !

— Pas tant que ça, tempéra Tanja. Après tout, Lonay est une des seules prisons pour femmes en Suisse romande.

Flavie se rassit en face de son amie et Coralie devint le nouveau sujet de discussion. Toujours en pesant chaque mot à la lumière d'éventuelles oreilles indiscrètes, la greffière résuma l'enquête contre Coralie. Puis l'ex-inspectrice lui parla de sa colocation avec la petite nouvelle, avant de conclure :

— Mais ce n'est pas elle qui m'inquiète le plus. Ce matin, une détenue de l'unité s'en est allée.

— Libérée ?

— En quelque sorte, oui. Suicide Exit. Louise savait toujours comment ramener le calme entre nous, quand ça avait tendance à chauffer. Maintenant qu'elle n'est plus là, je crains le pire. Surtout entre Steva et Pilar. La première est une psychopathe et la seconde ne sait pas se taire quand il le faudrait. Je ne sais pas dans quel état je vais les retrouver après la visite. Quand j'ai quitté l'unité avec Majo, Pilar était sur le point de raconter son histoire à Coralie.

Pilar

Barcelone-Bruxelles, neuf mois plus tôt

Maudite route. Les deux Jamaïcaines avaient quitté la ville de Gaudi dix-huit heures plus tôt.

Elles remontèrent par des axes décentrés jusqu'à la pointe nord de la Catalogne, dans le massif des Pyrénées, et traversèrent la frontière française au col du Portillon. Dans la descente vers Bagnères-de-Luchon, un véhicule les prit en chasse. Police ou douane ? Trop concentrée sur les épingles à cheveux, Pilar n'aurait su le dire. Dans le rétroviseur, le gyrophare lançait des éclairs bleus dans la nuit, illuminant les roches en amont et les sapins en aval, l'écho de la sirène se répercutait dans la montagne.

Assise sur le siège passager, Azaria Feliz sortit un pistolet de la boîte à gants et baissa la vitre. Malgré les cris d'opposition de sa mère, elle ouvrit le feu sur les poursuivants. Une fois, deux fois, trois fois. Le véhicule suiveur zigzagua et finit sa course dans le décor, masse sombre disparaissant en tonneaux dans le néant.

Azaria lança un cri de guerre victorieux, tandis que l'odeur de la poudre froide envahissait l'habitacle.

Nouveau virage, réapparition soudaine de la masse sombre

qui dévalait la pente abrupte sur la droite en fumant de toutes parts. Pilar donna un violent coup de volant à gauche, mais trop tard. Choc inévitable et violent, gerbes d'étincelles dans la nuit. Dérapage incontrôlé, reprise *in extremis* de la trajectoire et soupir de soulagement de la conductrice. La voiture des flics poursuivit sa chute dans un ravin.

À côté de Pilar, Azaria était pliée en deux à cause de la douleur.

— Ça va, ma puce ?

La puce en question avait bientôt trente ans, le flingue à ses pieds, du sang qui coulait de la tête et des narines. La portière avant droite présentait une importante boursouflure vers l'intérieur de l'habitacle.

— Ouais, répondit-elle vaguement, les mains croisées sur son abdomen. Roule !

À Luchon, elles abandonnèrent la carcasse de la Dacia Sandero, volèrent une vieille Peugeot et un jeu de plaques d'immatriculation sur une autre. Puis elles traversèrent la France de l'aube au crépuscule, par Toulouse, Montauban, Brive-la-Gaillarde, Limoges, Bourges et Orléans. Au fil du voyage, l'état d'Azaria se dégrada lentement. Pendant le contournement de Paris, la situation devint préoccupante mais, malgré la douleur, Azaria insista pour que sa mère rejoigne Bruxelles au plus vite.

La Belgique les accueillit sous une pluie torrentielle et un brouillard à couper au couteau. En arrivant sur le Ring, Pilar appela Toni, son contact qui tenait un établissement public rue des Bouchers, à mi-chemin en ligne droite entre la cathédrale et la Grand-Place. Les moules-frites pour la façade, la coke pour le pognon. Par téléphone, Toni la guida à travers les rues et les ruelles de la capitale, leur fit effectuer maints détours pour qu'elles puissent s'assurer que personne ne les suivait. Puis, toujours sur indication de Toni, Pilar gara la Peugeot rue Ducale, non loin du Palais Royal. Pour rejoindre l'hôtel dans lequel leur contact leur avait réservé une chambre, elles devaient traverser en diagonale un grand parc arboré.

Pilar raccrocha, sortit de la voiture et en fit le tour pour aider sa fille. Léthargique, Azaria ne réagissait presque plus, les muscles mous comme de la guimauve, la peau du visage grise comme du ciment. De la bave mêlée de mousse blanchâtre suintait de ses lèvres.

— Ma puce, un dernier effort, je t'en supplie. On est presque arrivées.

Azaria pouvait à peine cligner des yeux. Pilar se pencha pour l'attraper sous les aisselles et la tira hors du véhicule. Sa puce n'était plus une enfant, elle pesait des tonnes. Non sans mal, Pilar parvint à l'extraire de l'habitacle et l'y appuya, dos contre la carrosserie en la retenant d'une main, tandis que de l'autre elle refermait la portière. La tête de sa fille retomba mollement en avant.

Pilar passa un bras autour de la taille d'Azaria et l'aida à traverser la route en direction du parc. La jeune femme n'arrivait presque plus à marcher et menaçait de tomber tous les deux pas. Quand elles franchirent les grilles en fer forgé, une sirène de police retentit derrière elles.

Pilar sursauta et tourna la tête. Le véhicule d'intervention passa à leur hauteur et poursuivit rue Ducale à vive allure, entraînant au loin le chant grinçant du deux-tons. On était dans une grande ville, les flics avaient d'autres chats à fouetter que de s'inquiéter de deux ivrognes qui rentraient chez elles.

Pilar poussa un soupir de soulagement et entraîna sa fille dans le parc.

La pluie ruisselait sur les cheveux rastas des deux Jamaïcaines, sur leurs vêtements et leurs chaussures à présent détrempés. Les chemins du parc n'étaient que flaques de boue. Pilar ne vit pas âme qui vive, les Bruxellois devaient être calfeutrés chez eux, bien au chaud.

À bout de forces, Pilar conduisit sa fille vers un banc en bois, sous des arbres, et l'aida à s'asseoir. Mais le corps de la jeune femme bascula aussitôt sur les lattes mouillées. Allongée sur le dos, tête en arrière, yeux révulsés, Azaria fut soudain prise de convulsions, puis tout s'arrêta.

— Ma puce! s'écria Pilar en secouant le corps inerte.

Sa fille ne réagissait plus. Ses yeux grands ouverts fixaient maintenant le néant, à travers le feuillage automnal dégarni. Les gouttes de pluie percutaient son visage terne et ses rétines, que les battements de ses paupières ne protégeaient plus.

Tremblant de froid et de peur, Pilar posa ses doigts sur le cou de sa fille et chercha son pouls. Sans succès.

— Azaria!

Glacial et pétri de désespoir, le hurlement maternel se perdit dans le silence et l'indifférence de la ville.

Toni les rejoignit dix minutes après l'appel de Pilar. Crâne rasé, carrure de boxeur sous son imper noir, gants de la même couleur. Mais pas la même voix qu'au téléphone. Pilar ne connaissait que la voix de Toni et de toute façon, dans ce milieu c'était bien connu: ils s'appelaient tous Toni. Un surnom pour égarer les flics.

Pilar était assise sur le banc, la tête d'Azaria posée sur ses cuisses. Elle caressait le visage de sa fille en pleurant.

— T'as appelé quelqu'un d'autre? grommela le colosse.

— Non.

L'hôpital? Un médecin? Bien sûr que non. Dans sa situation, Pilar ne pouvait pas le faire et Toni le savait.

Il vérifia rapidement le pouls d'Azaria et constata son décès. Il regarda nerveusement autour de lui, s'éloigna de quelques mètres vers une haie, trouva ce qu'il cherchait et revint sur ses pas. Il se pencha, prit le corps de la jeune femme dans ses bras et ordonna à Pilar:

— Suis-moi.

Le parc abritait un lieu de culture, deux bâtiments contigus, Vauxhall et le Théâtre Royal. À l'arrière d'un square entouré d'une galerie couverte pourvue d'une rotonde, Pilar aperçut une petite cour à l'abri des regards, où s'entassaient des carcasses de voitures, de vieux décors de scène et des containers à ordures.

Toni déposa le corps d'Azaria dans la boue et se tourna vers Pilar. L'ancienne athlète avait l'air complètement perdu. Ses larmes se confondaient avec la pluie qui ruisselait sur ses joues.

— Qu'est-ce qu'on fait ? pleurnicha-t-elle.

— *On* ? répondit froidement Toni. Il n'y a pas de *on*. Tu récupères la marchandise, tu vas à l'hôtel et tu fais comme convenu.

— Récupérer la marchandise ? gémit Pilar. Mais comment… ?

Toni sortit un petit objet de la poche de sa veste. Il appuya sur un bouton. Une lame jaillit de son poing fermé et il tendit le couteau à cran d'arrêt à la Jamaïcaine.

— Fais ce qu'il faut.

Pilar comprit et bafouilla :

— Mais… non… Non, je ne pourrai jamais… c'est ma fille !

Toni s'approcha d'elle et, d'un geste brusque mais précis, plaqua la lame sur sa gorge. Pilar sentit le froid de l'acier contre sa peau. Toni la regarda droit dans les yeux et lui dit :

— Soit tu l'ouvres, soit je te bute sur-le-champ et je vous ouvre toutes les deux. Pigé ?

20

Lonay, jour J-1

Des larmes plein les yeux, Pilar tremblait de tout son être. Elle fixait ses mains, paumes ouvertes vers le plafond, comme si elle sentait encore la chaleur des entrailles et le sang de sa fille couler entre ses doigts.

Coralie la regardait, horrifiée. Clem pleurait en silence en caressant son ventre arrondi. La Serbe, elle, demeurait totalement impassible, bloc de glace dans la chaleur qui envahissait le réfectoire de l'unité.

— Allez l'Espingouine, piqua la tigresse, raconte la suite ! Et donne tous les détails, la petite nouvelle veut des détails. Raconte-lui comment tu as éventré ta fille.

Pilar semblait paralysée, les larmes coulaient sur ses joues grisâtres, son regard ne quittait pas ses mains.

— D'accord, reprit Steva. Si tu ne veux pas, c'est moi qui vais le faire.

— Fous-lui la paix, murmura Clem sans conviction.

La Serbe la regarda, l'air surpris. Elle afficha un sourire moqueur.

— Tiens donc ! La grosse vache essaie de se rebeller ? Ça ne te ressemble pas, ma belle. Retourne dans ton étable, prépare la couche de paille et soucie-toi de vêler correctement, si tu ne veux pas rejoindre le clan des hamsters. Tu ne voudrais quand même pas faire ce plaisir à Majo ?

Clem se tut et se contenta de regarder le sol, tout en continuant de caresser son ventre. Steva se tourna vers Coralie.

— Imagine un peu la scène, la p'tite nouvelle : ta fille morte à tes pieds, dans la boue. Il pleut des cordes. Tu t'agenouilles à côté d'elle, tu remontes son T-shirt sur ses seins et là, tu plantes. Ou plutôt, tu piques. Du moins, tu essaies. Parce que c'est ta fille, merde ! Même si elle a clamsé, elle reste ta fille. Tu piques, mais ça ne rentre pas. Tu essaies de couper, mais ça ne marche pas. Parce que tu n'appuies pas assez fort. Pas facile d'entailler de la chair humaine. Surtout quand cette chair est la chair de ta chair. Mais à côté, il y a Toni. Et Toni, lui, il commence à s'impatienter. Il sort un flingue et appuie le canon sur le sommet de ton crâne. Tu sens le froid du métal à travers tes cheveux détrempés. Alors, tu laisses de côté tes sentiments, tu deviens une coquille vide, tu ne réfléchis plus. Et là, tu appuies plus fort pour que la lame fasse son travail. Mais pas trop fort non plus, parce qu'il ne faudrait pas que l'acier traverse les intestins et endommage d'autres ovules.

— Des ovules ? s'étonna Coralie, le cœur au bord des lèvres.

— De la coke, répondit Pilar, soudain sortie de sa léthargie. Des ovules de coke. Le choc avec la bagnole des flics à Luchon en a fait péter une à l'intérieur du corps d'Azaria et elle est morte d'une overdose. Sous les yeux de Toni, j'ai récupéré les cinquante ovules.

— Cinquante ?

— Ouais. Des fingers de dix grammes. Cinquante ovules de la taille d'un pouce, dures comme du caillou. J'avais la même quantité en moi. À nous deux, nous transportions un kilo de blanche pure à quatre-vingt-dix pour cent.

Coralie regarda son pouce, entre étonnement et dégoût.

— Comment est-ce possible ?

— De l'estomac à l'anus, c'est long, le tube digestif d'un être humain, répondit Steva. Crois-moi, j'en ai déroulé quelques-uns. Mais avec une baïonnette militaire, c'est plus facile qu'avec un cran d'arrêt.

— Stop ! cria Coralie. Tu es…

— Je suis quoi ? gronda la tigresse.

Un bref silence envahit le réfectoire. Coralie essayait de chasser de son esprit les images du récit de Pilar, qui se mélangeaient maintenant avec les informations du JT, les horribles crimes de guerre de Steva. Elle se concentra, puis se tourna vers la Jamaïcaine.

— Et ensuite, qu'est-ce qui s'est passé ? Pourquoi t'es-tu retrouvée dans une prison suisse ?

Pilar replia ses mains et sécha ses larmes d'un revers de la manche.

— Sur ordre de Toni, j'ai balancé le corps de ma fille dans un container à ordures qui se trouvait dans cette petite cour intérieure, puis nous avons traversé le Parc royal jusqu'à l'hôtel. Toni m'a fait entrer par une porte de service et m'a conduite jusqu'à ma chambre. J'ai pris une douche. Je vois encore le sang d'Azaria se diluer, s'écouler sur mon corps et disparaître en filets dans les canalisations. Toni a emporté mes habits et m'en a apporté des propres. Puis j'ai passé plus de vingt-quatre heures à me tortiller de douleur et à faire des allers-retours entre le lit et les toilettes, à évacuer petit à petit les ovules de mon corps. À chaque fois, je nettoyais les fingers, puis je les déposais dans un sac en plastique qui contenait déjà ceux d'Azaria. Je me recouchais, les douleurs revenaient et ça recommençait. Encore et encore, jusqu'à ce que je me vide complètement. Le surlendemain, Toni m'a filé les clés d'une nouvelle bagnole et m'a donné des consignes pour livrer cette marchandise à Turin, en plus de deux autres kilos en provenance d'Amsterdam. Je devais passer la frontière franco-suisse par un poste non gardé entre le Doubs et le Jura suisse. Mais la douane volante m'a serrée entre Goumois et Saignelégier. Et j'ai atterri ici. Maintenant, j'attends d'être jugée en Suisse pour trafic de cocaïne et la Belgique requiert mon extradition pour le meurtre de ma fille.

— Mais tu ne l'as pas tuée, s'insurgea Coralie.

— Aux yeux de la justice, c'est pareil. En ne conduisant pas Azaria à l'hôpital au vu de son état critique, c'est comme si j'avais accepté le risque qu'elle meure.

— Et Toni?

— Lequel? Il y en avait tellement. Celui qui me donnait les consignes entre l'Espagne et la Belgique, celui qui est intervenu dans le parc et à l'hôtel à Bruxelles... même le destinataire de la coke à Turin s'appelait Toni. Les stups ont vite compris qu'ils ne les identifieraient jamais.

— C'est dégueulasse.

— C'est la vie. Et la vie est dégueulasse. Dans ce genre de business, seules les petites mains trinquent. Les gros bonnets se planquent et sont rarement arrêtés. La plupart du temps, ils s'en tirent sans trop de casse. Ça fait neuf mois que je moisis ici et, crois-moi, d'autres mules nous ont déjà remplacées, Azaria et moi. Nous n'étions que des pions sur un échiquier. Sacrifiables à souhait pour ceux qui ne sont pas près de tomber: les rois et les fous qui travaillent pour eux.

De lents applaudissements résonnèrent dans le réfectoire. Steva frappait dans ses mains, tout en se moquant ouvertement de Pilar.

— Bravo! glapit-elle. Émouvante prestation, tu mérites un Oscar...

La Jamaïcaine ne réagit pas, ses yeux rougis par les larmes rivés vers le sol. Clem et Coralie fusillèrent la Serbe d'un regard noir.

— ...ou la chaise électrique, reprit Steva. Tu ne vaux pas mieux que nous toutes. Pas mieux que cette lopette de Louise. Tout bien réfléchi, tu aurais dû partir avec elle, ce matin.

L'injure atteignit Coralie en plein cœur. Sans réfléchir, elle se leva et se précipita sur Steva, qui para le coup de poing et envoya la petite nouvelle au tapis, en même temps qu'une chaise. Clem recula aussitôt vers sa cellule pour protéger sa future progéniture. La tête de Coralie heurta violemment un pied de la table, elle se recroquevilla sur elle-même. Le visage de Justine lui apparut en un éclair et elle gémit, comprenant la dramatique conséquence que pourrait avoir son geste irréfléchi. La tigresse n'attendait que cela pour déchaîner sur elle sa fureur.

Steva fit un pas vers sa victime à terre. Pilar se leva d'un bond et s'interposa. Les deux fauves se toisèrent un instant du regard, chacune les poings serrés, prêts à frapper, quand une clé déverrouilla la porte principale de l'unité.

Comme par magie, le calme revint aussitôt. La porte s'ouvrit, dévoilant l'impressionnante carrure de Majo.

— Qu'est-ce qui se passe ici ? aboya aussitôt la surveillante.

— Rien, répondit Pilar.

— La petite nouvelle s'est pris les pieds dans le tapis, lança ironiquement Steva tandis que Clem restait silencieuse.

— Debout, Amey ! ordonna Majo.

Coralie s'exécuta péniblement tout en plaquant une main sur son front blessé. Du sang perlait entre ses doigts.

— Quelle est ta version ? demanda la hyène en s'approchant de Coralie.

— J'ai... j'ai perdu l'équilibre, bégaya-t-elle.

Majo la regarda d'un air mi-amusé, mi-agacé.

— Je vois que tu apprends vite les règles de la maison. Besoin d'un point de suture ?

Coralie retira la main de son front. La blessure semblait bénigne.

— Je… je ne crois pas.

— Je ne crois pas non plus, Amey. Parce que tu es un caïd. Tu te prends pour une dure à cuire, hein? Mais ici, tu n'es rien d'autre qu'un vil hamster. Et les hamsters désobéissants, je finis toujours par les briser. Tu me comprends, Amey?

— Oui, cheffe, répondit Coralie en baissant les yeux.

— Bien. Maintenant, va te laver la tête, tu pisses le sang.

L'agente de détention avait raccompagné Tanja dans l'unité, puis s'était retirée en verrouillant la porte derrière elle. Immédiatement, Tanja suivit Coralie dans la cellule 5 et la rejoignit devant le lavabo.

— Ça va? demanda-t-elle.

— Je survivrai, répondit la blessée en épongeant son front ouvert.

— Qu'est-ce qui s'est passé?

— J'ai glissé.

— Pas avec moi! C'est Steva qui t'a fait ça?

Coralie ne répondit pas, son silence valait aveu. Tanja regagna le réfectoire et s'adressa calmement mais froidement à la Serbe:

— Tu la touches encore une fois, et je te tue!

— Ouuuuh, gémit Steva dans une grimace grossière. Vous avez entendu, vous autres? L'Albanaise me menace! Si je crève, j'espère que vous témoignerez en ma faveur.

La tigresse tourna sur elle-même, regarda tour à tour Clem et Pilar, mais n'obtint aucune réaction. Redevenue glaciale, elle fixa à nouveau Tanja de ses yeux sans vie et persifla:

— Bien sûr que non, elles ne témoigneront pas. Même si c'est moi qui te bute. Parce que c'est ce qui va finir par arriver. Je vais toutes vous buter, les unes après les autres. Comme de vulgaires chiennes. Hein, l'Albanaise? C'est ça? Tu n'es qu'une chienne en chaleur! C'était bien, ta visite? Quelle femme as-tu léchée, cette fois? Ta petite fiancée ou la grosse Majo ? Qu'est-ce que tu préfères, hein ? Le minou d'une greffière ou celui d'une matonne ?

Tanja encaissa les provocations de la Serbe sans réagir. Toujours calmement, elle asséna :

— Va te faire foutre, Steva.

Coralie réapparut à la porte de la cellule 5, pressant une serviette sur son front.

— Allez, raconte-nous tout, l'Albanaise ! reprit la Serbe en éclatant d'un gros rire forcé. Et essaie de rendre ça marrant, ça nous changera de la nouvelle qui passe son temps à chialer.

Tremblante, Coralie s'avança d'un pas vers elle et lança :

— Tu veux qu'on rigole ? Et si tu nous disais ce qu'il y a derrière la porte rouge ?

Le visage de Steva s'assombrit soudain.

— C'est mieux que tu ne le saches pas.

— Au contraire, j'aimerais beaucoup savoir pourquoi je t'ai entendue gémir là-dedans.

Un instant, la Serbe parut chercher en vain une réplique assassine, un mot d'esprit qui ne venait pas. Après de longues secondes de silence, elle finit par lâcher :

— Je te le dirai, mais à une seule condition : tu nous racontes d'abord ton histoire. Pourquoi es-tu ici, Amey ? Qu'as-tu fait pour que la société considère qu'une petite fille fragile comme toi mérite d'être enfermée avec des crapules de la pire espèce comme nous ?

L'enquête

(Deuxième partie)

21

Prez-vers-Noréaz, jour J-4

Au volant de sa Volkswagen Golf blanche immatriculée dans le canton de Neuchâtel, Coralie Amey filait à vive allure en direction de Payerne. À travers la vitre arrière, les policiers en filature devinaient en ombre chinoise la tête de sa fille Justine, assise au milieu de la banquette. Ils avaient décidé de ne pas intervenir à l'improviste. Fribourgeois et Vaudois s'étaient coordonnés pour lui tendre une embuscade.

— Ne la serre pas trop près, dit l'inspecteur Pascal Kneuss à son collègue de la BO, la Brigade d'observation.

Le conducteur ralentit, laissant la cible prendre de la distance, et répondit :

— À cette vitesse, on va la perdre. Je te rappelle qu'on n'a pas de traceur.

— Je préfère ça plutôt qu'elle nous repère. Dix contre un qu'elle va suivre la nationale.

— Et si elle bifurque sur une route secondaire ?

— Je suis prêt à prendre le risque. Pour le bien de l'enfant. Selon les rapports psy qu'ont récupérés nos collègues neuchâtelois, la mère est complètement instable. On ne sait pas quelle pourrait être sa réaction si elle se sent suivie. Je ne veux pas d'un rodéo routier en pleine campagne. Trop risqué pour la gamine. La souricière est prête ?

— Le GRIF est en place à l'endroit convenu.

— Parfait. Je communique ces infos au PCO neuchâtelois.

La voiture banalisée de la police fribourgeoise parcourut une longue route plus ou moins rectiligne entre Matran et Prez-vers-Noréaz, au milieu de forêts et de vastes étendues agricoles vallonnées. Malgré les injonctions de Kneuss, le conducteur contourna un îlot central par la gauche pour dépasser un tracteur qui venait de s'insérer sur la nationale. Il dut donner un violent coup de volant à droite pour éviter une voiture qui venait en face et qui multipliait les appels de phares.

Au téléphone avec la police neuchâteloise, Kneuss jeta un regard réprobateur à son collègue de la BO. Ce dernier l'ignora. Il était d'accord pour une bonne collaboration entre les cantons, mais en terres fribourgeoises, un Vaudois ne lui donnerait pas d'ordre. D'accord aussi pour donner un peu de mou à la cible, mais pas pour la perdre de vue. Et là, ils l'avaient perdue.

— Tu l'as vue tourner quelque part ? demanda Kneuss au moment où il raccrochait.

— Non.

Ils avaient traversé la moitié du village de Prez-vers-Noréaz et jetaient des coups d'œil dans chaque rue transversale, quand soudain, à l'approche de l'église Saint-Jean-Baptiste, le conducteur s'exclama :

— Putain, elle est là !

Il désigna la Volkswagen qui attendait à un stop sur la droite de la route principale et s'apprêtait à tourner en direction de Payerne.

— Qu'est-ce que je fais ? demanda-t-il nerveusement.

— Ne ralentis pas, répondit Kneuss. Passe devant elle comme si de rien n'était, l'air naturel. Et surtout, ne la regarde pas. Poursuis ta route normalement. Elle va se retrouver derrière nous.

— Mais elle joue à quoi ? Pourquoi elle a fait le tour de ce pâté de maisons ?

— Elle nous a fait un Ivan le Fou.

— Un *quoi* ?

— Une manœuvre de sous-marinier soviétique. Elle a tourné sur elle-même pour s'assurer qu'elle n'était pas suivie, avant de reprendre sa route initiale. Roule !

— Elle est derrière nous ?

Kneuss regarda discrètement dans le rétroviseur de droite, sans se retourner.

— Oui, c'est bon. Elle nous colle au train, c'est parfait. Va jusqu'au feu rouge, on approche de la zone de travaux.

L'adrénaline retomba d'un cran.

Une heure plus tôt, la police avait reçu une alerte LAPI. Les plaques du véhicule de Coralie Amey avaient déclenché dans le contournement de Payerne. Premier coup de pied dans la fourmilière, mise en place d'un dispositif d'interception. Quarante minutes plus tard, une seconde alerte était arrivée de la direction de la Migros : la cible venait d'utiliser sa carte Cumulus au passage des caisses du centre commercial d'Avry. Hélas, les policiers n'étaient pas arrivés à temps pour procéder à l'interpellation sur le parking. Ils avaient repéré la voiture au premier rond-point de la zone commerciale et l'avaient suivie discrètement.

— Je peine à comprendre le raisonnement de cette nana, dit le conducteur. Soit elle est débile, soit elle cherche à se faire prendre. Mais rien n'est logique dans son comportement. Elle maintient son téléphone éteint pour qu'on ne la localise pas, mais elle utilise sa propre voiture. Elle doit pourtant se douter qu'on la recherche.

— Le commun des mortels ne connaît pas forcément le système LAPI, répondit Kneuss.

— Certes, mais elle doit bien se douter que son véhicule est signalé partout en Suisse. Et pourquoi un aller-retour

Payerne-Avry pour faire des courses avec sa gamine, alors qu'il y a des magasins à Payerne ?

— Qu'est-ce que j'en sais ? Peut-être qu'elle s'imagine que l'anonymat est mieux garanti dans un grand centre commercial.

— Dans ce cas, pourquoi payer en cash aux caisses pour éviter d'être localisée en utilisant sa carte de crédit, mais présenter la carte de fidélité du magasin ? C'est complètement crétin…

— Les criminels font tous ce genre d'erreurs, surtout quand ils sont stressés. C'est grâce à ça qu'on les arrête. Elle a sûrement sorti sa Cumulus par réflexe, quand le caissier la lui a demandée. Un geste anodin auquel elle n'a pas réfléchi. Tant mieux pour nous.

— C'est pas logique, tout ça, répéta l'homme de la BO. C'est pas logique…

Kneuss lui fit signe de se taire et saisit le combiné de la radio à l'approche de la zone de travaux. À la sortie du village, une longue colonne de voitures attendait au feu rouge. L'inspecteur vaudois appuya sur le bouton de l'intercom.

— Aigle à aiglon, répondez.

Grésillement.

— Ici aiglon, répondit un interlocuteur. On vous écoute.

— Nous arrivons, tenez-vous prêts. La cible est derrière nous. Je répète : la cible est derrière nous. Pas devant.

— Bien compris, aigle. La cible est derrière vous. Nous bloquons la signalisation au rouge des deux côtés. Et la gamine ?

— On a un visuel. Elle est à bord, assise sur le siège arrière.

— Compris, vous l'avez en visuel. Parfait. Terminé.

Kneuss reposa le combiné sur son socle et se tourna vers le conducteur.

— Prêt pour la tenaille ? demanda-t-il.

Visiblement de nouveau tendu, l'homme de la BO répondit :

— Ouais… même si je préfère quand même être derrière elle que devant.

Une vingtaine de voitures attendait déjà au feu rouge. Le conducteur ralentit petit à petit et s'immobilisa à un mètre du véhicule qui le précédait. La Golf blanche fit de même derrière eux. L'homme de la BO jeta un discret coup d'œil dans le rétroviseur central. Il voyait distinctement le visage de Coralie Amey et la reconnut sans peine, sur la base des photographies qui circulaient sans relâche auprès des différents corps de police suisses depuis le matin. Derrière elle, il devinait, entre la découpe des deux sièges avant, la silhouette de Justine. L'enfant était immobile.

Main droite sur le pommeau de vitesses, le conducteur se tenait prêt à enclencher la marche arrière. Son pouls s'était encore accéléré.

— Attends, lui dit Kneuss. Pas maintenant.

— Je sais, répondit-il, stressé.

Trois autres véhicules s'étaient arrêtés sur la voie, derrière la Volkswagen. Impossible pour la cible de faire marche arrière.

La radio grésilla une première fois.

Puis un silence pesant.

La radio grésilla une seconde fois et l'ordre résonna dans l'habitacle.

« *Go! Go! Go!* »

Aussitôt, deux voitures banalisées sortirent de nulle part, remontèrent la file à toute vitesse et s'arrêtèrent de part et d'autre de la Golf blanche. Au même moment, l'homme de la BO crispa sa main sur le pommeau, enclencha la marche arrière et appuya à fond sur les gaz. Les pneus crissèrent sur l'asphalte et le pare-chocs arrière de la voiture fribourgeoise heurta le pare-chocs avant de la cible.

Sa petite Volkswagen prise en tenaille des quatre côtés, Coralie Amey se retrouva dans l'impossibilité de tenter la moindre manœuvre pour s'échapper. Elle ne comprit que trop tard ce qui lui arrivait. Paralysée et au bord de la crise de nerfs, elle crispa ses mains sur le volant, entendant à peine les injonctions des spectres noirs qui avaient jailli des véhicules à sa droite et à sa gauche. Sous les casques, ils portaient des cagoules. Au centre de trous dans le tissu, leurs lèvres remuaient, hurlaient et hurlaient encore :

— Police !

— Coupe le moteur !

— Coupe le moteur, je te dis !

— Garde tes mains bien en évidence !

— Tes mains ! On veut voir tes mains !

L'arrestation de Coralie Amey se passa sans heurts. À un détail près.

Lorsque Kneuss et son collègue fribourgeois sortirent de leur voiture, le GRIF avait déjà passé les menottes à la jeune femme et l'emmenait vers un fourgon d'intervention garé plus loin, sous les yeux éberlués des autres conducteurs de la colonne provoquée par le feu rouge. Quand le feu passa au vert et qu'un spectre noir se mit à faire la circulation, ceux-ci eurent toutes les peines du monde à se remettre en marche et à dégager la zone de l'intervention.

Kneuss s'approcha du chef du GRIF et demanda :

— Comment va la jeune fille ?

— Quelle jeune fille ?

L'inspecteur vaudois afficha une moue d'incompréhension.

— Ben, Justine... Justine Amey.

— Hélas, nous ne savons pas.

— Comment ça, *vous ne savez pas* ? Elle est bien assise sur le siège arrière, non ? Ce n'est pas elle ?

— Non, ce n'est pas elle.

— C'est qui, alors ?

— Il n'y a personne sur le siège arrière. C'est un mannequin.

22

Neuchâtel, jour J-4

Dans le poste de commandement opérationnel du BAP, la tension était retombée d'un cran à l'annonce de l'arrestation de Coralie Amey, pour aussitôt remonter de deux crans quand les enquêteurs avaient compris que Justine demeurait introuvable. La conclusion était simple : une enfant de douze ans était perdue dans la nature, seule ou en compagnie d'un complice de sa mère. Une heure s'était écoulée, sans la moindre information probante.

Fébrile, le procureur Jemsen tournait autour du commissaire Garcia.

— On pourra la voir bientôt ? lui demanda-t-il pour la vingtième fois.

— Oui, c'est imminent. Mais d'après ce que je sais, elle refuse de parler, je vous l'ai dit.

— Qui est avec elle ?

— Les hommes du GRIF et un inspecteur de la police vaudoise, Pascal Kneuss.

À l'évocation de ce nom, le procureur ouvrit de grands yeux.

— Je connais Kneuss. Où est-il ?

— Il l'accompagne pour les formalités d'usage : fouille corporelle, passage au CFOR pour la prise des données signalétiques et de l'ADN, mise en cellule. Il essaie de la persuader de parler, mais Coralie Amey se mure dans le silence. Elle pleure, c'est tout.

— Et la fouille de la voiture ?

— Ça n'a rien donné. Nous allons faire intervenir les douanes, pour un démontage en règle. Le service d'investigation numérique va tenter d'extraire du véhicule toutes les données de navigation. Ça risque de prendre un certain temps.

— Une réponse de Volkswagen Allemagne ?

— Ils attendent qu'un procureur allemand valide la commission rogatoire internationale pour nous envoyer d'éventuelles données de géolocalisation de la voiture.

— Les crétins ! Pendant ce temps, une jeune fille risque sa vie. Et ce mannequin ? Pourquoi ce mannequin ?

— Seule Mme Amey pourrait répondre à cette question. Mais…

— Elle refuse de parler, j'ai compris. On peut en tirer quelque chose, de ce mannequin ?

— Il est entre les mains de la police scientifique fribourgeoise pour analyses et recherches de traces. Mais ça va…

— …prendre du temps, je sais.

Jemsen secoua la tête et s'éloigna du commissaire un bref instant. Il ferma les yeux, inspira un grand coup et revint à la charge.

— Des nouvelles du côté de Préfargier ? demanda-t-il.

— Rien de tangible, répondit le commissaire Garcia qui suivait des yeux les allers et retours du procureur. Le médecin cantonal a délié du secret médical le médecin chef de l'établissement psychiatrique et tout son personnel. Ils sont actuellement auditionnés par les gendarmes, mais pour l'instant on n'a aucun élément intéressant, aucune piste à approfondir.

— Et les patients qui ont côtoyé Coralie Amey lors de son séjour dans l'institution ?

— Rien non plus. Ceux qui sont en état psychique d'être entendus l'ont été, sans succès. Quant aux autres, peine perdue. Autant pisser dans un violon.

— Aucun d'eux ne pourrait être son complice ?

— On ne peut exclure aucune hypothèse. Mais pour ceux qui avaient déjà quitté l'hôpital, nous les avons tous identifiés et retrouvés. Aucun d'eux n'est porté disparu. Des perquisitions sont en cours, mais pour l'heure, ça ne donne rien.

— Mais bon Dieu ! rugit Jemsen. Où est cette gamine ?

Il frappa violemment du poing sur la table du PCO, sous les yeux médusés de Flavie qui préparait les documents nécessaires à la procédure d'arrestation de la prévenue.

Garcia avait convaincu le procureur et sa greffière de l'accompagner jusqu'à la salle de pause du neuvième, l'étage de la PJ. Un bref intermède s'imposait. Le commissaire préparait une tournée de cafés, la fin de la journée – et peut-être la nuit à venir – promettait d'être longue et requérait une bonne dose de remontant.

Pensif, Jemsen regardait par la fenêtre, les yeux perdus sur le lac et, au-delà, les vastes enclaves fribourgeoises et vaudoises de la Broye. Justine se trouvait quelque part là-bas, abandonnée à son sort dans ces immensités de verdure, entre forêts, champs, hameaux et villages clairsemés. Le procureur en venait presque à espérer que Coralie Amey ait agi avec l'aide d'un complice. Au moins, il aurait su l'enfant entre de bonnes mains. Ou du moins, bonnes ou mauvaises, entre les mains d'un adulte.

— Vous tenez le coup ? demanda Flavie qui s'était approchée de lui.

Il ne se tourna pas vers elle, mais esquissa un sourire un peu triste.

— J'essaie, mais c'est difficile. Une gamine se suicide, sa meilleure amie disparaît le même jour. Le moindre acte d'enquête nécessite du temps. Et du temps, nous n'en avons pas.

— Ça a toujours été comme ça. Nous ne sommes pas dans une série télé où tout se résout en quarante-cinq minutes. Nous ne sommes que des humains, nous faisons tout ce que nous pouvons avec les moyens que nous avons à disposition. Le plus humainement possible.

— Je doute que le père de Justine voie les choses ainsi.

— Au diable le père de Justine ! s'exclama Flavie. Et au diable les médias ! Vous devez apprendre à faire abstraction de tout ça.

— Et si nous arrivons trop tard ?

Flavie se plaça face au procureur et l'arracha à sa contemplation, l'obligeant à soutenir son regard grave et déterminé.

— Nous ne sommes pas responsables des conséquences des actes des prévenus, lui lança-t-elle. Vous devez conserver de la distance. Et un certain détachement aussi. Je sais que c'est dur – horrible même – mais c'est comme ça. L'implication personnelle conduit à des erreurs de jugement. Et à une perte d'efficacité.

— Comment faites-vous pour rester si forte après ce qui vous est arrivé ?

— J'ai appris à me blinder. Et à mettre une frontière imperméable entre ma vie professionnelle et ma vie privée.

Elle se mentait à elle-même, Jemsen le savait. Mais il préférait la laisser avec ses illusions. La contredire fragiliserait la béquille dont il avait besoin, aujourd'hui plus encore que dans les épreuves qu'ils avaient déjà traversées depuis l'attentat de la place des Halles.

— Vous savez, dit-il, j'ai vu tant de parents perdre leur enfant lors du conflit des Balkans. Leurs cris de détresse résonnent encore dans ma tête et me poursuivent. Surtout la nuit.

— Je l'imagine, répondit Flavie. Mais vous ne m'avez jamais vraiment parlé de votre vie d'avant.

— Parce que vous n'êtes pas prête à entendre ces atrocités. Un jour, peut-être…

Garcia déposait trois cafés sur la table au moment où Kneuss entra dans la salle de pause. Le commissaire en prépara un quatrième.

— Que dit Coralie Amey ? demanda Jemsen à l'inspecteur vaudois après les salutations d'usage.

— Rien. Elle refuse de parler avant d'avoir vu son avocat.

— Qui est son avocat ?

— Elle n'en connaît pas. Votre centrale se charge d'appeler un avocat de la première heure.

— Nous pourrions choisir pour elle, répondit le procureur. J'en connais quelques-uns qui la persuaderaient peut-être de parler.

— Mais ça ne marche pas comme ça ! intervint Flavie. Nous devons passer par la permanence mise en place par le Barreau.

— On ne pourrait pas la court-circuiter, pour cette fois ?

— Je ne prendrais pas le risque, dit la greffière. Si ça s'apprend, on risque de jaser. Le procureur général n'aimerait pas ça, vous le savez, et vous ne pouvez pas vous permettre une nouvelle procédure disciplinaire.

— Au diable la procédure et les empêcheurs de tourner en rond ! Il y va de la vie d'une gamine, bon Dieu !

— Je sais. Mais si Coralie Amey sent que son avocat est de notre côté et ne la défend pas avec toute l'indépendance requise, elle risque de se braquer définitivement. Mieux vaut un petit teigneux qui va lui donner l'illusion de gagner la partie, plutôt qu'un défenseur complaisant avec l'autorité.

Jemsen soupira.

— Vous avez peut-être raison.

— Elle a raison, confirma Garcia.

— Un procureur doit toujours écouter sa greffière, sourit Flavie. Êtes-vous sûr de vouloir mener le premier interrogatoire de Coralie Amey ?

— Bien sûr ! Du reste, la procédure d'arrestation implique que je l'entende personnellement.

— Certes, mais vous pourriez laisser la police l'interroger une première fois. Ensuite, notre audition ne serait que formelle.

— Pure perte de temps.

— Pour cette fois, je suis d'accord avec le procureur, dit Garcia. S'il y a une chance que Coralie Amey indique où elle a caché sa fille, elle se confiera plus facilement au ministère public qu'à la police. Peut-être posera-t-elle des conditions que vous seul pourrez négocier. Et ça, son avocat le saura.

23

La Chaux-de-Fonds, jour J-4

Le ministère public siégeait au passage de la Bonne-Fontaine, non loin des marais du même nom dans lesquels un homme, aujourd'hui condamné à la perpétuité, avait un jour été arrêté en flagrant délit alors qu'il s'apprêtait à y ensevelir les morceaux découpés et congelés du corps de sa femme.

Fait peu commun pour un lieu de justice, le ministère public partageait ses locaux avec l'entreprise Dior. Luxe austère ou austérité luxueuse, Jemsen s'était souvent posé la question, allant jusqu'à imaginer une enseigne unique pour l'immeuble : une balance à plateaux ornée de diamants.

De l'autre côté d'un grand parking à ciel ouvert, le bâtiment Sispol dominait la zone industrielle. Il abritait le service d'intervention et de secours des Montagnes neuchâteloises et la police cantonale. Dans la partie habitable entièrement vitrée qui surplombait l'immense garage des véhicules du feu et des ambulances, on avait descendu les stores – d'immondes stores orange – pour tenter de préserver un peu de fraîcheur dans les bureaux.

— On y va ? demanda Flavie.

Le procureur se tourna vers sa greffière, qui tenait un dossier sous le bras.

— L'avocat a fini de s'entretenir avec sa cliente ?

— À l'instant.

— Alors, allons-y, gronda Jemsen.

— Vous me promettez de garder votre calme ?

— Je ne vous promets rien, Flavie.

Ils passèrent de la partie privative du greffe à la zone publique et déserte des salles d'audience, arpentèrent un dédale de couloirs et de portes, jusqu'à la salle que la greffière avait réservée pour l'audition. Devant la porte d'une salle d'attente sécurisée, deux agents de sécurité en uniforme attendaient, debout. Jemsen les salua.

La salle d'audience était austère, pas de diamants, un long bureau avec un ordinateur et un écran séparé pour que le magistrat puisse suivre la tenue du procès-verbal. Derrière, une imprimante sur un petit meuble. Devant, trois chaises nues, une au centre pour la prévenue, deux de chaque côté pour les agents. Et au fond de la salle, une petite table pour l'avocat.

Jemsen prit place et indiqua à sa greffière qu'elle pouvait faire entrer tout le monde. Dans un silence monacal, tête baissée, Coralie Amey s'assit face au procureur, encadrée par ses geôliers en tenue grise. Engoncé dans son costume trois-pièces, la cravate de travers, le défenseur commis d'office s'assit derrière sa cliente, ouvrit sa mallette d'un autre siècle et éparpilla sur la table quelques feuillets griffonnés à la va-vite, ainsi qu'un vieil exemplaire du Code de procédure pénale. Le temps qu'il prit à s'installer et à remettre de l'ordre dans ses notes irrita Jemsen.

— Maître, vous êtes prêt ?

— Un instant, monsieur le procureur.

L'homme sortit encore de sa mallette un ordinateur portable et une bouteille d'eau.

— Que comptez-vous faire avec ce PC ?

L'avocat leva des yeux étonnés et répondit :

— Ben, l'utiliser.

— Ce n'est pas autorisé en salle d'audience.

Flavie tapa quelques mots sur son clavier, Jemsen les lut sur son écran.

Si, maintenant, ça l'est. Le procureur général vient de modifier sa directive à ce sujet.

Jemsen ne lisait que rarement les directives de son supérieur et laissait généralement sa greffière le tenir au courant des décisions les plus importantes. Pour lui, celle-ci ne l'était pas. Il se racla discrètement la gorge et ajouta :

— Mais nous ferons une exception pour cette fois, à condition que cela ne nuise pas à la bonne tenue de cette audience. On peut y aller, maintenant ?

L'avocat acquiesça d'un signe de la tête. Jemsen fixa la prévenue droit dans les yeux.

— Où est votre fille, madame Amey ?

Immédiatement, le défenseur s'insurgea.

— Monsieur le procureur, vous ne vérifiez pas l'identité de ma mandante et vous ne lui rappelez pas ses droits ?

À l'écran, Flavie avait surligné en jaune les formalités légales de début d'audition. Nouvel agacement de Jemsen, qui répondit sèchement :

— Pour ce qui est de l'identité, je ne crois pas qu'il soit nécessaire de perdre encore plus de temps. Votre cliente n'aura qu'à relire le PV en fin d'audition. Pour ce qui est des droits…

Le procureur lut mécaniquement les phrases qui apparaissaient à l'écran.

— Vous êtes entendue comme prévenue dans une procédure pénale ouverte contre vous pour enlèvement de mineur au sens de l'article 220 du Code pénal, violation du devoir d'assistance ou d'éducation au sens de l'article 219 du Code pénal et insoumission à une décision de l'autorité, article 292 de cette même loi.

Jemsen releva la tête de l'écran et ajouta spontanément :

— Et l'assassinat pourrait s'ajouter à cette liste si vous ne nous dites pas très vite où se trouve votre fille.

L'avocat bondit de sa chaise et se leva, balançant ses bras dans un ridicule effet de manche.

— Monsieur le procureur, je proteste ! Vous outrepassez vos droits.

Jemsen fit un effort pour se contenir et dit fermement, mais calmement :

— Rasseyez-vous, maître. Je ne fais que rendre attentive votre cliente à ce qu'elle risque si elle s'entête. Une vie est en jeu.

— Et ma mandante en est consciente. On parle de sa fille, tout de même.

— Justement !

Le procureur soupira et continua de lire à haute voix ce qui figurait à l'écran.

— Vous avez le droit de refuser de répondre aux questions qui vous seront posées et de collaborer à l'enquête.

Nouvel aparté, droit dans les yeux de la prévenue, qui ne bronchait pas.

— Néanmoins, je vous rappelle la jurisprudence selon laquelle le droit de se taire est un droit boomerang. Celui qui en fait usage ne saurait ensuite se plaindre qu'on en tienne compte en sa défaveur au moment du jugement.

Nouveau geste d'irritation de l'avocat, qui resta toutefois silencieux.

— Quant à votre droit d'être assistée d'un défenseur, poursuivit Jemsen, il est ici pleinement respecté. Vous avez le droit à l'assistance judiciaire, pour autant que vous en remplissiez les conditions. Le cas échéant, votre avocat vous expliquera les démarches à effectuer. Enfin, vous avez le droit à un interprète ou un traducteur, ce que j'ai l'obligation de vous rappeler mais qui est parfaitement ridicule, puisque vous comprenez et parlez le français. Des questions ?

L'avocat leva aussitôt la main.

— Oui, maître ?

— Ma cliente souhaite voir un médecin au plus vite.

— N'en a-t-elle pas déjà vu un dans le cadre de sa garde à vue ?

À sa gauche, Jemsen devina que sa greffière secouait négativement la tête. Il reprit :

— Dans ce cas, elle en verra un au terme de cette audience, quand elle regagnera sa cellule au BAP. Et elle aura aussi l'occasion d'en voir un à son entrée en prison.

— Encore faudrait-il que le Tribunal des mesures de contrainte vous suive sur ce coup-là, intervint l'avocat. J'entends plaider la mise en liberté de ma cliente et je vous saurais gré de ne pas anticiper la décision du juge.

— Le juge me suivra, surtout si votre mandante persiste dans son refus de nous dire où est sa fille.

— Nous verrons bien.

Jemsen regarda à nouveau la prévenue qui n'avait pas bougé d'un millimètre, figée dans une posture droite, les yeux fixes, tel le mannequin qu'elle avait promené plus tôt dans sa voiture.

— Madame Amey, si vous avez compris vos droits, pouvons-nous enfin passer aux questions ? J'en ai un certain nombre à vous poser.

Nouvelle main levée de l'avocat, qui prit aussitôt la parole.

— Si vous le permettez, monsieur le procureur, je vais vous faire part de la position de ma cliente : elle refuse de répondre à vos questions, aussi longtemps qu'elle n'aura pas pu avoir accès au dossier.

— C'est ridicule, maître ! tonna Jemsen en se tournant vers l'avocat. Vous savez bien qu'à ce stade, il n'y a pas de dossier.

— Pas de dossier, pas de réponses. Et pas de garanties, pas de réponses non plus.

— Quelles garanties ?

— Trois : que ma cliente ne soit pas placée en détention provisoire, que les charges qui pèsent contre elle soient abandonnées, et que le tribunal civil lui accorde la garde exclusive de sa fille, sans droit de visite au père.

Abasourdi par ce qu'il venait d'entendre, Jemsen se tourna instinctivement vers sa greffière. Imperturbable, Flavie fixait Coralie Amey, comme tentant de percer sa carapace, d'atteindre cette femme qui semblait inaccessible, murée dans son monde.

Le procureur soupira et s'adressa à nouveau à l'homme de loi :

— De pire en pire, maître ! Vous savez bien que je n'ai aucune compétence pour la troisième condition. Quant aux deux premières, comme pour la troisième d'ailleurs, je doute que les autorités judiciaires de ce canton cèdent à un tel chantage.

— C'est pourquoi j'ai conseillé à ma cliente de négocier directement avec le TMC et non avec le ministère public. Un juge indépendant et impartial verra probablement la chose de manière plus humaine qu'un procureur qui instruit exclusivement à charge. Comme vous dites, il y va de la vie d'une enfant.

— Vous rendriez-vous complice d'un assassinat, maître ?

— Je vous retourne la question, monsieur le procureur.

L'avocat profita du petit silence médusé qui suivit pour se lever. D'un air solennel, il reprit :

— Je crois que nous en avons fini. Ma cliente ne vous dira rien de plus. Vous pouvez le verbaliser et passer aux questions usuelles relatives à la mise en détention. Nous avons déjà traité de la question du médecin. Ma cliente n'a ni famille ni travail et elle est ressortissante suisse, il n'y a donc aucun proche, aucun employeur, ni aucune ambassade à informer de son arrestation. Quant à l'audience au TMC, nous n'y renonçons pas, bien entendu. Ma cliente souhaite être entendue par le juge. Et le plus tôt sera le mieux.

— Et Justine ? rétorqua Jemsen.

— Elle a de quoi tenir quelques jours. Bien plus qu'il n'en faut pour que le TMC accepte de négocier. Ne vous en faites pas.

Flavie vit l'ombre d'un sourire passer sur les lèvres de Coralie Amey. Alors que l'avocat rangeait ses affaires et s'apprêtait à partir, Jemsen se leva et, s'approchant de lui, gronda :

— Vous frisez l'indécence, maître. Et une dénonciation à l'autorité de surveillance des avocats.

— Et vous, monsieur le procureur, malgré tout le respect que je vous porte, une nouvelle dénonciation au Conseil de la magistrature.

24

La Chaux-de-Fonds, jour J-4

Assis derrière sa table à la gauche du Tribunal des mesures de contrainte, Jemsen fulminait intérieurement en écoutant le dispositif lu par le juge Ecklin.

— Par ces motifs, le tribunal ordonne la détention provisoire de Coralie Amey pour une durée de deux mois. Il charge le service pénitentiaire de placer la prénommée dans un établissement carcéral approprié et rappelle à la prévenue qu'elle peut en tout temps présenter une demande de mise en liberté auprès du ministère public. Enfin, les frais de la présente décision, arrêtés à deux cent cinquante francs, suivront le sort de la cause au fond. La cause est entendue, l'audience est levée.

Jemsen ne fulminait pas contre le TMC qui, sans surprise, avait suivi ses conclusions et catégoriquement refusé de céder au chantage exercé par la prévenue. Il fulminait contre l'avocat de la défense, qui s'était entêté dans cette voie, tout en se montrant toutefois beaucoup plus prudent et circonspect face au juge qu'il ne l'avait été face au procureur lors de l'audition d'arrestation.

Au moment où le juge Ecklin et son greffier quittaient

la salle du tribunal, l'avocat de Coralie Amey demanda à pouvoir s'entretenir encore quelques instants avec sa cliente, avant qu'elle ne reparte en fourgon cellulaire direction Neuchâtel. Le juge lui accorda ce privilège.

De son côté, Jemsen rassembla son dossier, se leva et quitta la salle. En croisant la prévenue, à laquelle les agents de sécurité passaient les menottes, il lui glissa à l'oreille :

— Si j'étais vous, je reverrais votre stratégie. Pensez à Justine. Dites-nous où elle est.

Il n'obtint en retour qu'un vague sanglot de la jeune femme, qui semblait effondrée, et un regard noir de son défenseur. Il sortit de la salle d'un pas énervé, franchit la double porte vitrée du Tribunal régional des Montagnes et du Val-de-Ruz, passa devant la grande fontaine et traversa l'avenue Léopold-Robert en dehors des clous. Il provoqua l'ire d'un conducteur, ignora le coup de klaxon et s'engouffra dans une brasserie qui faisait face à la tour Espacité.

Flavie l'attendait, attablée au fond de la salle de débit, sirotant un panaché. Jemsen jeta son porte-documents sur une chaise et prit place en face d'elle.

— Comment ça s'est passé ? demanda-t-elle.

— Sans surprise. J'ai demandé une détention provisoire de trois mois, le TMC en a accordé deux, tout en faisant comprendre à la prévenue qu'une prolongation pourrait être accordée sur requête du ministère public. Au final, ça ne change pas grand-chose.

— Elle a parlé ?

— Bien sûr que non. Et son connard d'avocat n'a pas changé son fusil d'épaule, même après l'énoncé du verdict.

Flavie se mit à rigoler doucement.

— Qu'est-ce qui vous faire rire ?

— Vous ! Vous êtes parfois si prévisible.

— Prévisible ? Je ne comprends pas. Le TMC a joué le jeu en acceptant de tenir une audience presque immédiatement après notre audition d'arrestation. Le juge Ecklin est un magistrat clairvoyant. Mais nous ne sommes pas plus avancés qu'en début d'après-midi. Et une gamine de douze ans est toujours perdue dans la nature. Je ne vois rien de drôle à cette situation. J'ai besoin d'un verre.

Jemsen se tourna, appela la serveuse et commanda une bière. Il la but en silence, sous le regard amusé de sa greffière. Son sourire énigmatique l'agaçait, mais il ne laissa rien entrevoir et se retourna pour commander une seconde bière. À ce moment-là, il aperçut l'avocat de Coralie Amey à l'entrée de la brasserie.

— Qu'est-ce qu'il fait ici, celui-là? bougonna-t-il. Il n'aurait pas pu aller dans un autre bar? Il y en a assez à proximité du tribunal.

— C'est moi qui lui ai dit où nous rejoindre, répondit Flavie.

— Vous? faillit s'étrangler Jemsen. Mais pourquoi?

Elle affichait toujours ce satané petit sourire en coin.

— Parce que ce connard, comme vous dites, est un cousin de mon défunt mari. C'est grâce à moi qu'il a obtenu son premier stage dans un cabinet d'avocats, il y a quelques années. Il me devait un petit service en retour. C'est moi qui l'ai appelé et qui lui ai demandé de défendre Mme Amey.

Jemsen n'en croyait pas ses oreilles.

— Vous avez fait quoi? dit-il en appuyant sur le dernier mot.

— J'ai pris cette décision quand j'ai compris qu'*a priori*, elle avait décidé de se murer dans le silence – les retours des policiers qui l'ont arrêtée le laissaient entendre fortement. J'ai donc appelé directement cet avocat, sans passer par la liste des permanences du Barreau. J'avais besoin de savoir ce à quoi nous devions nous attendre. Il a accepté sans problème et a rencontré Coralie Amey à son arrivée.

Flavie s'interrompit pour siroter une gorgée de son panaché.

— Et donc ? fulmina Jemsen, exaspéré.

— Il a profité d'une pause pour m'appeler discrètement. Il m'a fait part du projet de Coralie Amey, des conditions délirantes qu'elle comptait demander. Elle semblait persuadée de pouvoir obtenir facilement gain de cause, il n'en revenait pas ! Nous avons donc mis en place une stratégie. Nous nous sommes dit que si elle se sentait défendue à cent pour cent par un avocat qui abondait sans aucun recul dans son sens et qui la confortait dans sa position, la chute serait d'autant plus dure à encaisser pour elle à l'énoncé du verdict du TMC – sur lequel nous n'avions aucun doute. Et que ça pourrait la faire craquer à ce moment-là, ou juste après.

Jemsen avala péniblement sa salive.

— Mais… vous êtes fous, tous les deux ? Et si ça ne marche pas ?

— Nous aurons au moins tenté le coup.

— Et si ça nous retombe dessus ?

— Aucune chance. Personne n'est au courant. Sauf lui, vous et moi. Et… le psychiatre qui suivait Coralie Amey à l'hôpital de Préfargier, mais je ne lui ai confié aucun détail de notre plan. Il m'a juste confirmé que plus violent et inattendu serait l'électrochoc de la détention, plus la chance qu'elle parle serait grande.

— C'est complètement dément, murmura Jemsen. Mais pourquoi vous ne m'en avez pas parlé avant ?

— Parce qu'il fallait que vous soyez vous-même lors de l'audition d'arrestation, que vous jouiez votre rôle à fond. De manière spontanée et naturelle. Je ne vous connais que trop bien, quand vous êtes énervé. Je vous l'ai dit : vous êtes si prévisible.

Définitivement, le procureur ne trouvait pas ça drôle du tout. Quand l'avocat vint prendre place à leur table, à côté de Flavie, il ne lui adressa qu'un regard furtif, limite mauvais. Son cerveau analysait la situation sous un angle nouveau. Le connard n'en était pas un, mais c'était lui qu'ils avaient pris pour un con. Pour la bonne cause, peut-être.

— Flavie vous a tout raconté ? demanda le défenseur.

— Ouais, maugréa Jemsen en forçant un sourire. Je n'ai pas été très glorieux, sur ce coup-là.

— Vous avez été parfait.

La greffière abonda dans son sens, d'un petit signe de la tête.

— Parfait ? Non, d'un point de vue psychologique, j'ai été minable. Cette audition était une vraie catastrophe.

— Même le meilleur des interrogateurs n'aurait rien pu faire. Cette femme est une montagne de certitudes, son raisonnement est tordu, mais pour elle, il tient la route. Elle est persuadée d'être du bon côté, de protéger sa fille, et que la justice va le comprendre et faire machine arrière. Elle aime sa fille plus que tout au monde, Justine est même sa seule raison de vivre, mais jamais elle ne parlera.

— Elle ne vous a rien dit, après le verdict du TMC ?

— Rien du tout. J'ai bien essayé, mais j'ai vite senti que c'était inutile et que si je forçais, elle perdrait définitivement toute confiance en moi. Alors, j'ai joué mon va-tout. Je lui ai dit que dès demain matin, je déposerais un recours auprès du Tribunal cantonal et que je demanderais sa libération immédiate, avec de très grandes chances de succès. Je l'ai baratinée avec quelques exemples qui l'ont confortée dans son espoir de sortir de prison. Mais il est clair que l'autorité supérieure va balayer son recours. Et moi, je vais perdre un peu de crédibilité auprès des juges cantonaux, mais ça n'est pas bien grave. Ce qui compte avant tout, c'est que ce soit un nouveau coup d'assommoir pour elle et un nouvel espoir pour vous de retrouver sa fille. La question, maintenant, est de savoir dans quel délai le TC va rendre son arrêt. Un jour, deux jours, trois jours ? Difficile à dire.

Le temps…

Toujours une question de temps…

Et le temps, ils n'en avaient que très peu.

— Vous avez dit tout à l'heure que Justine avait de quoi tenir quelques jours. Qu'est-ce que Coralie Amey vous a dit exactement à ce sujet ?

— Qu'elle avait laissé des vivres à sa fille pour une dizaine de jours.

— Ce qui laisse supposer qu'elle n'a pas de complice ?

— Elle n'a rien dit là-dessus. Je ne peux donc rien affirmer. Elle est parfois très brouillonne dans son discours...

— Et l'histoire du mannequin ? Elle a dit quelque chose à propos du mannequin ?

— Le mannequin faisait partie de son plan : d'abord mettre Justine *à l'abri*, comme elle ne cesse de le répéter, puis se faire arrêter volontairement, ce qu'elle a réussi à faire en utilisant sa voiture et sa carte de fidélité, et en plaçant le mannequin à l'arrière pour que les policiers l'interpellent rapidement.

— Mais pourquoi se faire arrêter ? Je ne comprends rien ! lança le procureur.

— Pour pouvoir présenter ses trois conditions. D'après elle, son plan a marché. Elle est convaincue de tenir le couteau par le manche et de pouvoir négocier.

— Mais... comment peut-elle croire une chose pareille ? C'est dingue !

L'avocat secoua la tête et poussa un grand soupir.

— Elle vit dans un monde parallèle dans lequel elle n'est que la victime et son mari le bourreau, le mal absolu. C'est lui qu'elle cherche à combattre avant tout, pas la police ni les tribunaux. Elle ne cesse de répéter que la justice va reconnaître son erreur, que les juges sont là pour protéger les innocents.

— Mais les psys et les juges ont rendu leurs conclusions, elle le sait bien ! Maintes fois ! Tout concorde, même sa fille est claire à ce sujet !

— Elle n'en démord pas. Elle dit que Justine est sous l'emprise de son père.

Atterré, Jemsen se tourna vers Flavie qui lui rendit son regard. Toute trace de sourire avait disparu du visage de la greffière. L'avocat reprit :

— J'irai la voir à Lonay dans deux ou trois jours, mais si le rejet de son recours ne la pousse pas à révéler où elle a caché sa fille, il vous faudra trouver autre chose, entrer vous-même dans sa logique, peut-être faire appel à des psychologues, des psychiatres ou même des *profilers*. Et trouver la faille.

25

Neuchâtel-Lonay, jour J-3

De retour au BAP après ses passages au ministère public puis au TMC, Coralie avait subi une nouvelle fouille avant d'être remise en cellule. Le médecin qui était passé la voir dans la soirée s'était montré particulièrement inquiet pour son état de santé psychique et lui avait prescrit des anxiolytiques. Dans un premier temps, elle avait refusé toute médication. Puis, face à l'insistance du thérapeute et à sa menace à peine voilée de la faire enfermer à Curabilis, l'unité hospitalière de psychiatrie pénitentiaire à Genève, elle avait affiché un peu plus de docilité et accepté les cachets. Une fois en cellule, elle les avait recrachés dans les toilettes et tiré la chasse.

Le bon docteur lui avait aussi dit qu'il signalerait son inquiétude au service médical de la prison de Lonay, où le service pénitentiaire neuchâtelois lui avait trouvé une place pour le lendemain matin. En attendant, elle devrait passer une nuit au BAP. Régime strict de la garde à vue – ou arrestation provisoire, comme on la nommait juridiquement en Suisse : lumière allumée toute la nuit dans la cellule, vidéosurveillance constante, sauf sur les W.-C. en inox incrustés dans un mur de béton gris-bleu, un rouleau de PQ entamé dont on ne savait pas très bien qui l'avait touché en dernier ni avec quelles mesures d'hygiène. Pour le souper, un *quick lunch*, un peu d'eau chaude versée à même le contenant en plastique, douteux mélange de légumes et de nouilles chinoises. Coralie n'y avait pas touché.

Pour la nuit, une couchette rudimentaire, un fin matelas plastifié posé sur un socle en béton de la même couleur que le reste de la cellule, un oreiller en bout de vie, une couverture de style militaire à moitié tachée, de celles qui démangent la moindre parcelle de peau à vous gratter jusqu'au sang. Une fenêtre opaque, aucune vue sur l'extérieur. Et toujours cette maudite lumière. Coralie ne dormit pas et pleura une bonne partie de la nuit.

Le lendemain matin, on vint la chercher à l'aube. Un gendarme de piquet lui proposa un café, qu'elle accepta. Avec sucre et lait. Il était gentil, lui. Elle ne le vit qu'une fois.

Puis ce fut le défilé de documents à signer. On les lui expliqua, elle n'écouta qu'à moitié, ne comprit pas tout. Mais elle signa quand même. Une autorisation de perquisition, une autre pour la prise des données signalétiques et de l'ADN. Elle était pourtant déjà passée la veille par la case « police scientifique », sûrement un oubli. Une autre autorisation encore, pour la fouille de son téléphone portable. Mais c'était ridicule : elle ne l'avait pas allumé depuis qu'elle avait quitté le Val-de-Ruz avec sa fille. Justement pour qu'on ne puisse pas la suivre sans qu'elle ne l'ait décidé. Parce que ces saloperies d'engins laissaient des traces partout quand ils étaient allumés. Elle avait vu ça dans de nombreux films à la télévision.

Coralie signa encore un inventaire des affaires qu'elle ne pouvait pas garder sur elle en cellule. On lui expliqua que si ces affaires ne faisaient pas l'objet d'un séquestre, elles la suivraient sur son lieu de détention et seraient versées dans son dépôt à la prison de Lonay.

Enfin, on lui fit remplir une déclaration patrimoniale et d'état civil. Rien que le titre du document de deux pages ne voulait rien dire pour elle. Elle devait indiquer son salaire et ses autres revenus éventuels, ses charges régulières, sa fortune et ses dettes. Elle mit des zéros partout, sauf dans la rubrique « poursuites », où elle dessina un point d'interrogation. Elle savait qu'elle faisait l'objet de poursuites pour les impôts, l'assurance maladie et d'autres menues factures en souffrance, mais elle en ignorait le montant total. De toute façon, elle n'avait pas de quoi les payer. Même son loyer, elle ne le payait plus depuis deux mois et était menacée d'expulsion. Son mari lui avait coupé les vivres depuis longtemps et le moindre argent qu'elle recevait des services sociaux partait dans la nourriture et la voiture. Elle faisait parfois un geste symbolique chez Emmaüs, en échange de vêtements de seconde main.

Les agents de sécurité – les mêmes que la veille, aimables eux aussi, bien que peu causants – vinrent la chercher sur le coup des 9 heures du matin pour la conduire à Lonay.

Le trajet en fourgon cellulaire dura une éternité. Sans vue sur l'extérieur, Coralie souffrait le martyre, assise de côté par rapport au sens de la marche, déportée à la moindre accélération ou au moindre freinage, conduite comme du bétail.

Six boxes séparés hermétiquement, trois de chaque côté, dos à dos. Très rapidement, le fourgon se transforma en étuve à cause de la canicule. Il passa chercher d'autres détenus à Bienne, Berne, Fribourg et Vevey, fit une escale au centre de la Blécherette à Lausanne et déposa un prisonnier à la prison du Bois-Mermet. À chaque étape, un agent de sécurité proposait de l'eau aux convoyés. À chaque étape, Coralie but de grosses gorgées, avant de transpirer à grosses gouttes, comme un bœuf, durant le trajet suivant. Sans ressentir le moindre besoin d'uriner.

Pendant des heures, elle pensa à Justine, seule dans son cocon protecteur. Là où sa fille l'attendait, jamais son père ni les enquêteurs ne la trouveraient. Coralie en était convaincue. C'était impossible.

Elle avait expliqué à Justine les règles de la survie, lui avait laissé suffisamment de bouteilles d'eau et de nourriture pour tenir une dizaine de jours au moins. Des plats tout préparés, des pâtes et de la sauce, quelques fruits et légumes, un four à micro-ondes et un autocuiseur à gaz. Dans le cocon, il y avait aussi une douche et des W.-C., tout le nécessaire de toilette et des habits de rechange. Et en dernier recours, un téléphone portable avec un seul numéro préenregistré: le sien. Celui du portable que les enquêteurs avaient séquestré et qui ne leur servirait à rien. Jamais Justine ne l'appellerait avant d'arriver au bout de ses rations de survie. Elle le lui avait juré.

Coralie avait dix jours pour sortir de cet enfer, récupérer sa fille et fuir. Mais où? Un exil n'était pas facile, surtout quand on n'avait aucun contact, ni en Suisse ni à l'étranger. Toutes les connaissances de Coralie étaient également des contacts de Gilles, toutes avaient pris fait et cause pour lui. Et donc, contre elle.

Coralie avait dix jours pour sortir de prison, c'était largement suffisant selon ce que lui avait dit la seule personne en qui elle avait confiance: son avocat. Il était le seul à la croire, à la soutenir et à la défendre, contre vents et marées. Il avait échoué au TMC, mais il gagnerait devant le Tribunal cantonal. C'était pour elle une évidence. Son dossier était solide, elle était une bonne mère qui n'avait agi que pour protéger sa fille d'un père incestueux.

Tous disaient que Coralie était folle. Les psychologues et les psychiatres, les spécialistes de l'enfance, les procureurs et les juges. On lui avait retiré la garde de sa fille parce que Justine s'était rétractée et avait pris la défense de son père.

On l'avait expertisée, elle, mais pas sa fille. On n'avait même pas investigué pour tenter de savoir si Gilles avait exercé une influence sur Justine et lui avait lavé le cerveau comme on retournerait une crêpe. Pourtant, une enfant de douze ans, c'était fragile. Chez le père, elle pouvait dire une chose pour lui plaire. Et chez la mère, l'inverse pour ne pas la décevoir. On appelait ça un conflit de loyauté.

Comme personne n'avait décidé de protéger Justine de l'emprise de son père, de ce pervers narcissique jamais reconnu comme tel par la justice, Coralie s'était muée en justicière et avait pris les mesures nécessaires. Quand la vérité éclaterait enfin au grand jour, on mettrait ses actions au bénéfice de la légitime défense ou de l'état de nécessité. C'est ce que son avocat lui avait expliqué la veille.

Après trois longues heures de route, le fourgon cellulaire franchit enfin les portes de la prison de La Tuilière et roula jusqu'au sas d'entrée des détenues.

Coralie passa de l'étuve lumineuse du fourgon à la fraîcheur lugubre des sous-sols de l'établissement carcéral. Elle fut immédiatement prise en charge par une agente de détention, dont la carrure éléphantesque la dépassait d'une bonne tête et de deux largeurs d'épaules. Son abdomen surdimensionné devait l'empêcher de voir ses pieds quand elle marchait.

— Détenue Amey, lâcha d'une voix puissante l'impressionnante matonne au double goitre. Bienvenue à Lonay. Suis-moi.

Apparemment, le tutoiement ne l'étouffait pas. Tout en marchant dans le sombre couloir du sous-sol, elle reprit aussitôt :

— Ici, on m'appelle Majo. Mais pour toi, comme pour toutes les autres d'ailleurs, ce sera *cheffe*. Compris ?

— Compris, murmura Coralie.

— J'ai rien entendu, Amey !

— Compris ! répondit Coralie en haussant un peu la voix.

— Compris, *qui* ?

— Compris, cheffe.

— Bien. Si tu me respectes, je te respecterai. Mais si tu me chies dans les bottes, je t'en ferai baver. Tu vois cette porte ?

Majo désignait une lourde porte blindée jouant de mimétisme avec l'obscurité du couloir.

— Cette porte, reprit la surveillante, c'est le mitard. C'est là que finissent les plus récalcitrantes, celles qu'on finit toujours par dompter. C'est là que ta future coloc termine actuellement un séjour de dix jours de vacances aux frais de la princesse. Tu la retrouveras ce soir en cellule. Elle s'appelle Alba et elle n'est pas toujours très sociable, alors je te conseille fortement de ne pas te la mettre à dos. Compris ?

— Compris, cheffe.

— C'est bien, tu es docile, toi. On va bien s'entendre, je le sens. Voilà ton programme de bienvenue : tu passes à la fouille. Si t'as quelque chose de planqué dans la foufoune ou dans la boîte à caca, c'est le moment de le dire. Sinon, ça risque d'être désagréable. Ensuite, visite médicale. Le médecin du SMPP a déjà reçu ton dossier médical de son confrère de Neuchâtel, on va gagner du temps. Puis, direction l'unité 3, cellule numéro 5. Tu verras, elles sont toutes aussi sympathiques que ta future coloc. D'adorables petits hamsters.

Coralie suivit Majo dans des escaliers jusqu'à un étage qui devait *a priori* correspondre au rez-de-chaussée. En chemin, l'attention de la jeune femme fut attirée par une porte dont la couleur détonnait complètement dans cet univers de grisaille : une porte rouge.

La prison

(Troisième partie)

26

Lonay, jour J-1

Le temps était une notion relative en prison. Jour après jour, on passait du matin au soir, parfois très lentement, parfois sans vraiment s'en rendre compte. Surtout quand les souvenirs comblaient les vides et qu'on les partageait avec les autres, quand on racontait comment on avait joué avec la mort et qu'elle nous rattrapait, comme elle avait rattrapé Louise ce matin. Baudelaire avait imagé cette impitoyable horloge dans son poème éponyme des *Fleurs du mal*:

Souviens-toi que le Temps est un joueur avide
Qui gagne sans tricher, à tout coup! c'est la loi.
Le jour décroît; la nuit augmente, souviens-toi!

Au terme du récit de Coralie, Steva regarda sa montre. Les aiguilles indiquaient le déclin de l'après-midi. La chaleur, elle, ne baissait pas dans le réfectoire de l'unité 3.

— Voilà, dit Coralie, vous connaissez à peu près toute mon histoire.

— Et ta fille? demanda Pilar.

— Elle est en sécurité.

— Comment peux-tu en être certaine ?

— Je le sens. Une mère ressent ce genre de choses.

— Tu parierais la vie de ta fille sur un ressenti ?

— Je sais qu'elle va bien. Et si ce n'est pas le cas, elle a son téléphone.

— Pour appeler qui ? Le tien est entre les mains de la police et il est éteint.

— Justine connaît un autre numéro par cœur : celui de sa meilleure amie Aurélie. Mais elle ne l'appellera que si elle se sent en danger. Elle me l'a promis.

— Dans une semaine, ta fille n'aura plus de vivres, lui fit remarquer Clem.

— Ça me laisse sept jours d'espoir.

— Quel espoir ? intervint Tanja. Le Tribunal cantonal vient de rejeter ton recours.

— Il reste le Tribunal fédéral. Mon avocat m'en a parlé et il vient me voir demain matin.

— Conneries ! Ton avocat n'est rien d'autre qu'une machine à faire du fric. Pour lui, tu n'es pas sa cliente, mais une source de revenus parmi d'autres. Personne ne gagne au TF, crois-en mon expérience. Les juges fédéraux vont balayer ton recours aussi vite que l'ont fait les juges cantonaux. Et dans quelques jours, tu te retrouveras face à un dilemme.

— Lequel ?

— Le même qu'aujourd'hui : jouer aux dés la vie de ta fille, ou céder et dire aux enquêteurs où elle se trouve.

— Pour qu'on la remette entre les mains de son bourreau de père ? Il n'en est pas question ! Moi vivante, jamais mon ex ne gagnera. Justine est forte. Elle m'attend. Et nous partirons ensemble, loin d'ici.

— Pourquoi la justice n'a-t-elle pas cru à cette histoire d'attouchements ? demanda Clem.

Coralie leva de grands yeux ronds vers la détenue enceinte.

— Pourquoi ? Mais parce qu'il n'y a jamais de preuve

scientifique de ce genre d'actes à huis clos. Et parce que la parole des victimes n'est pas suffisante aux yeux de la justice. Jamais. On ne l'a pas crue. On ne m'a pas crue non plus, quand j'ai raconté aux policiers que mon ex avait cessé du jour au lendemain de me violer, pour détourner ses pulsions sexuelles sur notre fille.

— Mais Justine s'est rétractée.

— Parce que Gilles lui a lavé le cerveau ! Il est si manipulateur, si sûr de lui, si...

Coralie s'énerva soudain.

— Oh, et puis j'en ai marre ! Même vous, vous ne me croyez pas !

— Bien sûr qu'on te croit, dit Tanja calmement. Mais on s'inquiète pour ta fille.

— Elle va bien ! tonna Coralie. Fin de la discussion. Vous connaissez toutes mon histoire. Maintenant, j'aimerais que Steva nous dise ce qu'il y a derrière cette putain de porte rouge. C'était le deal.

Tous les regards s'étaient tournés vers la Serbe, qui continuait de fixer sa montre.

— Qu'est-ce qu'il y a, *hija de puta* ? railla Pilar. T'as peur de rater ton avion pour Belgrade ?

Steva leva des yeux impassibles vers la Jamaïcaine et répondit froidement :

— Je regarde l'heure de ta mort. Elle approche.

— Dans tes rêves. Elles t'ont fait quoi, les matonnes, derrière la porte rouge ? Elles t'ont lavé le cerveau, à toi aussi ?

Pilar s'esclaffa et reprit :

— Ah ben non, suis-je bête ? Pour ça, il faudrait que tu aies un cerveau...

— Ça suffit ! cria Clem. Vous ne pourriez pas vous comporter en adultes, pour une fois ?

— En adultes, persifla Steva. Ça te va bien de dire ça, toi

la petite fille qui a fait deux tentatives de suicide bidon juste parce que tu ne supportais plus que la justice refuse à ton chéri de te rendre visite. Pauvre père ! Et pauvre gosse ! Des appels à l'aide minables. Même les matonnes n'ont plus peur de tes simulations de pendaison, parce qu'elles savent que tu es lâche. Moi, je pourrais t'apprendre à faire des nœuds solides avec tes draps. Comme ça, tu pourrais épargner à ton bébé la souffrance de naître entre ces quatre murs.

— Fous-lui la paix, intervint Tanja.

— Ton mari ? s'étonna Coralie. Mais j'ai cru que…

— Son mari n'est pas le père du bébé qu'elle porte, dit Pilar. Son chéri, c'est son amant.

— Mon fiancé ! corrigea Clem avec véhémence. Je te rappelle que je suis sur le point de divorcer. Et dès que le tribunal civil aura statué, Simon et moi, on va se marier.

— Pourquoi la justice a refusé qu'il te rende visite ? demanda Coralie.

— C'est une histoire dingue, répondit Clem en caressant son ventre arrondi. Les juges ont même refusé que Simon assiste à l'accouchement. Trop risqué, selon le procureur. Il craint que nous ne complotions dans la salle d'accouchement du CHUV. Bien sûr ! Je n'aurai que ça à faire quand les contractions arriveront. Tu imagines ça, toi ? Comploter en plein travail ?

— Comploter sur quoi ?

— Arranger nos versions, nous mettre d'accord sur ce que nous allons dire ou ne pas dire à la police. Ils appellent ça le risque de collusion. Le procureur suspecte Simon d'avoir été mon complice dans la tentative d'assassinat de mon mari. Mais c'est n'importe quoi. Si Simon avait été mon complice, c'est lui qui aurait tué mon mari de ses propres mains. Mon avocat a multiplié les demandes et les recours pour que Simon puisse assister à l'accouchement et rester deux heures auprès de moi et de notre enfant. Mais ni le ministère public, ni le Tribunal cantonal fribourgeois, ni le Tribunal fédéral n'ont accepté. « Trop risqué », selon tous ces juges dénués de la moindre compassion. Même la Cour européenne des droits de l'homme à Strasbourg a refusé d'entrer en matière sur la requête d'extrême urgence déposée par mon avocat. Il m'a dit qu'il était dégoûté.

— Mais tu peux au moins appeler Simon, non?

— Même pas. Visites et téléphones, même régime : *nada*. Mon avocat a plaidé que la justice pourrait mettre en place une censure, surveiller les visites, enregistrer les appels. Mais ses arguments sont tombés à plat.

— C'est choquant!

— C'est le terme que mon avocat a souvent employé dans ses écrits. Sans succès.

— Il est bon, ton avocat?

Clem sourit amèrement à Coralie.

— Que veux-tu que je réponde à ça? Je le croyais. On me l'avait décrit comme le meilleur avocat du canton de Fribourg. Mais aujourd'hui, je commence à en douter. Il s'est battu pour moi, ça, je ne peux pas le nier, mais pour finir, il n'a jamais rien obtenu. Cinq mois que je pourris ici, dans l'attente de mon jugement. Et je ne me fais aucune illusion : j'ai probablement encore plusieurs années à tirer dans le secteur mère-enfant. En tout cas, jusqu'à ce que mon fils atteigne l'âge de trois ans. Ensuite, on m'a dit que soit il serait confié au père, soit il risquait d'être placé jusqu'à ma libération.

— D'être placé? s'exclama Coralie, horrifiée.

— Les secteurs mère-enfant n'acceptent pas les enfants de plus de trois ans.

La non-séparation d'une mère et de son bébé était inscrite dans la convention des Nations Unies relatives aux droits de l'enfant, un principe qui s'appliquait également aux détenues. L'autonomie grandissante de l'enfant et sa socialisation devaient être prises en considération, afin de le préparer progressivement à la séparation d'avec sa mère. Le Code pénal suisse avait fixé cette limite d'âge à trois ans.

— Mais il existe des aménagements de peine, reprit Clem. Quand je serai condamnée, je pourrai travailler la journée, pendant que mon fils sera pris en charge dans une garderie à l'extérieur de la prison. Je pourrai le voir et m'en occuper tous les soirs et les week-ends dans une unité spécifique, séparée des autres détenues.

— Tout ça reste bien inhumain, soupira Coralie.

— Et si ce n'était que ça… Je n'ai pas vu mes deux autres fils depuis cinq mois. Ils refusent tout contact avec moi. Pas une lettre, pas un dessin, aucune nouvelle d'eux, sauf de temps en temps par l'intermédiaire du service de probation.

— Quel âge ont-ils ?

— Dix et douze ans. Ils vivent avec leur père. Mon ex.

— Mais qu'as-tu donc fait exactement pour mériter tout ça ?

Clem

FRIBOURG, CINQ MOIS PLUS TÔT

La voiture descendait la route des Alpes, direction place de la Grenette. Sur le siège passager, perdue dans ses pensées, Clem regardait sur sa droite, en contrebas, la basse-ville et les méandres de la Sarine perdus dans le brouillard. La météo s'était trompée : ce qui aurait dû être une radieuse journée de fin d'hiver n'était que froideur, humidité, purée de pois, neige dégueulasse et à moitié fondue sur les trottoirs. À l'image de l'humeur de Clem.

Silencieux, Steve, son mari, conduisait. Ils venaient de déposer leurs deux fils à l'école. Et là, il conduisait sa femme à la police cantonale pour qu'elle porte plainte pour escroquerie. Elle avait rechigné, il ne lui avait pas laissé le choix.

La dispute de la veille au soir avait été violente, plus que les précédentes. Uniquement verbale, jamais son mari n'avait levé la main sur elle. Mais comme d'habitude, il n'avait pas mâché ses mots – il trouvait toujours les bons termes pour la rabaisser. Ceux-ci résonnaient encore dans son esprit tandis que devant elle se dressait dans la brume, au-dessus des toits de la ville médiévale, la tour de la cathédrale Saint-Nicolas.

— Mais qu'est-ce que tu peux être stupide et naïve ! Qu'est-ce qui t'a pris ?

— Je suis désolée, Steve, avait-elle répondu d'une voix de petite fille prise en flagrant délit de bêtise.

— Désolée ? s'était-il énervé plus encore. On croirait entendre ta mère. Mais merde, quoi ! Tu fais chier ! On parle de vingt mille balles, là. Vingt mille balles évaporées dans la nature. Tout ça parce qu'un escroc t'a fait miroiter des gains sur Internet. Et toi, naïve comme tu es, tu es tombée dans le panneau. C'était l'argent de nos futures vacances. Merde ! Qu'est-ce qu'on va dire aux enfants, maintenant ? Ils se réjouissaient tellement de ce voyage à New York.

— Je… je te rembourserai. Je trouverai un moyen.

— J'aimerais bien savoir lequel, Clem ! Ça fait douze ans que tu ne bosses plus.

Timide défense.

— Parce que j'élève nos enfants…

— C'est vrai, avait aboyé Steve. Il faut voir comment tu les élèves pendant que je trime pour quatre comme un con. Ils passent leurs journées sur leurs écrans, ils ne font pas leurs devoirs parce que tu ne les surveilles pas, ils alignent connerie sur connerie, pendant que Madame dépense l'argent du ménage chez le coiffeur, pour la manucure ou dans l'achat d'une cinquantième paire de chaussures en six mois. Demain matin, tu iras porter plainte et tu demanderas aux flics une attestation. Même si je doute que l'assurance entre en matière. Et pendant que tu y es, arrête aussi d'aligner les petites bouffes avec tes copines, je trouve que t'as pris du poids.

Du poids, Clem en avait pris un peu. Pas grand-chose à vrai dire. Juste un petit ventre qui s'arrondissait. Bientôt, elle ne pourrait plus lui cacher la vérité. Steve, elle ne l'aimait plus depuis longtemps. Elle avait songé bien des fois à le quitter, mais les enfants étaient encore trop jeunes. Et comme elle était trop lâche pour prendre le risque d'une vie précaire, elle avait attendu que le temps passe.

Jusqu'au dernier Nouvel An où elle était sortie en boîte de nuit avec deux amies, dans la station de ski de Villars-sur-Ollon. Steve était resté au chalet avec les garçons. Elle avait dansé toute la nuit, bu plus que de raison et s'était envoyée en l'air avec un inconnu, sans protection, dans les toilettes de l'établissement. Le temps d'une nuit, elle était retombée en adolescence. En pause depuis trop longtemps, son cœur s'était remis à battre la chamade. Simon était moniteur de ski, elle en était aussitôt tombée amoureuse. Et aujourd'hui, elle portait son enfant.

Aussi souvent que la vie leur en laissait la possibilité, ils continuaient de se voir en cachette. Simon lui parlait d'un nouvel avenir avec lui et Clem voulait y croire, sans vraiment y parvenir. Plus les jours passaient, plus son ventre s'arrondissait, et plus le mensonge l'oppressait.

Steve déposa Clem à la place de la Grenette et la surveilla de loin pour s'assurer qu'elle ne fasse pas demi-tour. Elle faillit chuter deux fois sur les pavés glissants et atteignit péniblement le poste de police. Quand Steve la vit franchir la porte, il redémarra et prit la route du bureau.

Frêle esquif à la dérive, blanche comme un linge, Clem se présenta à la réception, confirma qu'elle avait rendez-vous – son mari avait téléphoné pour elle, la veille au soir. On l'invita à patienter. Cinq minutes plus tard, deux hommes de la sûreté vinrent la chercher.

— Inspecteur Buntschu, se présenta le plus imposant. Commissariat cybercriminalité. Et voici mon collègue Corpataux, investigation numérique. Veuillez nous suivre.

Clem fut emmenée dans un dédale de couloirs aseptisés, jusqu'à une salle d'audition borgne. On la fit asseoir sur une chaise en bois qui lui rappela celles des vieilles écoles. Les deux limiers prirent place en face d'elle, derrière une table tout aussi vétuste. Le plus imposant s'installa derrière le clavier de l'ordinateur et fit démarrer le système tout en posant la première question :

— Vous avez pris votre téléphone, comme on vous l'a demandé ?

— Oui, répondit fébrilement Clem en tendant l'objet à l'inspecteur Corpataux.

Aussitôt, ce dernier se mit à lire les messages litigieux.

— Quand est-ce que ça a commencé ? demanda Buntschu.

— Il y a trois ou quatre semaines. Ce David Beckham a pris contact avec moi par Messenger. Nous avons échangé pas mal de messages. Il m'a dit qu'il était de Marseille et qu'il connaissait un bon plan pour des placements sans risques, avec un très bon taux d'intérêt. Il m'a parlé de bitcoins, de wallets et ce genre de trucs. Il m'a bien baratinée et j'ai cru à son discours. J'ai versé deux fois dix mille francs, mais après le second versement, il a fermé son compte Facebook et je suis sans nouvelles de sa part depuis huit jours. Hier, mon mari s'est rendu compte des deux retraits sur notre compte épargne. J'ai été obligée de lui avouer ma bêtise. Il vous a téléphoné et me voilà. Je me sens si…

Clem fondit en larmes.

— Vous vous y connaissez un peu en cryptomonnaies ? demanda Corpataux.

— Pas du tout, gémit Clem en séchant ses larmes.

— Et pas plus en football, j'imagine, soupira Buntschu.

— Non. Pourquoi me demandez-vous ça ?

— Pour rien. Si vous voulez mon avis, David Beckham – ou quel que soit son vrai nom – n'est pas plus marseillais que vous et moi. Je l'imagine plutôt au Bénin ou en Russie. Et votre argent aussi.

L'inspecteur Corpataux montra à Clem l'écran de son portable.

— Confirmez-vous qu'il s'agit bien de ces messages ?

Vous avez reçu les 10 000 ?

Oui.

Alors qu'est-ce que vous attendez ?

Le bon moment pour agir. Mais nous avons eu des frais imprévus.
Il faudrait une petite avance supplémentaire.

Combien ?

10 000 de plus.

C'est pas ce que nous avons convenu.

Bon OK pour 10 000 de plus. Je fais le versement aujourd'hui. Mais ne revenez pas à la charge avec une troisième avance. Je ne pourrai pas. Je suis complètement à sec.

— Oui, répondit Clem. D'ailleurs, vous pouvez constater dans la marge des messages de mon contact qu'il apparaît maintenant comme « Utilisateur Facebook ». Preuve qu'il a supprimé son compte.

— C'est un fait, répondit Corpataux. Mais vous-même, avez-vous supprimé des messages dans cette conversation ?

Les jambes de Clem se mirent soudain à trembler discrètement.

— Euh... non..., dit-elle, hésitante. Je ne crois pas.

— En êtes-vous sûre ?

— Oui... oui... Pourquoi me posez-vous cette question ?

— Parce qu'en lisant la fin de la discussion, on a l'impression qu'elle n'est pas complète, qu'il manque quelque chose.

— Je ne sais pas. C'est peut-être ce David qui a effacé des messages.

— Si c'était le cas, ça apparaîtrait dans votre fil de

discussion avec une mention « message retiré ». Et il ne pourrait le faire qu'avec ses propres messages. Pas avec les vôtres. En tout cas, pas sur votre profil Messenger.

Clem sentit la chaleur envahir tout son corps et son visage rougir.

— Dans ce cas, j'ai peut-être effacé des messages en faisant une fausse manipulation. Je ne sais pas.

Corpataux lui sourit.

— Détendez-vous, madame. On ne vous reproche rien. De toute façon, ça n'est pas bien grave, ne vous inquiétez pas. On peut toujours récupérer les messages effacés dans Messenger. Je vous la fais courte, mais on peut aisément restaurer le système.

En entendant ces mots, Clem blêmit. Cet inspecteur tentait-il un coup de bluff? Il pianota quelques secondes sur le téléphone. De son côté, elle s'efforçait de contrôler au mieux ses réactions. Quand Corpataux eut fini, il s'exclama :

— Et voilà !

Il lut une nouvelle fois les messages à l'écran, puis tendit le téléphone à son collègue, qui les lut à son tour. L'air grave, Buntschu annonça :

— Eh bien, chère madame, je crains que nous ayons un sérieux problème. J'ai bien peur que vous ne deviez passer du statut de plaignante à celui de prévenue dans la procédure. Connaissez-vous un bon avocat?

Il plaça l'écran du téléphone sous les yeux de Clem, qui se décomposa littéralement sous les regards impassibles des deux limiers. Il était superflu qu'elle lise l'échange d'origine. Elle le connaissait déjà.

Vous avez reçu les 10 000 ?

Oui.

Alors, qu'est-ce que vous attendez ?

Le bon moment pour agir. Mais nous avons eu des frais imprévus.
Il faudrait une petite avance supplémentaire.

Combien ?

10 000 de plus.

C'est pas ce que nous avons convenu.

Je sais. Mais notre intermédiaire doit se procurer un flingue en banlieue et il refuse de se déplacer en Suisse à moins de 20 000.

Bon OK pour 10 000 de plus. Je fais le versement aujourd'hui. Mais ne revenez pas à la charge avec une troisième avance. Je ne pourrai pas. Je suis complètement à sec.

Bien compris. Ça devrait suffire. Comment voulez-vous qu'on procède avec votre mari ?

Une balle dans la tête, mais pas devant les enfants. Attendez qu'ils partent à l'école. Mon mari est en télétravail les lundis et les vendredis. Arrangez-vous pour faire croire à un cambriolage qui a mal tourné.

27

Lonay, jour J-1

Coralie regardait Clem, petit bout de femme à l'apparence fragile, un peu effacée, toujours à caresser son ventre qui s'arrondissait de jour en jour. Elle ne l'imaginait pas en tueuse sanguinaire. Elle ne l'était pas, d'ailleurs. Elle avait lâchement confié à des inconnus ce qu'elle n'aurait jamais eu le courage de faire elle-même. Au prix d'une détermination et d'une naïveté un peu touchantes, qui l'avaient conduite tout droit à la case prison.

— Rien de bien glorieux, conclut Clem.

— Mais tu n'étais pas sérieuse en écrivant ces messages, tenta Coralie.

— Ce n'est pas l'avis des policiers et du procureur qui instruit mon affaire. J'ai versé l'argent. Vingt mille balles, sans réfléchir. J'étais désespérée. Je n'étais plus amoureuse de mon mari depuis longtemps. J'étais enceinte de Simon et je ne savais pas comment l'annoncer à Steve, ni comment le quitter. Aujourd'hui, c'est fait. Mon mari a été entendu par les policiers le jour même de mon arrestation. Et dès le lendemain, il a déposé une demande en divorce. J'ai accepté toutes ses conditions. Et je suis enfin libre.

— Libre? s'étonna Tanja. Ta définition de la liberté est pour le moins particulière. Et je doute que tu obtiennes la clémence des juges. Sans mauvais jeu de mots...

— Je sais, répondit Clem. J'accepte de payer pour ce que j'ai fait. Je me retrouve ici avec deux chefs d'accusation: tentative d'assassinat et induction de la justice en erreur. Mon avocat m'a dit que c'était grave. Il m'a expliqué que même si je me suis fait arnaquer par un commanditaire et un tueur à gages qui n'existaient pas, mon dernier message prouvait mon intention de passer à l'acte. Et c'est vrai que, sur le moment, j'avais cette intention. Je n'ai pas pu nier. Tout comme il est vrai qu'aujourd'hui je me sens libre. Mais vous ne pouvez pas comprendre.

— On peut pas comprendre? s'exclama Pilar en fronçant les sourcils. Madame se considère peut-être plus intelligente que ses copines de cellule. C'est vrai qu'avec ses lectures intellos...

— Ce n'est pas ce que j'ai voulu dire, se défendit Clem. Je vous demande pardon. Mais je vis dans l'espoir.

— Lequel? Comme tu l'as si bien dit tout à l'heure, tu n'es pas près de sortir d'ici.

— Peut-être pas. Mais je vais bientôt accoucher et rejoindre le secteur mère-enfant. Et de son côté, mon avocat fait tout son possible pour accélérer la procédure. J'ai fait des aveux complets et on va tenter de négocier une peine avec le ministère public, pour que je puisse être jugée au plus vite. Quand les enquêteurs se rendront enfin compte que Simon n'a rien à voir avec les faits qu'on me reproche, le procureur sera bien obligé de lui accorder le droit de me rendre visite. Chaque jour me rapproche un peu plus de Simon et cet espoir me maintient en vie.

Pilar éclata de rire.

— Naïve jusqu'au bout, la petite! Naïve d'avoir été piégée par une arnaque grossière sur Messenger, naïve d'avoir cru pouvoir berner la police en effaçant des messages compromettants, naïve de croire que l'amour résiste aux murs de la prison. Qui te dit que Simon n'a pas déjà refait sa vie avec quelqu'un d'autre ?

— Tu ne le connais même pas ! s'écria Clem. Nous nous écrivons tous les jours depuis que je suis ici.

— Et le procureur accepte ça ? s'étonna Coralie.

— Bien sûr ! La correspondance écrite reste le dernier droit inattaquable d'un détenu, quand les visites et les coups de téléphone lui sont refusés. Les courriers passent par la censure du ministère public, le greffe les lit avant de les expédier plus loin. Tu n'as juste pas le droit de mentionner l'enquête en cours dans tes lettres, sinon elles te sont renvoyées. Mais tant que tu écris des banalités, ça passe.

— C'est vrai que l'amour est une banalité, dit doucement Tanja.

— C'est la plus belle et la plus évidente des banalités, sourit tristement Clem. J'aime Simon, il m'aime, nous le savons tous les deux et ça nous suffit. Quand je sortirai d'ici, nous nous installerons dans son chalet à Villars-sur-Ollon, nous y élèverons notre enfant et nous formerons une famille heureuse.

— Tu oublies tes deux autres gosses, fit remarquer Pilar. Tu ne pourras jamais effacer complètement ta vie d'avant.

Un peu honteuse, Clem baissa les yeux.

— Je ne les oublie pas. Je les aime tout autant que j'aime Simon et l'enfant que je porte. Mais pour l'instant, c'est compliqué. J'espère qu'un jour, ils me pardonneront.

— Nous espérons toutes le pardon de nos enfants, dit la Jamaïcaine. Tu espères le pardon de tes deux fils qui vivent avec leur père, et le pardon du bébé que tu portes pour lui donner bientôt naissance entre ces murs. J'espère le pardon de ma fille Azaria quand je la reverrai là-haut, tout comme Tanja espère celui de son fils Loran. J'espère que Louise, qui nous regarde de là-haut, a obtenu le pardon de ses filles. Tout comme j'espère que Coralie n'aura pas, un jour, à espérer le pardon de sa fille Justine. L'espoir est le moteur qui nous maintient en vie.

Pilar se tourna vers Steva. Depuis un certain temps, la Serbe ne disait plus rien. Elle se tenait debout, dos à la fenêtre du réfectoire. Le jour déclinait. On devinait derrière elle un crépuscule de sang, langues de feu dans le ciel.

— En fait, reprit Pilar, seule notre amie Steva n'espère aucun pardon. Parce que, pour elle, donner la mort est une seconde nature.

Toujours rivée sur les aiguilles de sa montre, la Serbe ne daigna même pas lever les yeux vers la Jamaïcaine et resta silencieuse.

— D'ailleurs, insista Pilar, nos petites histoires personnelles ne l'intéressent même pas. Non, mais regardez-la, cette *hija de puta* ! Elle n'en a rien à foutre, de nous.

Aucune réaction de Steva.

Irritée, la Jamaïcaine se leva et fit un pas vers la Serbe. Tanja intervint.

— Qu'est-ce que tu fais ?

Pilar se tourna vers l'Albanaise.

— Rien, ne t'en fais pas. Je vais juste chercher un chocolat dans le frigo. Je commence à avoir la dalle.

La dalle… Coralie l'avait aussi. Des heures qu'elles parlaient sans se rendre compte du temps qui avait filé. Impitoyable horloge détraquée du monde carcéral, que seuls les horaires réguliers du lever, des repas et du coucher réglaient cinq fois par jour.

— Quelle heure est-il ? demanda-t-elle.

— Tu n'as qu'à demander à Steva, répondit Pilar en désignant la Serbe qui continuait de fixer sa montre.

Mais le regard de Coralie fut attiré par la fenêtre du réfectoire, par laquelle on voyait se déployer un crépuscule de sang. On était en été, le soleil se couchait tard. Le soir précédent, avec Tanja, elles avaient admiré ce lent déclin des couleurs, si différent d'après l'Albanaise de la tombée brutale de la nuit en Polynésie. Ce spectacle, elles l'avaient regardé depuis la fenêtre de leur cellule, après le repas du soir et le verrouillage des portes individuelles par les agentes de détention. Elle se tourna vers Tanja, qui elle aussi fixait la fenêtre.

— Il y a quelque chose qui cloche, dit la lionne.

— Quoi ? demanda Coralie – tout en se doutant de la réponse.

— On aurait déjà dû dîner et regagner nos cellules.

Clem regarda à son tour par la fenêtre.

— C'est vrai, ça, dit-elle. C'est étrange. Pourquoi est-ce que Majo n'est pas encore passée ?

Pilar pouffa.

— Hé les filles ! On se détend. On croirait presque que vous regrettez cette connasse de matonne. Perso, moins je la vois, mieux je me porte. Si elle s'est loupée dans les horaires, tant pis pour elle. Et tant mieux pour nous.

— Ça n'est jamais arrivé, dit Tanja. Ni avec Majo, ni avec les autres matonnes. Ce n'est pas normal.

— Peut-être qu'elle est malade, suggéra Coralie, presque soulagée à cette idée.

— Si c'était le cas, la direction de la prison nous aurait déjà envoyé une remplaçante. On ne va jamais nous laisser crever de faim, ni faire la bringue toute la nuit.

— Peut-être qu'il y a eu un problème et que tout le personnel est mobilisé, dit Clem.

— Quel genre de problème ? demanda Coralie.

— Je ne sais pas… un suicide. Ou une détenue qui a fait un malaise.

— Derrière la porte rouge, compléta Pilar en haussant subitement la voix. C'est vrai, ça, d'ailleurs ! On discute, on discute… mais on a presque oublié que cette *hija de puta* doit nous raconter son expérience de la nuit dernière.

La Jamaïcaine se dirigea vers la Serbe et se planta droit devant elle, la dominant d'une bonne tête. Steva l'ignora.

Elle continuait de regarder sa montre, comme si elle surveillait l'écoulement du temps sur un chronomètre.

— Lève les yeux ! ordonna Pilar. Regarde-moi quand je te parle !

— Pas tout de suite, répondit calmement Steva sans bouger.

— Pas tout de suite ? s'exclama la Jamaïcaine, énervée.

— Quand ce sera l'heure.

— Tu te fous de moi ?

Quelques secondes s'égrenèrent en silence. Coralie observait la situation sans bien comprendre. Tanja se leva lentement de sa chaise, semblant prête à intervenir au cas où les choses dégénéreraient à nouveau entre les deux femmes. Clem recula vers sa cellule, protégeant son ventre de ses deux mains.

Soudain, Steva leva la tête, fixa Pilar droit dans les yeux et lâcha d'une voix ferme :

— Voilà, c'est l'heure.

— L'heure de quoi ?

— De ta mort.

La Jamaïcaine n'eut pas le temps de réagir. Plus rapide que l'éclair, la Serbe la frappa violemment à la gorge avec le tranchant de sa main. Un coup sec, un seul, net et précis. Coralie porta sa main à son visage pour s'empêcher de crier, les yeux écarquillés d'effroi. Pilar resta paralysée un bref instant, plus aucun son ne sortait de sa bouche grande ouverte. Dans un dernier élan, la Jamaïcaine porta ses deux mains à sa gorge pour tenter de se défaire de cet étau invisible qui comprimait sa trachée et l'empêchait de respirer. Elle suffoqua, se tourna lentement vers les autres détenues médusées et tendit vers elles des bras tremblants et suppliants. Elle essayait de parler, mais n'y arrivait pas. Elle se mit à baver de la mousse blanche en émettant un horrible gargouillis, fit encore un pas chancelant vers le centre du réfectoire, puis ses yeux se révulsèrent et elle s'écroula d'un bloc sur le sol.

28

Lonay, jour J-1

Le corps de Pilar gisait, inerte, face contre terre. Clem se mit à hurler, Coralie à pleurer de nervosité. Steva, elle, n'avait pas bougé. Impassible, toujours debout devant la fenêtre, appuyée contre le frigo, elle s'était remise à regarder sa montre.

Tanja se précipita vers la Jamaïcaine et s'accroupit. Elle retourna énergiquement le corps lourd et athlétique qui resta sans réactions, posa deux doigts sur sa carotide, chercha un pouls. Puis elle passa le dos de sa main devant la bouche ouverte et les narines de Pilar.

— Qu'est-ce que t'as fait ? rugit-elle en s'adressant à Steva.

Toujours occupée à regarder l'heure, la Serbe l'ignora.

Tanja entreprit de faire un massage cardiaque à Pilar. Au bout de deux minutes d'efforts, elle tâta la gorge de la Jamaïcaine, releva une nouvelle fois la tête vers Steva et annonça gravement :

— Tu l'as tuée, bordel ! Tu lui as écrasé les cartilages. Technique militaire, geste professionnel. Tu savais qu'avec un coup pareil, elle n'aurait aucune chance. Pourquoi ?

— Je l'avais avertie, répondit froidement la Serbe sans quitter sa montre des yeux.

Horrifiée, Coralie se précipita vers l'interphone du réfectoire, appuya sur le bouton, puis tambourina contre la porte de métal avec ses poings et se mit à crier :

— À l'aide ! Venez ! Vite ! Pilar est en train de mourir. À l'aide !

Tanja se releva précipitamment et écarta sans ménagement Coralie de l'appareil.

— Tu fais quoi, bon sang ?!

— J'appelle des secours.

— C'est inutile, répondit sèchement Tanja. Elle est morte.

— Mais on ne peut pas la laisser là !

— Bien sûr que non. Mais on va prendre quelques minutes pour se mettre d'accord sur une version commune.

— Une version commune ? cria Coralie. Mais quelle version ? Steva l'a assassinée, un point c'est tout ! C'est la vérité.

Tanja soupira, puis murmura à l'oreille de Coralie :

— C'est vraiment ce que tu vas dire à Majo ? Dans l'intimité de son bureau ? Réfléchis bien. Tu veux vivre ? Je m'occuperai de Steva le moment venu, je te le promets. Mais pas maintenant.

Toujours plaquée contre le mur du réfectoire, Coralie se calma, baissa les yeux et répondit d'une petite voix :

— De toute façon, je crois que l'interphone ne fonctionne pas.

Tanja lâcha sa codétenue et s'approcha de l'appareil. Elle appuya à son tour sur le bouton, mais le petit voyant rouge à côté ne s'alluma pas. Elle réessaya deux ou trois fois, sans succès.

— Putain, s'énerva-t-elle, mais c'est quoi encore que ce bordel !

Au même moment, les lumières du réfectoire et des cinq cellules de l'unité s'éteignirent. Tanja se déplaça vers un interrupteur et l'actionna plusieurs fois. En vain. Dans la seule lueur crépusculaire qui provenait de la fenêtre, elle s'approcha de Steva et lui ordonna :

— Toi, dégage du frigo !

La Serbe esquissa un étrange sourire et, sans broncher, s'exécuta en faisant un pas sur le côté. Tanja s'avança, ouvrit la porte du frigo et constata que la lumière intérieure restait éteinte. Elle regarda par la fenêtre : plus d'éclairage dans la cour, ni dans les autres bâtiments de la prison.

Les quatre détenues entendirent des pas lourds et précipités, puis le cliquetis des clés dans la serrure de la porte de l'unité, qui s'ouvrit. Aussitôt éblouies par le faisceau d'une puissante lampe de poche, elles entendirent une voix familière, mais inhabituellement stressée.

— Tout va bien, les hamsters ?

Le faisceau parcourut la pièce à hauteur de bustes, sans éclairer le sol. La table et les chaises du réfectoire cachaient le corps de Pilar à la vue de Majo. Le rond de lumière illumina tour à tour les visages de Coralie, Clem, Steva et Tanja.

— Qu'est-ce qui se passe ? demanda cette dernière.

— Panne générale de courant dans tout l'établissement, répondit l'imposante gardienne. Le générateur de secours aurait dû démarrer, mais il y a un problème. On va régler ça. En attendant, regagnez vos cellules. Je reviendrai vous dire bonne nuit quand la situation sera rétablie. Où est Feliz ?

— Dans sa cellule, répondit Tanja. Elle dort.

— Bien, qu'elle y reste.

Et la hyène repartit aussi vite qu'elle était arrivée, non sans reverrouiller derrière elle la porte de l'unité.

Dans la pénombre du réfectoire, Tanja regardait ses trois codétenues. Clem et Coralie paraissaient terrifiées, Steva fixait toujours sa montre.

— Qu'est-ce qu'on fait ? demanda Clem.

— Toi, répondit Tanja, tu vas dans la cellule de Pilar et tu défais son lit. Coralie et Steva, aidez-moi à transporter Pilar. On va l'allonger sous les draps, pour donner l'illusion qu'elle dort.

— Pourquoi est-ce que je ferais ça ? demanda la Serbe.

— Parce que je te sauve les miches, espèce de tarée. Quand le courant sera rétabli, Majo va revenir et faire son job. Ça nous laissera la nuit pour trouver une bonne explication à fournir à la direction demain matin.

Mais avant qu'elles n'aient eu le temps d'agir, on entendit une forte déflagration. Coralie, Clem et Tanja sursautèrent, Steva demeura inébranlable, comme si les souvenirs des champs de bataille d'ex-Yougoslavie l'avaient définitivement habituée à ce genre de surprise.

— C'était quoi ? demanda Coralie, inquiète.

— Je ne sais pas, répondit Tanja.

Quelques secondes à peine après l'explosion, on entendit à nouveau des bruits de pas précipités dans le couloir, puis celui d'un trousseau de clés. Les clés touchèrent une première fois le métal de la porte, avant de tomber au sol. Les détenues entendirent Majo jurer comme un charretier. Puis le bruit de clés qu'on ramasse et qu'on finit par insérer dans la serrure. Le claquement du pêne et la porte qui s'ouvre. Complètement stressée, la hyène entra dans l'unité et referma la porte derrière elle.

Majo soufflait comme un bœuf et tournait sur elle-même, en même temps que le faisceau de sa lampe de poche balayait la pénombre dans toutes les directions. On aurait dit que la surveillante avait vu le diable.

— Aidez-moi à bloquer la porte avec la table et tout ce que vous trouverez ! cria-t-elle.

Ordre totalement irréfléchi, la porte, qui ne se verrouillait pas de l'intérieur, s'ouvrait en outre dans l'autre sens pour des raisons évidentes de sécurité.

— Qu'est-ce qui se passe ? demanda Tanja.

— Des hommes cagoulés et armés sont entrés dans la prison. Ils ont fait sauter la grille principale. Ils sont sûrement à l'origine de la panne de courant.

— Et le générateur de secours?

— Il ne fonctionne pas, ils ont dû le saboter.

— Qu'est-ce qu'ils veulent?

Majo pointa sa lampe sur le visage de Tanja.

— Mais comment veux-tu que je le sache, Derviche? aboya la hyène. J'ai fait demi-tour dès que j'ai compris que je n'allais pas pouvoir atteindre la centrale sans leur tomber dessus. Il s'agit sûrement d'une tentative d'évasion.

— Dans ce cas, appelez la police. Vous avez un téléphone portable, non?

— J'ai essayé, il n'y a plus de réseau. Ils doivent avoir des brouilleurs. J'ai une radio, mais uniquement pour joindre mes collègues à la centrale. Je vais les appeler. Avant ça, il faut impérativement trouver un moyen de bloquer la porte de l'unité, pour les empêcher d'entrer.

— Et les caméras de vidéosurveillance?

— HS! De toute façon, il n'y en a ni dans les cellules, ni dans les réfectoires des unités.

Une tentative d'évasion: les mots résonnaient dans l'esprit de Coralie. La veille au soir, avec Alba, elles avaient regardé la rediffusion du JT au sujet de Steva Nikolic, de ses accointances avec le mouvement des Pink Panthers et des craintes d'évasion du gouvernement helvétique. Nul besoin d'être un génie pour relier cette information avec ce qui était en train de se passer dans la prison. Visiblement, Alba avait compris, elle aussi. Les deux détenues fixèrent la Serbe, qui leur rendit un sourire glacial. Et Coralie comprit pourquoi Steva regardait sans cesse sa montre depuis la fin de l'après-midi. Le plan était minuté, à la seconde près, savamment orchestré de l'extérieur et communiqué à l'intérieur de la prison, probablement au moyen d'un téléphone portable caché.

— Mais qu'est-ce que vous attendez? s'énerva Majo. Que ces gars arrivent ici et nous descendent? Aidez-moi à bloquer cette satanée porte! Apportez la table, les chaises, le frigo!

Alors qu'elle pointait ces meubles avec sa lampe, Majo arrêta le faisceau sur une masse sombre qui gisait au sol. Elle mit une demi-seconde à comprendre qu'il s'agissait d'un corps humain. La lumière éclaira le visage de Pilar, ses yeux grands ouverts, son regard fixe.

— Bon Dieu! s'exclama la gardienne. Mais qu'est-ce qui s'est passé?

Les pièces du puzzle tournaient visiblement dans la tête de Majo, elle devait tenter de les analyser, de les rassembler, de faire en sorte qu'une image nette se forme, mais Coralie voyait bien que la matonne n'y arrivait pas. Le stress et la peur se lisaient sur son visage et semblaient l'empêcher de se concentrer. Elle s'approcha du corps de Pilar et se pencha vers elle.

Alors qu'elle tendait la main vers le cou de l'Espagnole pour prendre son pouls, Majo ne vit pas une forme sombre bondir par-dessus la table et fondre sur elle.

29

Lonay, jour J-1

Sous les regards médusés de Coralie, Clem et Tanja, Steva agrippa Majo par les vêtements, la plaqua violemment contre la porte de l'unité et appuya contre son cou, à l'endroit précis où passait la carotide, la pointe d'un tournevis.

— Un mot de plus, la grosse, et je t'envoie rejoindre l'Espingouine dans l'au-delà, prévint la Serbe en fixant la gardienne droit dans les yeux.

Steva tourna légèrement la tête pour s'adresser aux autres détenues et ajouta :

— Vous trois, pas de gestes inconsidérés si vous ne voulez pas avoir la mort d'une matonne sur la conscience. Compris ?

La Serbe n'obtint aucune réponse, signe d'un acquiescement tacite des trois filles. Lentement, Majo leva les bras pour montrer qu'elle n'avait nulle intention de résister.

— À quel jeu tu joues, Nikolic ? demanda-t-elle.

— Je me casse d'ici. Et si vous vous montrez toutes coopératives, il n'y aura pas d'effusion de sang supplémentaire.

On entendit soudain des coups de feu lointains résonner dans les couloirs de la prison, rafales d'armes automatiques. Majo et les trois autres détenues sursautèrent, Steva reprit :

— Mais évidemment, je ne peux pas répondre de ce qui se passe là-bas, tant et aussi longtemps que je ne serai pas sortie d'ici.

— Ces hommes sont là pour toi ? demanda la surveillante.

— Ce sont mes hommes. Fidèles et loyaux depuis plus de vingt ans. Des professionnels, des soldats. Ils ne tueront qu'en cas d'absolue nécessité. Alors, ma grosse, fais en sorte que ni toi ni tes collègues ne leur donniez un prétexte d'ouvrir le feu.

— Qu'est-ce que tu veux ? Vu la situation, je peux te dire ce qui se passe à la centrale : ils ont actionné les volets de sécurité, tes hommes ne pourront pas y entrer.

— Je le sais. Je sais aussi que pour tes collègues, impossible de communiquer avec l'extérieur. Tous les réseaux sont HS grâce à mes hommes.

— Alors, qu'est-ce que tu veux ? répéta Majo en défiant Steva du regard.

Steva resserra sa prise sur la matonne et gronda :

— Cette prison est un vrai dédale et nous n'avons pas beaucoup de temps. Vous n'avez pas cessé de me changer d'unité, de me mettre au mitard... Mes hommes ne savent pas où me trouver. Ils attendent mon signal. C'est toi qui vas leur dire où on est, avec ta radio. Elle, elle marche encore, et à l'heure qu'il est, mes hommes en ont récupéré une sur une de tes collègues.

Coralie écarquilla les yeux en voyant Majo sourire et défier la Serbe du regard.

— Dommage pour toi, je l'ai pas, ma foutue radio. Elle est restée dans mon bureau. Tu peux me fouiller, vas-y.

Steva serra les mâchoires et gifla brusquement la gardienne. Puis elle la secoua contre la porte de l'unité.

— Tu te fous de moi ? On va la chercher tout de suite !

— C'est pas la peine, et tu le sais très bien. La porte de mon bureau a une sécurité électronique et elle est verrouillée. On ne peut pas y entrer.

— Merde ! cria la Serbe.

Elle appuya dangereusement la pointe du tournevis sur la gorge de la gardienne, semblant sur le point d'exploser. Puis, lentement, un sourire se dessina sur ses lèvres.

— Bien, dit-elle, alors, on passe au plan B. Allez, en route.

Elle désigna la porte de l'unité et reprit :

— Ouvre cette porte.

— Où allons-nous ? demanda Majo.

— C'est une surprise.

Steva passa derrière la gardienne, enroula le bras gauche autour de son cou graisseux tout en maintenant la pression du tournevis de l'autre main. Puis elle se tourna vers Coralie, Clem et Tanja :

— Vous trois, vous venez avec nous.

— Pourquoi ? demanda Tanja. Tu as déjà un otage. Tu n'as pas besoin de nous.

— Je n'ai pas confiance en toi, l'Albanaise. Dès que j'aurai le dos tourné, tu es capable de me la faire à l'envers. Je préfère t'avoir sous les yeux. Et puis, quatre otages, c'est toujours mieux qu'un seul.

— Dans ce cas, contente-toi de moi.

— Pas question.

— De Coralie et de moi, alors. Laisse Clem ici, elle n'est pas en état de nous suivre. Tu as les clés de l'unité, tu n'as qu'à refermer derrière nous, elle ne tentera rien. N'est-ce pas, Clem ?

— Promis, murmura la jeune femme.

Steva regarda Clem.

— Pourquoi elle ne pourrait pas nous suivre ?

— Elle attend un bébé, répondit Tanja.

— Et alors ? Elle est enceinte, elle n'est pas malade. Et puis, au Kosovo, les femmes enceintes et les jeunes mères étaient les meilleurs boucliers humains contre les raids aériens de la KFOR. Elle vient avec nous.

La décision de la Serbe était sans appel.

Sous la menace du tournevis pointé sur sa jugulaire, Majo ouvrit la porte de l'unité, puis Steva la contraignit à reculer de quelques pas et ordonna froidement aux trois autres :

— Passez devant !

L'une après l'autre, elles gagnèrent le couloir de la prison, plongé dans une pénombre rougeâtre. Déconnectées du secteur et fonctionnant de manière autonome, de petites lampes murales rouges marquaient le chemin à intervalles réguliers. En bout de vie, certaines clignotaient anormalement. Au plafond gris béton, tous les tubes néons étaient éteints. Entre les murs blancs et les grillages de la même couleur, qui marquaient l'emplacement des escaliers, on se serait presque cru dans un sous-marin en état d'alerte.

Le silence régnait. Derrière les portes des autres unités, pas un bruit, pas de cris ni d'appels à l'aide des autres détenues. Pas même un murmure. Comme si les cinq femmes qui arpentaient maintenant ce labyrinthe de béton coulé et d'acier étaient seules au monde.

On entendit soudain une lointaine rafale d'arme automatique, puis un vague écho. Coralie, Clem et Tanja s'immobilisèrent. Aussitôt, Steva intervint :

— Continuez d'avancer.

Elles se trouvaient à un embranchement : devant elles, le couloir, et sur la droite, un escalier qui menait à l'étage inférieur.

— On va où ? grommela Tanja qui ouvrait la marche.

— Ta gueule ! répondit la Serbe. Tant que je ne dis rien, vous continuez tout droit. Sans poser de questions.

Elles poursuivirent jusqu'à l'embranchement suivant.

— À droite ! ordonna Steva dans leur dos.

Tanja s'engagea la première dans un autre escalier, suivie de Clem, puis de Coralie. Derrière elles, Majo descendait péniblement les marches. Les filles entendaient son souffle épais.

— En bas, prenez à gauche, dit la Serbe.

Coralie crut reconnaître le chemin qu'elle avait emprunté la veille avec Majo pour rejoindre le bureau de la surveillante. Les images de la scène lui revenaient en tête comme un horrible cauchemar. Elle sentait encore sur elle le regard lubrique de la hyène, entendait dans son esprit le bruit du tube de lubrifiant, revoyait ses vêtements et sa petite culotte sur le sol. Un frisson la parcourut.

Elles marchèrent encore une vingtaine de mètres à l'étage inférieur, puis Steva annonça :

— Stop ! C'est ici qu'on s'arrête.

Sur la droite, une porte jouait presque de mimétisme avec le décor lugubre teinté de rouge. Mais sa couleur sombre jurait avec les murs en crépi blanchi. Coralie et les deux autres filles reconnurent la porte rouge.

— Écartez-vous, leur ordonna Steva.

Elles obéirent. La Serbe poussa Majo face à la porte et la somma de l'ouvrir.

— Je… je n'ai pas la clé de cette porte, bégaya la gardienne.

— Me prends pas pour une conne, dit Steva en appuyant la pointe du tournevis contre sa gorge.

Majo grimaça. La Serbe reprit :

— Ouvre ou je te saigne comme un goret.

Les mains tremblantes, la surveillante manipula maladroitement son trousseau de clés. Elle faillit le lâcher une nouvelle fois, le rattrapa *in extremis*, chercha parmi les clés et trouva la bonne. Elle dut s'y prendre à deux fois pour l'insérer dans la lourde serrure et fit tourner la clé. Le pêne claqua.

— Bien, dit Steva en reculant avec l'otage et en se tournant vers ses codétenues sans les quitter des yeux. Vous trois qui mourez d'envie de savoir ce qui se cache derrière cette porte, entrez ! Cette grosse truie sera ravie de vous faire visiter sa chambre secrète.

D'un pas hésitant, sous les regards effrayés de Clem et Coralie, Tanja s'approcha de la porte rouge et l'ouvrit.

Dans son dos, Steva annonça froidement :

— Bienvenue en enfer !

L’enquête

(Troisième partie)

30

Payerne, jour J-4

Après l'audience du TMC et la discussion à la brasserie, Jemsen et Flavie rejoignirent Garcia à Neuchâtel. En chemin, le procureur avait ruminé le subterfuge monté par sa greffière et l'avocat de Coralie Amey. Même si son orgueil en avait pris un sacré coup, il avait fini par admettre que Flavie avait peut-être eu raison d'agir ainsi.

En compagnie de l'inspecteur Kneuss, le commissaire les attendait devant le garage de la police, dans un bus flambant neuf, équipé des toutes dernières technologies pour servir de PCO mobile. Ils prirent place tous les quatre sur des banquettes à l'arrière, autour d'une table opérationnelle. Le chauffeur démarra aussitôt pour les conduire de l'autre côté du lac, en passant par La Tène et Cudrefin. Flavie débriefa rapidement l'audience pour Garcia et l'inspecteur Kneuss qui prenaient des notes, les sourcils froncés. Bercé par le ronronnement du bus, Jemsen écoutait à peine. La nuit était tombée. Par la fenêtre, il contemplait le lac, dans lequel les étoiles se reflétaient. Où était Justine ? Était-elle seule, dans le noir ? Allaient-ils réussir à la sauver ce soir ? Demain ? Il sentit sa gorge se serrer, ses poings se fermer.

Dans un sursaut, il secoua la tête puis regarda Flavie qui, sans s'arrêter de parler, lui adressa un sourire réconfortant.

Bientôt, ils atteignirent Payerne, le chef-lieu du district de la Broye-Vully. Construite autour de son abbatiale du XIe siècle, la petite ville était surtout connue pour son aérodrome militaire. Le bus PCO arriva dans une zone industrielle et commerciale au nord-ouest de la localité. De rares lampadaires éclairaient faiblement l'endroit. En marge d'un petit terrain en friche, un abri de tôle sous lequel deux voitures rouillées attendaient d'être envoyées à la casse. Et une troisième place de parking, vide.

Deux gendarmes vaudois patientaient sur les lieux, à côté de leur BMW X3, rampe de feux bleus allumée, sirène éteinte. Les gyrophares lançaient des éclairs dans la nuit.

— C'est là ? demanda Jemsen.

— Oui, répondit Garcia. L'analyse par nos services des données de navigation de la Golf de Coralie Amey n'a rien donné. Elle n'utilisait jamais son GPS. En revanche, cet après-midi, Volkswagen Allemagne a enfin réagi. L'argument de la vie d'une enfant et de leur responsabilité a dû porter ses fruits. Immédiatement après validation de la commission rogatoire internationale par le procureur allemand, l'entreprise nous a transmis ses informations. C'est ici que Coralie Amey laissait son véhicule entre deux déplacements.

Jemsen désigna l'emplacement vide, à côté des deux épaves de voitures.

— Avez-vous trouvé quelque chose ?

— Oui, répondit Kneuss. Un drap chiffonné, qui devait servir à camoufler la voiture quand elle ne l'utilisait pas. Et un vélo électrique.

— Un vélo appartenant à la prévenue ?

— Notre service technique a relevé des empreintes digitales et de l'ADN sur les poignées et les freins. Nous devrions assez vite être fixés.

Jemsen se tourna vers Flavie.

— Vous avez fait le nécessaire auprès des Vaudois et des Fribourgeois ?

— Oui, répondit la greffière. J'ai adressé des mails au ministère public à Fribourg et au ministère public central à Renens. Les procureurs Barboni et Nicod ont accusé réception et confirmé l'entraide intercantonale. Ils mettent à notre disposition toutes les forces de police dont nous avons besoin. Y compris l'appui de leurs groupes d'intervention respectifs, le GRIF et le DARD.

— Parfait.

Jemsen réfléchit un instant, puis se tourna vers Kneuss et demanda :

— Pourquoi un vélo ?

— À ce stade, nous en sommes réduits à des hypothèses. Mais il ne faut pas oublier que Coralie Amey a une façon bien à elle de fonctionner.

— Certes, mais quelles sont vos hypothèses ? répondit le procureur, impatient.

— Nous avons d'abord pensé qu'elle pouvait avoir un appartement en ville. Comme cette zone est relativement éloignée du centre, elle aurait utilisé ce vélo pour aller de cet appartement à sa voiture. Le vélo est équipé d'un grand panier à l'avant, pour déposer des commissions. Mais ça nous semble illogique.

— Pourquoi ?

— Le centre-ville de Payerne regorge de commerces, Coop, Migros et j'en passe. Si elle y avait un appartement, pourquoi prendre le risque d'aller en voiture jusqu'à Avry ? Elle aurait pu faire ses commissions à pied, ce qui aurait été bien plus discret.

— Oui, ça paraît peu probable. Quelles sont les autres hypothèses ?

— Cette femme avait peur d'être suivie, mais surtout qu'on trouve l'endroit où elle a planqué sa fille. Elle devait supposer que sa voiture risquait d'être tracée et, en conséquence, elle a dû séquencer ses trajets en espérant perdre d'éventuels suiveurs : un bout à vélo entre le lieu où elle retient sa fille et ici, et le reste en voiture.

— On peut aller loin avec un vélo électrique, fit remarquer Flavie.

— C'est vrai, reconnut Kneuss. On a fait des recherches pour celui-ci et on a eu de la chance, on a pu rapidement tracer sa provenance. Il a été acheté il y a trois jours chez Jumbo Payerne, soit peu de temps avant l'enlèvement de Justine. Par contre, la piste s'arrête là, malheureusement. Il a été payé en cash, sans carte de fidélité. Impossible de remonter à son acheteur.

— Pas de vidéosurveillance dans le magasin ? demanda Jemsen.

— Hélas non. Il y a des caméras, mais elles écrasent les données toutes les vingt-quatre heures.

— Bon. Partons quand même du principe que c'est celui de Coralie Amey, trancha Jemsen. Il faut qu'on avance ! Que pouvez-vous dire de plus qui nous aiderait ?

— J'y viens : ce vélo est doté d'un compteur kilométrique qui garde en mémoire la distance totale parcourue. Depuis son achat, il a roulé 35,6 kilomètres. Le problème, c'est que nous ne savons pas combien de trajets Coralie Amey a pu effectuer. Nous avons divisé la distance en deux pour un seul aller-retour, en quatre pour deux allers-retours, et ainsi de suite, sans prendre en compte le fait qu'elle n'a peut-être pas toujours effectué le même trajet. Ça nous a toutefois permis de tracer des cercles concentriques sur une carte. Le problème, c'est qu'en partant de l'hypothèse d'un seul trajet, soit 17,8 kilomètres, ça laisse un vaste périmètre autour de Payerne, qui englobe Yvonand, Lucens, Avenches et même Avry-sur-Matran. Je vous laisse imaginer le rayon des investigations : autant chercher une aiguille dans une botte de foin.

— Et la téléphonie ne peut pas resserrer les recherches ? demanda le procureur.

— Non, répondit Garcia. Notre service informatique a réussi à déverrouiller le portable de Coralie Amey, malgré son opposition à nous fournir le code PIN, et il a pu analyser la mémoire de l'appareil. Mais la prévenue a dit vrai : elle n'a jamais utilisé son téléphone depuis l'enlèvement de Justine, ni d'ailleurs pendant les trois jours qui l'ont précédé. Impossible d'obtenir la moindre donnée rétroactive avec localisation des antennes.

— Merde... Que pouvons-nous envisager d'autre, comme investigations ?

— Pas grand-chose, soupira Garcia. Hélas, le téléphone de Justine est éteint, lui aussi.

— Il y a encore un vague espoir, répondit Kneuss, mais il est extrêmement mince. Des patrouilles procèdent actuellement à des enquêtes de voisinage dans les villages de la Broye et des environs, pour savoir si quelqu'un a vu la prévenue, éventuellement sur son vélo. Les agents interrogent les habitants et les commerçants. Certes de manière très aléatoire, car on ne peut pas faire autrement vu l'étendue du secteur concerné. Et la nuit n'arrange rien. Les Fribourgeois se chargent des villages de leurs enclaves et nous des nôtres. J'ai envoyé des patrouilles à Chevroux, Grandcour, Missy, Corcelles, Valbroye, Lucens et Yvonand. Mais tant sur territoire fribourgeois que vaudois, en dehors des localités principales, ça grouille de petits hameaux et de fermes isolées. Bref, c'est un peu comme si on demandait à Gilbert Montagné de partir à la chasse aux papillons avec un filet dans un champ de maïs.

31

Payerne, jour J-4

Jemsen fulminait. Il était sorti du PCO mobile et regardait dans le vague les lointaines lumières des habitations qui entouraient la ville de Payerne. La nuit enveloppait la Broye de son voile noir. Le nom de la région venait du celte *brogi*, qui signifiait pays, terroir ou territoire. Une enfant séquestrée se trouvait là, quelque part, dans ce trop vaste territoire. Et les enquêteurs étaient dans une impasse.

— Un appel pour vous, dit soudain Flavie derrière lui.

Jemsen ne l'avait pas entendue arriver. Il se retourna, la greffière lui tendait le téléphone de permanence.

— Qui est-ce ?

— L'inspecteur Rosset du CFOR.

Le procureur prit l'appareil, s'annonça et salua l'enquêteur scientifique.

— Je vous appelle depuis le CURML, dit ce dernier. La doctoresse Argento est à côté de moi, elle vient de terminer l'autopsie du corps d'Aurélie Gonin.

L'image de la jeune fille étendue sur la pelouse du collège de La Fontenelle revint immédiatement à l'esprit du magistrat. La lividité de sa peau, son ventre percé de multiples coups de couteau, les boursouflures blanchâtres de ses viscères libérés de la pression abdominale.

— Le suicide est confirmé ?

— *A priori*, oui. Dans tous les cas, aucun élément ne parle en faveur de l'intervention d'un tiers. Et les lésions sont compatibles avec une auto-agression.

— Vous voyez d'autres investigations médico-légales à faire ?

— Non, la légiste estime avoir terminé. Tous les prélèvements ont été faits pour les analyses toxicologiques. Elle demande si on peut libérer le corps.

Jemsen réfléchit un instant. Son esprit jonglait entre les cas Aurélie Gonin et Justine Amey, les mélangeait parfois. Ce qui était normal, puisqu'il pressentait que ces deux affaires étaient liées. Deux collégiennes de la même classe, deux amies d'enfance qui disparaissaient le même jour. Mais pour Justine, il y avait encore un espoir, même s'il s'amenuisait d'heure en heure.

Le procureur soupira et conclut :

— Le corps peut être rendu à sa famille pour l'organisation des obsèques.

Jemsen remercia l'inspecteur Rosset et raccrocha. Il imagina les parents d'Aurélie. Leur chagrin n'était pas près de se tarir.

L'air inquiet, Flavie, qui était restée à ses côtés, lui demanda :

— Qu'est-ce qui se passe ?

— Vous le savez bien.

— Je ne parle pas de ces affaires, je parle de vous. Je ne vous ai jamais senti aussi tendu.

Depuis l'attentat de la place des Halles, le réveil du procureur dans une chambre de l'hôpital Pourtalès et son amnésie, aurait-elle pu rajouter. Parce que le Jemsen d'avant ces évènements était un autre. Il la regarda brièvement dans les yeux et sourit tristement.

— C'est un cumul de choses. Je pense au sort de ces deux

jeunes filles, qui me rappelle des évènements de mon passé dans les Balkans. Sauf qu'Aurélie et Justine vivaient dans un pays en paix.

— Vous ne pouvez pas parler de Justine à l'imparfait, s'offusqua Flavie.

— Pardon, s'excusa-t-il. Ce n'est pas ce que je voulais dire. Mais le sort de ces jeunes filles me confronte à l'image de leurs parents et à la douleur qu'ils doivent ressentir. Je pense aux parents d'Aurélie, au père de Justine. Et ça me ramène à Tanja. À vous aussi par ricochet, parce que, aujourd'hui, votre fille aurait plus ou moins le même âge qu'Aurélie et Justine. D'ailleurs, je ne sais pas comment vous faites pour tenir le coup et rester aussi stoïque dans une telle situation. Je suis admiratif, mais je reste aussi sans voix.

— Le temps, répondit la greffière. Le temps est le meilleur des pansements, il finit toujours par apaiser les affres du passé. Il n'effacera jamais certaines cicatrices, comme celles de votre visage. On apprend à vivre avec, on s'y habitue et, à force, on finit par ne plus les voir.

— Mais un jour ou l'autre, il arrive un évènement pour vous les rappeler, conclut Jemsen en fixant le téléphone qu'il tenait toujours dans la main.

Il se tut un instant, semblant peser le pour et le contre, puis il reprit :

— Les parents, les proches… parfois ils savent des choses cruciales sans même s'en rendre compte.

Il releva la tête, fébrile tout à coup.

— Flavie, avez-vous le numéro de Gilles Amey ? Il sait peut-être quelque chose, ils ont été mariés longtemps, peut-être y a-t-il un endroit où sa femme aimait venir dans le coin, un lieu familial, une balade préférée, un coin où elle se sentirait en sécurité…

— Je vous le donne tout de suite, répondit Flavie en fouillant dans son propre portable.

Jemsen composa le numéro sur le téléphone de permanence

et mit sur haut-parleur pour que sa greffière puisse entendre la conversation. Quelques sonneries retentirent, puis on décrocha.

— Allô ?

— Monsieur Amey ? Ici le procureur Jemsen…

— Vous l'avez retrouvée ?! le coupa Gilles Amey, plein d'espoir.

— Non, non… Nous sommes sur une piste, mais nous avons besoin de votre aide. Savez-vous si votre femme a un point de chute autour de Payerne ?

— Pardon ? De quoi parlez-vous ?

— Je voudrais savoir si vous avez une idée d'un endroit où votre femme pourrait se sentir en sécurité ou se réfugier autour de Payerne.

— Mais… non, je ne sais pas ! Nous n'allions jamais par là, et sa famille n'y vivait pas… Écoutez, demandez-lui !! Qu'est-ce que vous foutez ? Il fait nuit noire ! Vous pensez à ma fille, à ce qu'elle doit ressentir ?

— Je ne pense qu'à elle, monsieur Amey.

— Eh bien, secouez un peu sa mère pour qu'elle vous dise où est Justine ! Allez à la prison et secouez-la ! Qu'elle crache le morceau et qu'on en finisse !

— C'est impossible, monsieur, et vous le savez bien, je…

— Vous vous en foutez. Et vous ne me tenez au courant de rien.

— C'est faux, monsieur Amey, je suis en train de le faire, justement !

— Mais c'est trop tard. Vous verrez.

— Comment ça ? Que voulez-vous…

Gilles Amey raccrocha brutalement. Jemsen et Flavie se regardèrent et restèrent sans voix, dans le silence de la nuit.

32

Payerne, jour J-4

Le commissaire Garcia apparut à la porte du PCO mobile et leur dit d'un air grave :

— Vous devriez venir.

Flavie et Jemsen regagnèrent le bus.

— Que se passe-t-il ? demanda le procureur. Les policiers qui sillonnent les enclaves ont trouvé quelque chose ?

— Hélas non, répondit l'inspecteur Kneuss. Rien pour l'instant.

— C'est Gilles Amey, reprit Garcia.

— Nous venons justement de l'appeler pour lui demander s'il avait une idée d'où sa femme pourrait s'être réfugiée dans le coin, le coupa Jemsen en prenant place sur la banquette autour de la table. Il ne savait pas, puis il s'est énervé et a mis fin à la conversation bizarrement… Qu'est-ce qui se passe ?

— Il continue son cirque avec les médias, soupira Garcia. Notre chargé de communication vient de m'envoyer le lien du JT de ce soir.

Le commissaire pointa une télécommande vers un écran de télévision, se logua sur Internet et fit démarrer le podcast de l'émission de la RTS.

Immédiatement, le procureur et sa greffière reconnurent les lieux du tournage : la pelouse qui s'étirait entre les différents bâtiments du collège de La Fontenelle. Les bandes de rubalise de la police avaient été enlevées. Au pied de l'arbre sous lequel Aurélie Gonin s'était donné la mort, appuyé contre le tronc, un cadre avec une photo de la jeune fille souriante et, tout autour, quelques bouquets de fleurs et des bougies allumées. Il faisait jour, le reportage avait dû être tourné en fin d'après-midi.

À l'arrière-plan, sous le préau, un couple se tenait dans les bras, on devinait son chagrin. À côté, un homme : Gilles Amey. Vêtu d'un costume sombre trois-pièces, il parlait au couple un peu à la manière qu'aurait eue un pasteur de soutenir deux âmes en peine.

Un journaliste se glissa au premier plan et commenta :

> *C'est ici, dans l'établissement scolaire du Val-de-Ruz, que s'est déroulé un drame tôt ce matin. En pleines vacances estivales, une adolescente a été retrouvée sans vie au pied de cet arbre. Aurélie, douze ans, était une élève du collège. Selon une source proche de l'enquête, il semblerait que la jeune fille était la cible d'un harcèlement scolaire qui durait depuis de nombreux mois et qu'elle ait décidé de mettre fin à ses jours. Une version qui ne convainc pas ses parents, anéantis par la douleur. Pour l'heure, la direction de l'école se refuse à tout commentaire et répond simplement qu'elle attend les conclusions de l'enquête. Du côté de la police et du ministère public, on se borne à indiquer qu'une instruction a été ouverte pour déterminer les causes et les circonstances de ce drame.*

Suivi par la caméra, le journaliste fit quelques pas en direction du préau, s'arrêta et reprit face à l'objectif, toujours le micro à la main :

Dans les villages de Cernier, site de l'école, et de Dombresson, domicile de la victime, les rumeurs vont bon train. Les termes de meurtre et d'assassinat sont sur toutes les lèvres, alimentés par le rapprochement rapide que la population du Val-de-Ruz a fait entre le décès d'Aurélie et la disparition d'une de ses camarades de classe, Justine. La quasi-simultanéité de ces deux évènements interpelle. Et déjà, un peu partout dans la vallée, on se demande quel rôle Justine et sa mère auraient pu jouer dans la mort d'Aurélie.

Nouveau déplacement du journaliste, qui s'approcha du trio sous le préau. Le couple restait un peu en retrait, Gilles Amey fit face à la caméra et le journaliste lui demanda :

— Vous êtes le père de Justine. Lors de notre édition de 12 heures 45, toute la Suisse romande a pu entendre votre inquiétude. Avez-vous des nouvelles de l'enquête sur la disparition de votre fille ?

Amey répondit d'une voix compatissante :

— Tout d'abord, si vous me le permettez, j'aimerais exprimer toute ma sympathie aux parents d'Aurélie, que j'ai décidé d'accompagner et de soutenir dans la douloureuse épreuve qu'ils traversent.

— On précisera, pour les téléspectateurs, que vous êtes le directeur d'une importante entreprise de pompes funèbres, ici dans le canton de Neuchâtel.

— C'est exact. Je suis confronté tous les jours à la mort, dans mon métier. Mais on ne s'y habitue jamais vraiment, surtout quand elle frappe des proches ou à notre porte.

— Vous considérez donc les parents d'Aurélie comme des proches ?

— Oui. Nous sommes voisins depuis dix ans et nos filles jouaient régulièrement ensemble, depuis toutes petites.

— Quel genre de soutien peut-on apporter à des parents dans une telle situation ?

— Déjà, à titre professionnel, je vais mettre à leur disposition mon entreprise et organiser les obsèques d'Aurélie, quand la justice aura libéré son corps. Nous attendons des nouvelles du médecin légiste. Puis, dans un second temps, à titre privé, je leur proposerai toute l'aide qu'un voisin et ami peut apporter dans ce genre de situation.

— Des nouvelles de Justine ?

La compassion disparut du visage de Gilles Amey qui répondit gravement :

— Aucune.

— Et des enquêteurs ?

— Non plus. Vous savez, j'ai toujours été un fervent défenseur de la police et de la justice. J'ai expliqué des dizaines de fois, à des membres de la famille d'un défunt, notamment dans des cas d'accidents ou d'homicides, qu'il fallait faire confiance aux enquêteurs. Mais c'est la première fois que je me rends vraiment compte de la situation, depuis que je suis passé de l'autre côté de la barrière, du côté des victimes. Les victimes sont trop souvent laissées-pour-compte dans les enquêtes et ne sont pas tenues au courant de l'avancement des investigations. C'est une grave erreur, un peu comme laisser une marmite en ébullition sur le feu, sans la surveiller. Il ne faut pas s'étonner si, à un moment donné, elle explose.

— Vous risquez d'exploser ?

Amey esquissa un sourire amer.

— Je suis capable de retenue, mon métier me l'a enseigné et me l'impose. Mais quand on est directement impliqué, je me rends compte que c'est très difficile. Surtout pour un père.

— Pourquoi dites-vous ça ?

— Parce qu'à mon avis, dans les séparations et les divorces, les droits des pères sont plus souvent bafoués que ceux des mères. Tout spécialement quand ça concerne l'autorité parentale et la garde des enfants.

— L'autorité parentale sur Justine vous a pourtant été reconnue par la justice civile, n'est-ce pas?

— C'est exact. Mais j'ai le sentiment que, parce que c'est une situation trop peu courante et que la société considère de manière générale qu'un enfant doit avant tout vivre avec sa mère, certains enquêteurs ne mettent pas le même enthousiasme à poursuivre une mère accusée d'enlèvement d'enfant qu'ils ne le mettraient à traquer un père dans la même situation.

— Reprochez-vous aux policiers de ne pas respecter la décision du tribunal civil qui vous a attribué la garde de votre fille?

— Non, je n'irais pas jusque-là. Mais encore une fois, on ne me tient pas au courant de l'avancement des recherches pour retrouver Justine.

— Pourtant, votre ex-femme a été arrêtée par la police ce matin. Et le Tribunal des mesures de contrainte a ordonné son placement en détention provisoire. Cette nouvelle devrait plutôt vous soulager, non?

— Ce qui ne me soulage pas, c'est que la police n'a, pour l'heure, pas retrouvé Justine. Je ne sais même pas ce qu'a déclaré mon ex-femme à la police et au tribunal. On ne me dit rien et j'estime que ce n'est pas normal. Je vis dans une angoisse perpétuelle et je crains le pire. Je suis sur le point d'organiser les obsèques d'Aurélie et j'espère ne pas devoir organiser prochainement celles de ma propre fille.

Le journaliste s'approcha du couple en retrait et leur demanda:

— Vous êtes les parents d'Aurélie et vous avez accepté de témoigner face à la caméra. Tout d'abord, je voudrais vous exprimer toute ma sympathie. Le public comprend votre détresse et compatit à votre douleur, qui doit être immense. Si vous n'aviez qu'un mot à dire?

L'homme affichait un regard de chien battu, les yeux rougis par les larmes. En pleurs, sa femme ne parvenait pas à fixer l'objectif.

— Si je n'ai qu'un mot à dire, répondit le père d'Aurélie, il est pour Coralie, la mère de Justine. Elle nous connaît, ma femme et moi. Nous avons vécu tant d'années les uns à côté des autres, nous avons partagé tant de moments agréables entre voisins. Gilles est un homme merveilleux et attentionné. Un père aimant avec sa fille. Alors, Coralie, je t'en supplie, en souvenir des bons moments que nous avons connus, en mémoire de notre petite Aurélie, dis à la police où se trouve Justine.

Garcia laissa le journaliste conclure, puis coupa la rediffusion.

— C'est quoi, ce sujet de merde? tonna Jemsen. On se croirait sur BFM TV. Je ne savais pas la RTS capable de ce genre de reportage à sensations.

— Peut-être que le mot de la fin portera ses fruits? murmura Flavie.

— J'en doute, répondit Kneuss. Coralie Amey se trouve encore en garde à vue. Il n'y a pas de télévision dans les cellules du BAP, aucune chance qu'elle ait vu ce JT. Elle ne sera conduite à Lonay que demain matin. Et je ne pense pas que les parents d'Aurélie puissent réussir là où nous avons échoué. Les facultés de réflexion de cette femme sont aussi obtuses que celles d'un oursin trépané.

— Une image plutôt piquante, sourit Garcia.

— Ce qui pique surtout, dit Jemsen, c'est que nous sommes dans une impasse totale. Si les gendarmes ne trouvent aucun témoignage dans les heures à venir, nous n'aurons plus qu'à compter sur la force de persuasion de l'avocat de Coralie Amey. Et très franchement, je n'y crois pas trop. Quelqu'un a une autre suggestion?

— J'en ai bien une, répondit Garcia, mais c'est une idée un peu folle. Je ne suis pas sûr qu'elle vous plaira.

— Au stade où nous en sommes, dit le procureur, plus rien ne peut me déplaire.

Le commissaire exposa son idée. Kneuss, Jemsen et Flavie l'écoutèrent attentivement, non sans lever de temps à autre un sourcil dubitatif.

— C'est complètement dingue, s'exclama la greffière au terme du récit. Jamais vous ne parviendrez à convaincre le juge du TMC de vous suivre dans cette folie.

— À moi de me montrer convaincant, répondit Jemsen. Flavie, s'il vous plaît, appelez le juge Ecklin et passez-le-moi.

La prison

(Quatrième partie)

33

Lonay, jour J-1

Derrière la porte rouge, une petite pièce baignait dans la même pénombre rougeâtre que dans le couloir, cette fois distillée par deux veilleuses murales accrochées de part et d'autre d'un écran plat de télévision. Au centre, trônait une planche en bois sur un axe pivotant, façon balançoire à bascule, pourvue de sangles en cuir à divers niveaux. Sur la gauche de la pièce, un bureau à tiroirs sur lequel étaient posés un seau et une serpillière.

— C'est quoi, cet endroit ? murmura Tanja.

Derrière elle, Clem et Coralie s'étaient arrêtées et demeuraient sans voix.

— Je te l'ai dit, annonça Steva en forçant la hyène à avancer sous la menace du tournevis. Bienvenue en enfer !

— *Waterboarding* ?

— Tout juste, l'Albanaise ! Je vois que tu es une connaisseuse. C'est le joujou secret de notre Majo adorée. Le seul truc capable de la faire mouiller, au sens propre comme au sens figuré. Et une télé pour diffuser des clips musicaux à plein volume, pour couvrir nos cris.

— C'est quoi, le *waterboarding*? murmura Coralie, visiblement inquiète.

— Une forme de torture par l'eau, répondit Tanja. Elle provoque chez la victime une sensation de noyade. Technique très prisée des soldats américains durant la guerre du Viêt-Nam ou, plus récemment, de la CIA dans sa lutte contre le terrorisme après les attentats du 11 septembre 2001. Elle a l'avantage de ne laisser pratiquement aucune trace…

— T'es pas là pour faire un cours, Alba, alors ferme-la! lança Steva.

Elle fit avancer Majo jusqu'au bureau puis tenta d'ouvrir un des tiroirs, qui résista.

— OK, dit-elle à la gardienne, il y a un émetteur radio dans ce tiroir. Hier, je t'ai vue le ranger là et le fermer à clé. Alors tu le sors et tu me files la fréquence radio qu'utilisent les gardiennes.

— J'ai pas la clé sur moi, répondit Majo en souriant, sa main gauche agitant doucement l'énorme trousseau qui pendait à sa ceinture.

— Putain, tu te fous encore de ma gueule! explosa Steva. On va voir si tu fais toujours la maligne après ça.

La Serbe poussa Majo jusqu'à la planche et l'obligea à se coucher, tête du côté de la partie surélevée, toujours en appuyant la pointe du tournevis sur la gorge de son otage. Puis elle fixa Coralie dans les yeux et lui ordonna:

— Toi, la nouvelle, approche!

— Qu'est-ce que tu comptes faire? grommela Tanja.

— T'inquiète pas pour ta petite protégée, répondit Steva. Je ne vais pas lui faire de mal, je veux juste qu'elle attache la grosse.

— Je vais le faire, dit Tanja.

— Pas question! Tu restes où tu es. Je n'ai rien à craindre de la nouvelle et tu le sais. En revanche, je préfère garder mes distances avec toi. À ma place, tu ferais pareil.

— Je ne suis pas à ta place.

— Très bien. Alors, reste à la tienne. Et toi, reprit la Serbe en s'adressant à Coralie, obéis !

Cette dernière fit quelques pas en direction de la planche et, les mains tremblantes de nervosité, ceintura le corps de Majo avec les sangles en cuir, des chevilles aux épaules. Une dernière lanière, passée sur son front, lui maintenait la tête droite.

— Un cran de plus ! ordonna Steva. N'aie pas peur de serrer.

Coralie corrigea chacune des sept entraves. Concentrée sur le travail qu'on lui imposait, elle ne vit pas la Serbe faire le tour de la planche aussi vite que l'éclair et la prendre en otage à son tour. Elle sentit la pointe du tournevis appuyer fortement sur son cou, à la limite du point de rupture de la peau.

Tanja s'avança pour voler au secours de Coralie, mais Steva la stoppa dans son mouvement.

— Un pas de plus et je la perce !

Tanja s'arrêta net, leva les mains devant elle en signe d'apaisement, puis recula de quelques pas et retourna aux côtés de Clem.

— Ne fais pas de bêtises, dit-elle à Steva.

— La seule bêtise que j'ai faite dans ma vie a été de me laisser arrêter, répondit la Serbe. Mais cette bêtise sera bientôt réparée. Quant à vous trois, si vous voulez vivre, je vous conseille de rester bien sages. Et peut-être que je demanderai à mes hommes de vous épargner. Mais si je meurs par votre faute, vous mourrez dans la foulée. C'est bien compris ?

— Oui, murmura Clem d'une petite voix.

Tanja ne répondit pas et se contenta de lancer à Steva un regard glacial.

La Serbe entraîna Coralie vers le bureau et lui ordonna :

— Prends le seau et la serpillière !

— Mais..., bégaya l'otage, non... je...

— Fais ce que je te dis.

— À quoi tu joues ? intervint Tanja.

— T'inquiète, répondit Steva. Aux mains d'un bourreau compétent, c'est sans danger. La grosse s'en est vantée quand elle s'est acharnée sur moi, la nuit dernière. Suffit que les poumons soient placés plus haut que la bouche.

Coralie tendit fébrilement une main vers le seau et constata qu'il était rempli d'eau.

— Qu'est-ce que tu vas lui faire ? demanda-t-elle en tremblant.

— Moi, rien, répondit la Serbe. C'est toi qui vas le faire. Sauf si Majo se montre coopérative.

— Va te faire foutre ! murmura la surveillance attachée à la planche.

Steva ignora l'injure et se tourna vers Clem :

— Prends les clés. Toutes.

D'un pas hésitant, la détenue enceinte s'approcha de Majo. Les mains tremblantes, elle décrocha le trousseau qui pendait à sa ceinture, puis recula d'un pas. Steva ordonna à la surveillante :

— Montre-lui la bonne clé et donne-moi la fréquence radio.

Majo passa sa langue sur ses lèvres sèches, se racla la gorge et cracha aux pieds de Steva en guise de réponse.

— Fais-le, lui intima une nouvelle fois Steva, et tout de suite ! Sinon, je demande à la petite nouvelle de te rincer les bronches.

— Va te faire foutre, répéta Majo.

En appuyant le tournevis sur la jugulaire de Coralie, la Serbe la força à s'approcher de la surveillante et lui ordonna :

— Fais basculer la planche.

— Ne fais pas ça, intervint Tanja en s'adressant à sa voisine de cellule.

— Maintenant ! insista Steva.

— Tu n'as qu'à le faire toi-même, cria Tanja à la Serbe.

Terrorisée, Clem recula d'un pas. Coralie se mit à sangloter et balbutia :

— Je... je ne peux pas faire ça...

Nouvel appui du tournevis, Coralie grimaça de douleur.

— Fais-le ! aboya Steva. Sinon, je te perce. C'est elle ou toi. Qu'est-ce que tu choisis ?

Coralie pleurait de nervosité. Elle posa le seau et la serpillière à ses pieds, puis tendit une main tremblante vers la planche et hésita.

— Maintenant ! cria la Serbe.

Coralie sursauta et appuya sur la planche, qui bascula. Majo se retrouva la tête en bas, les pieds surélevés de l'autre côté de l'axe.

— Bien, reprit Steva. Mets-lui la serpillière sur le visage, prends le seau et verse lentement sur sa tronche. Un petit filet.

Coralie hésita, la Serbe se montra persuasive, Coralie s'exécuta. L'eau imbiba la serpillière. Au bout de quelques secondes, le corps de Majo se raidit, puis fut secoué de spasmes. La suppliciée tentait de se débattre pour échapper à l'asphyxie, sans succès.

Steva compta à haute voix jusqu'à dix, puis ordonna à Coralie :

— Ça suffit.

Coralie redressa le seau et retira la serpillière du visage de Majo, qui se mit aussitôt à tousser sévèrement et recracha de l'eau.

— Donne-moi cette radio, dit le tigre à la hyène.

Cette dernière soufflait comme un bœuf, son visage et ses cheveux étaient trempés. De la bave coulait maintenant de ses lèvres. Elle défia Steva d'un regard fatigué et murmura pour la troisième fois les mêmes mots :

— Va te faire foutre...

— On recommence ! ordonna la Serbe à Coralie.

— Mais ça risque de la tuer, gémit cette dernière.

— Bien sûr que non, répondit Steva. Tu sais combien de fois elles l'ont fait avec moi, la nuit dernière ? Au moins vingt fois. Tu crois qu'elles ont hésité une seule seconde ? Je ne suis pas morte. Il en faut beaucoup plus pour tuer de la mauvaise herbe. Obéis.

Sanglot de Coralie.

— Mais je...

— Il n'y a pas de *mais* ! cria la Serbe. Crois-tu qu'elle hésiterait une seule seconde, si les rôles étaient inversés ? Pour elle, tu n'es qu'une vulgaire criminelle, un jouet à sa disposition pour assouvir ses fantasmes.

Des images revinrent aussitôt à l'esprit de Coralie. Une nouvelle fois, elle se revit penchée sur le bureau de la surveillante, nue comme un ver, son intimité offerte aux doigts fouineurs. Elle imagina ce que Majo lui aurait fait, si une autre gardienne n'était pas intervenue *in extremis* pour signaler un problème avec Steva. Un problème dans cette même pièce, derrière la porte rouge. Quelque part, la souffrance de Steva avait épargné à Coralie la pire des humiliations.

Alors, lentement, elle replaça la serpillière mouillée sur le visage rougeaud de Majo et reprit le seau, mais curieusement, cette fois-ci, elle ne tremblait plus.

Coralie regarda Clem, qui pleurait discrètement à proximité de la planche, le trousseau de clés dans une main. Puis Tanja, qui la fixait sans rien dire. Coralie crut deviner de la réprobation dans les yeux de l'Albanaise, comme si elle cherchait à lui dire « ne le fais pas ». Mais Tanja restait muette.

Alors, comme un robot, Coralie se mit à verser l'eau sur la serpillière couvrant le visage de Majo et les voies respiratoires de la surveillante s'obstruèrent à nouveau.

34

Lonay, jour J-1

Dans la luminosité rougeâtre des veilleuses murales, le corps de Majo était tendu à l'extrême, la pression de ses poignets et de ses chevilles sur les sangles de cuir menaçait presque de les rompre. Puis le corps de la surveillante se relâcha d'un coup.

— Ça suffit ! hurla une voix désespérée.

Coralie reconnut celle de Clem. Instinctivement, elle redressa le seau, le filet d'eau s'arrêta. Sur la planche, une volumineuse masse molle, inanimée, ses mains flasques retombant sous l'entrave centrale.

Tanja se précipita vers Majo. Terrifiée, Clem s'écarta à peine pour la laisser passer. Steva ne réagit pas, mais elle gardait Coralie en otage sous la menace du tournevis. Tanja retira la serpillière du visage de la surveillante. Sa bouche était grande ouverte, inondée d'eau. Ses yeux, grands ouverts eux aussi, fixaient le néant au-delà du plafond de béton.

Tanja redressa la planche, l'eau s'écoula de la bouche de Majo qui ne bougeait plus. Elle lui donna de petites claques sur les joues, sans succès. Alors, elle s'empressa de détacher son corps et le tira avec peine à côté de la planche, sous les yeux médusés de Clem et de Coralie. Elle le plaça d'abord en position latérale, tête orientée vers le sol pour que l'eau finisse de s'écouler de sa bouche, puis à nouveau sur le dos, et entreprit de lui faire un massage cardiaque. Majo n'affichait aucune réaction. Alors, Tanja appuya deux doigts sur son cou graisseux, les bougea plusieurs fois dans les bourrelets de chair pour chercher un pouls. Puis elle se tourna vers la Serbe.

— Tu l'as tuée, annonça-t-elle.

— Pas moi, répondit froidement Steva. Elle.

Nikolic tourna légèrement la tête vers Coralie et lui souffla à l'oreille :

— C'est malin, ma belle. Te voilà maintenant devenue une meurtrière. Comme nous toutes.

Coralie pleurait.

— Je… non… Tu m'as obligée à le faire.

— Comme le juge mandate le bourreau.

— Je ne voulais pas ! cria soudain Coralie. Tu m'as dit qu'avec la tête en bas, elle ne pouvait pas se noyer, qu'elle ne risquait rien. Tu m'as menti !

— Je n'ai jamais dit que c'était sans risque. J'ai dit que moi, j'avais résisté à vingt séances. Mais probablement que mon cœur était plus solide que celui de cette grosse vache. L'obésité est un facteur de risque…

— Tu le savais !

— Et tu aurais dû le savoir, toi aussi.

— Je… je n'avais pas le choix… tu ne m'as pas laissé le choix.

— Tu pourras toujours expliquer ça au procureur, si tu survis à cette nuit.

— Je lui dirai que c'est toi qui l'as fait.

— Avec tes empreintes digitales et ton ADN sur le seau ? ricana Steva.

— Clem et Alba témoigneront pour moi.

La Serbe éclata de rire.

— Pauvre petite chose ! On voit bien que c'est la première

fois que tu es confrontée à la justice pénale. Tu sais ce qu'ils diront, le procureur et les juges? Que nous avons commis cet assassinat toutes les quatre. Peu leur importera de déterminer qui, en définitive, a versé l'eau. La coactivité, comme ils appellent ça. Un cadavre, quatre condamnations.

Coralie chercha un semblant de réconfort dans les yeux de Clem et de Tanja, mais n'en trouva pas. Toutes les deux restaient muettes, l'air catastrophé face à la situation. Coralie fondit en larmes.

— Je ne l'ai pas tuée!

Soudain, une explosion lointaine retentit dans les couloirs de la prison. La déflagration fut suivie de tirs d'armes automatiques.

— Cesse de geindre, grogna Steva à son otage.

Elle se tourna vers Clem et reprit:

— Toi, trouve la clé du tiroir et file-moi la radio. Presto si tu veux vivre quand mes hommes arriveront.

Clem s'agenouilla devant le bureau et essaya fébrilement plusieurs clés. Coralie sentit que Steva, sous le coup de la colère, appuyait plus fort sur sa gorge. La panique la gagnait quand tout à coup, elle vit avec soulagement Clem réussir à ouvrir le tiroir, se relever maladroitement, gênée par son ventre, tendre à Steva l'émetteur radio qu'elle avait récupéré et reculer aussitôt de quelques pas, comme si elle s'était approchée trop près du feu.

Sans lâcher Coralie, la Serbe prit l'appareil de sa main libre. Elle sembla réfléchir une seconde puis se décida à appuyer sur le bouton de l'intercom principal qui reliait tous les émetteurs à la centrale et dit:

— Centrale, ici Steva Nikolic. Si vous voulez éviter un massacre, déverrouillez tous les accès qui conduisent à la porte rouge. Et guidez mes hommes jusque-là.

On entendit un vague grésillement dans le haut-parleur, mais aucune réponse.

— Centrale, répéta la Serbe, vous avez dix secondes pour confirmer. Sinon, j'exécute un otage.

Nouveau grésillement.

Les veilleuses de secours s'éteignirent et les tubes néons de la salle s'allumèrent, éblouissant à moitié les quatre détenues. Steva parut aussi surprise que les trois autres.

— Centrale, insista-t-elle, qu'est-ce...

— Nous avons entendu, Nikolic, coupa une voix métallique à la radio. Ici la centrale. La police est sur place, le courant a été rétabli dans l'établissement. Vos hommes ne contrôlent plus le générateur de secours. Nous maîtrisons la situation. Si vous vous trouvez à l'endroit où vous prétendez être, nous vous invitons à allumer la télévision, canal 66.

La communication fut interrompue. La Serbe se tourna vers Clem et lui ordonna, la voix teintée d'une nervosité nouvelle :

— Allume cette putain de télé, plus vite que ça !

La Serbe agrippa Coralie et, sans relâcher la pression sur le tournevis, la fit tourner pour qu'elles puissent faire toutes deux face à l'écran. Le canal 66 n'existait pas dans les cellules, les détenues n'y avaient pas accès. Et pour cause : il diffusait en boucle les images de vidéosurveillance des caméras de la prison.

Paralysée par la peur, Coralie n'en croyait pas ses yeux. La première séquence montrait, en noir et blanc, un couloir et des portes blindées. L'une d'elles était ouverte, des flammes et de la fumée s'en échappaient.

Vingt secondes plus tard, nouvelle séquence : sur les images légèrement saccadées, on devinait des détenues qui tentaient de barricader la porte grillagée d'un couloir avec divers objets. Elles avaient entassé des matelas, une table, des chaises et tous les objets volumineux et lourds qu'elles avaient pu trouver.

Vingt secondes encore, troisième séquence. Des hommes

cagoulés, vêtus de treillis militaires et armés de kalachnikovs, retenaient une gardienne en otage. À l'arrière-plan, on devinait les volets métalliques baissés de la centrale. Un mercenaire gesticulait, un pistolet à la main. On comprenait qu'il parlait avec les surveillantes qui s'étaient retranchées dans le cœur névralgique de la prison. Il arracha l'émetteur radio qui pendait à la ceinture de la femme et le lança derrière lui, probablement à un complice, puis il reprit ses vociférations. Soudain, l'homme dirigea son arme de poing vers la tête de l'otage et fit feu. Le corps de la malheureuse s'écroula sur le sol.

Coralie et Tanja restèrent pétrifiées, Clem se mit à hurler et, avant que quiconque ne pût réagir, elle courut vers la porte rouge et l'ouvrit.

— Inutile de t'enfuir! cria Steva. Tu es dans le même bateau que nous. Ici au moins, tu es en sécurité. Du moins pour le moment. Si tu pars, soit tu meurs, soit tu finiras tes jours en tôle et tu ne reverras jamais ton gosse.

Mais Clem avait déjà disparu dans le couloir.

Déjà, l'écran affichait la séquence suivante: vue de l'extérieur, cour de promenade. Des flammes et de la fumée, encore, qui s'échappaient à travers les barreaux des fenêtres de plusieurs cellules. Et le mur d'enceinte avec ses inscriptions d'espoir, à moitié éventré par une explosion.

Dix secondes, caméra suivante. Dans le sas de la prison, des hommes cagoulés et casqués, gilets pare-balles, armement lourd. Dans leur dos, en grosses lettres blanches, un mot de quatre lettres: DARD.

Pâle comme un linge, Coralie lâcha:

— Mais ils sont combien?

— Ce ne sont pas les hommes de Steva, répondit Tanja. C'est le Groupe d'intervention de la police cantonale vaudoise. Avec un négociateur. Ça pue.

L'Albanaise se tourna vers la Serbe et reprit:

— Je doute que ça fasse partie de ton plan.

Steva cracha par terre et répondit, un brin d'agacement dans la voix :

— Petit contretemps, rien de bien grave. Une mouche dans le lait.

— Et s'ils donnent l'assaut ?

— Il y aura des morts, beaucoup de morts. Des deux côtés.

— Surtout du côté des détenues.

— Ça, ce n'est pas mon problème, dit la Serbe en levant la radio.

Elle appuya sur le bouton de l'intercom et annonça :

— Centrale, un petit conseil : si vous ne voulez pas davantage de victimes, faites dégager ces connards au plus vite. Sinon, mes hommes vont faire un carnage. Je veux un hélicoptère sur le toit du bâtiment principal dans dix minutes. Pas une de plus. Sinon, vous aurez une mort de plus sur la conscience.

De sa main armée, Steva pressa le tournevis dans le cou de Coralie, et de l'autre, lui mit la radio devant la bouche, bouton enfoncé. Elle aboya :

— Dis-leur ! Vas-y ! Dis-leur que je ne plaisante pas.

Coralie se mit à paniquer.

— Je… je vous en supplie… faites ce qu'elle vous dit… j'ai une fille… je ne veux pas… je ne peux pas mourir. Ma fille…

— C'est bon ! Ta gueule ! coupa Steva en déposant la radio sur le bureau.

Soudain hystérique, Coralie se mit à se débattre, tout en hurlant des mots incompréhensibles. La Serbe la retourna d'un geste brusque pour lui faire face et la regarda droit dans les yeux. Elle leva le tournevis en l'air, s'apprêtant à frapper.

Coralie se figea et durant une seconde elle sentit le temps s'arrêter, comme on prend son élan avant le dernier grand saut. Mais un mouvement attira son attention. Dans le feu de l'action, Steva avait perdu Tanja de vue. Rapide comme l'éclair, l'Albanaise fondit sur son ennemie.

35

Lonay, jour J-1

Qui du tigre ou du lion est le plus fort ? D'aucuns diraient que ce n'est pas une question de masse musculaire ni de taille, que dans l'Antiquité les combats entre ces deux félins tournaient souvent à l'avantage du lion, qu'un tigre ne battrait jamais un lion. Le lion était un guerrier par excellence, il préférait mourir plutôt que de perdre.

Tanja bondit agilement par-dessus le bureau, sous les yeux stupéfaits de Coralie. Steva n'eut pas le temps de réagir, deux étaux saisirent son poignet armé et l'éloignèrent de Coralie dans une rotation violente. Elle fut contrainte de suivre le mouvement pour éviter que son épaule ne se déboîte. La torsion lui arracha un cri, elle ouvrit la main, le tournevis lui échappa et tomba au sol en même temps que les deux détenues.

Coralie s'était tue, plus aucun son ne sortait de sa gorge. Son instinct de survie lui dicta de s'éloigner du combat. Elle courut vers la porte rouge, restée ouverte depuis la fuite de Clem, mais elle s'arrêta sur le palier et se retourna.

Tanja et Steva se battaient au sol dans un corps-à-corps sans merci.

Entre feulements et rugissements, la lionne et la tigresse tentaient de donner des coups de poing et des coups de genou, aussitôt parés par l'adversaire. Aucun n'atteignit sa cible jusqu'à ce que Steva parvienne à faire valser Tanja dans une prise classique de judo. L'Albanaise fut projetée à plus d'un mètre par-dessus la Serbe, flotta un bref instant dans les airs et se rattrapa instinctivement en roulant sur le sol. Elle manqua de peu de s'envoyer la tête contre le mur de la pièce, prit appui contre celui-ci, se releva d'un bloc et fit volte-face.

La Serbe s'était relevée, elle aussi, et lui faisait face. En position de défense, les deux femmes s'observèrent quelques secondes, puis Steva balança un premier coup de pied circulaire, que Tanja évita. Cette dernière contre-attaqua. Sans plus de succès.

Coralie aurait voulu crier à l'aide dans le couloir, mais elle se retint, ne sachant pas qui cela alerterait en premier, des agentes de détention, d'autres détenues échappées de leurs cellules, des fantômes du DARD ou ceux, en treillis militaires, ayant appartenu par le passé aux Tigres d'Arkan et plus récemment au gang criminel des Pink Panthers.

Dans ce dernier cas de figure, c'était la mort assurée, pour elle et pour Tanja.

Coralie hésita un instant à venir en aide à Tanja, mais à l'évidence, le combat qui se déroulait sous ses yeux n'était pas fait pour elle. Un peu comme si elle décidait de sauter, nue et sans arme, dans une arène romaine avec deux fauves en furie.

Comme Clem, elle aurait pu fuir sans demander son reste, mais une force invisible la retenait inexorablement sur place. Comme si sa conscience l'empêchait d'abandonner Tanja à un sort incertain. Une petite voix lui susurrait aussi que si elle fuyait, elle ne saurait pas si, derrière elle, elle devrait craindre un danger ou espérer un soutien.

Steva se rapprocha de sa rivale et tenta un nouvel assaut,

coup de pied à hauteur du visage, cible ratée, suivi de deux atemis visant la gorge de l'adversaire. Deux coups similaires à celui qui avait ôté la vie à Pilar.

Tanja les para aussitôt, se replia sur elle-même et envoya un balayage au niveau des chevilles de la Serbe. Le mouvement circulaire atteignit son but, faucha la jambe sur laquelle Steva avait pris appui. Cette dernière chuta lourdement sur le côté. Tanja en profita pour lui sauter dessus avant qu'elle ne se ressaisisse.

Coralie regarda les deux fauves disparaître derrière le bureau. Elle ne put que deviner un déferlement de coups de poing assenés par Tanja à son ennemie dont elle ne voyait que les pieds, qui dépassaient de l'angle du meuble. Les jambes de la Serbe se débattaient, au début avec rage, puis plus mollement, jusqu'à ce qu'elles s'immobilisent et ne bougent plus.

À cet instant, Coralie vit apparaître le visage de Tanja par-dessus le bureau. L'Albanaise la regarda un bref instant, le visage rouge vif, et lui ordonna :

— Ne regarde pas !

Coralie ne comprit pas tout de suite, puis le bras de Tanja, armé du tournevis, jaillit, levé au-dessus de son adversaire vaincue. Coralie comprit. Elle enfouit son visage dans ses mains, jetant un coup d'œil interdit entre ses doigts à moitié écartés. Et là, elle vit ce qu'elle n'aurait pas voulu voir.

Elle vit Tanja frapper, frapper et frapper encore, dans un déferlement de haine et de violence. Elle vit les pieds de Steva être secoués de spasmes au début, puis ne plus réagir aux coups mortels qui continuaient et continuaient encore. Tanja en donna au moins une dizaine, peut-être une quinzaine, ou plus. Coralie ne put les compter.

Quand tout fut terminé, Tanja se releva dans la lueur glauque des néons. Depuis que l'électricité était revenue, le décor n'était plus rougeâtre, mais blanchâtre, de cette pâleur qui caractérisait la peau d'une détenue après dix jours au mitard. Dans la pièce, il n'y avait plus que deux points rouges : la porte et Tanja. De la tête aux pieds, l'Albanaise était recouverte du sang de Steva. Stupéfaite, Coralie contempla entre ses doigts le visage qui dégoulinait de cette vie qui s'était éteinte.

Coralie regardait Tanja, Tanja regardait Coralie. Elle tenait encore à la main le tournevis maculé de sang.

Coralie se sentait soulagée et inquiète à la fois. Soulagée d'être débarrassée de Steva une bonne fois pour toutes, inquiète de la réaction des hommes de la Serbe quand ils découvriraient que leur cheffe, qu'ils étaient venus libérer au prix de risques démesurés, était morte.

— Est-ce que tu étais obligée… ? demanda Coralie d'une petite voix.

— Une vie pour une vie, répondit Tanja en essuyant le tournevis contre son T-shirt.

— Pour trois vies, corrigea Coralie. Celles de Pilar et de Majo. Et celle de ce bébé kosovar qu'elle a assassiné.

— Dans ce cas, tu peux ajouter toutes les autres vies qu'elle a prises durant la guerre d'ex-Yougoslavie, durant ses activités criminelles et durant ses incarcérations. Perso, je ne comptais pas Majo.

— Pourquoi ? s'étonna Coralie.

— Parce que Majo, c'est toi qui l'as tuée.

— C'est injuste ! protesta Coralie. Tu sais que c'est faux. Tu as tout vu.

— Peut-être. Comme j'ai aussi vu qu'au moment de verser l'eau pour la seconde fois, tu as beaucoup moins hésité.

— Oui… À cause de ce qu'elle m'a fait dans son bureau, marmonna Coralie en baissant la tête.

— Cela valait-il un meurtre ?

— Un meurtre ? lança Coralie.

Elle releva vers Tanja des yeux atterrés.

— Ce n'était pas un meurtre, se défendit-elle. C'était un accident. Jamais je n'ai voulu...

— La tuer? Je sais. Mais tu l'as quand même fait. Sur ce coup-là, je dois malheureusement admettre que Steva avait raison: tu savais qu'en versant l'eau, il y avait un risque. Et tu n'en as pas tenu compte. En droit pénal, ils appellent ça un *meurtre par dol éventuel.*

— Mais je ne savais pas qu'elle était malade du cœur!

Coralie se mit à pleurer doucement. Silencieuse, elle observait le corps de la surveillante gisant à côté de la planche.

— Et puis, reprit-elle après de longues secondes de réflexion, c'est elle qui a installé cette salle de torture.

— Le juge en tiendra certainement compte, répondit Tanja.

— Le juge?

— Eh bien oui, que crois-tu? Si nous sortons vivantes de ce guêpier, si les hommes du DARD parviennent à neutraliser ceux de Steva avant qu'ils nous retrouvent et qu'ils nous tuent, des personnes devront rendre des comptes pour tout ce qui s'est passé ici ces dernières heures. Et pour la mort de Majo.

Tanja vit Coralie se décomposer.

— Mais ne t'en fais pas, reprit-elle en s'approchant du seau.

Elle retira son T-shirt ensanglanté, vida l'eau qui restait dans le récipient sur le sol puis essuya l'anse et les bords.

— Tout ce qu'ils trouveront, c'est l'ADN de Steva. Et peut-être un peu du mien dans un profil de mélange. Je te mettrai hors de cause.

— Pourquoi ferais-tu ça?

— Parce que tu as une fille. Et un avenir. Moi, je n'ai plus rien de tout ça.

— Ce n'est pas juste..., soupira Coralie.

— Rien n'est juste, dans ce monde. Tout n'est que gris clair ou gris foncé. Le blanc, le noir, ça n'existe pas.

Coralie renifla et sécha ses larmes.

— Et maintenant, qu'est-ce qui va se passer?

— Dans l'immédiat, le plus urgent est de faire en sorte de ne pas croiser les hommes de Steva. On va trouver un lieu où se cacher.

— Et si nous y arrivons?

— Eh bien, comme je te l'ai dit, il y aura une enquête sur ces évènements. Il faut s'attendre à une longue instruction. Mais avec un peu de chance, tu ne feras que quelques mois de détention provisoire avant d'être blanchie.

— Quelques mois? s'étrangla Coralie.

— Je ne te parle pas de l'instruction concernant ta fille. Je te parle du meurtre de Majo. Et de tout le reste.

— Mais je ne peux pas me permettre de passer quelques mois en détention! Pas même quelques semaines! Que va devenir ma fille?

— Je n'ai pas de réponse à cette question, Coralie. J'en ai bien peur.

Tanja regarda la porte rouge et reprit soudain, l'air inquiet:

— Au fait, où est Clem?

36

Lonay, jour J-1

Tanja se dirigea vers la porte rouge, tournevis à la main, et risqua un coup d'œil dans le couloir. En apparence, tout était calme dans le secteur. Elle revint vers le bureau, ramassa la radio, puis se tourna vers Coralie et fit un geste qui signifiait qu'elle devait la suivre. Elles sortirent, laissant derrière elles les corps sans vie de Steva et de Majo.

En marchant à pas de loup dans le couloir, prenant soin de ne pas faire de bruit et restant sur leurs gardes, elles regagnèrent l'étage par l'escalier. Le couloir supérieur était envahi de fumée, plus opaque sur la droite, légèrement dissipée sur la gauche. Début d'irritation des yeux et des narines.

— L'incendie n'est pas loin, lâcha Coralie, inquiète.

Tanja posa immédiatement un index sur ses lèvres, pour lui faire comprendre de parler moins fort.

— Ce n'est pas l'odeur du feu, répondit-elle. Ce sont des gaz.

— Des gaz?

— Fumigènes. Lancés par la police ou par les hommes de Steva, je ne sais pas. Évite de trop en inhaler. Enlève ton T-shirt et plaque-le contre ta bouche et ton nez.

Coralie s'exécuta, puis elle suivit Tanja dans le couloir de gauche, celui où la vision était meilleure et l'air plus respirable. Plus elles progressaient, plus un doute s'immisçait dans l'esprit de Coralie.

— On est en train de retourner vers l'unité 3, dit-elle. Pourquoi on ne cherche pas une sortie, plutôt ?

— Parce que toutes les sorties sont certainement gardées, soit par le DARD, soit par les hommes de Steva. Et crois-moi, il est préférable que nous ne tombions ni sur les uns, ni sur les autres. Au moins, l'unité 3, on connaît. On pourra s'y barricader.

— Tu crois que Clem y est retournée, elle aussi ?

— Peut-être. Un animal effrayé regagne toujours sa tanière.

Radio dans une main, tournevis dans l'autre, Tanja s'approcha de la porte de l'unité, toujours sur ses gardes. La lourde porte métallique était restée ouverte depuis leur départ.

— Clem ? appela Tanja.

Elle n'obtint en retour qu'un lourd silence, soudain brisé par un lointain coup de feu. Coralie sursauta et s'approcha tout près de Tanja, comme l'aurait fait un lionceau apeuré en se réfugiant entre les pattes de sa mère.

— Clem ? répéta Tanja.

Aucune réponse.

Toujours vigilantes, les deux détenues pénétrèrent dans le réfectoire de l'unité.

La lumière était allumée. Rien n'avait bougé, la table, les chaises et le frigo étaient à leur place. La fenêtre toujours ouverte. À l'extérieur, un ciel étoilé, aucun courant d'air. Même au milieu de la nuit, l'atmosphère demeurait suffocante.

Tanja et Coralie aperçurent, derrière la table, le corps de Pilar qui reposait au sol sur le dos, comme si elle dormait profondément. Une puissante émotion submergea Coralie, elle imaginait que, quelque part là-haut, Pilar souriait, comme si elle était soulagée d'avoir retrouvé sa fille Azaria.

Tandis que Coralie fixait le visage de la Jamaïcaine, Tanja s'avança encore un peu vers la cellule de Clem. Et là, elle resta figée sur le pas-de-porte, emmurée dans un lourd silence.

Coralie voulut la rejoindre, mais Tanja leva aussitôt une main ouverte vers elle. Une main qui voulait dire *stop, ne va pas plus loin*. Coralie s'immobilisa à son tour.

— Qu'est-ce qui se passe ? demanda-t-elle, inquiète.

— Reste où tu es ! ordonna Tanja d'une voix qui cachait mal ses émotions.

Elle posa le tournevis et la radio sur la table du réfectoire, puis disparut dans la cellule.

— Alba, qu'est-ce qui se passe ? répéta Coralie.

Les secondes s'égrenèrent, longues comme des minutes. Comme elle n'obtenait pas de réponse, Coralie s'avança à son tour vers la porte de la cellule. Et là, elle vacilla devant la scène qui s'offrait à elle.

Clem était dans sa cellule. Tanja avait passé un bras autour de son buste, tandis que de sa main libre, elle finissait de défaire un gros nœud coulant. Un drap torsadé, noué par un bout aux barreaux de la fenêtre ouverte. Et à l'autre extrémité, autour du cou de la victime.

Mous comme des chiffons, les bras de Clem pendaient le long de son corps inanimé. Elle était en position semi-assise, les jambes étendues devant elle, ses fesses ne touchaient pas le sol. Elle avait laissé le poids de son corps faire le reste. Sous son T-shirt ample, on devinait son ventre arrondi. Clem avait les yeux fermés, la bouche entrouverte, les lèvres violacées.

— Mon Dieu…, s'étouffa Coralie, horrifiée, les mains devant sa bouche.

— N'approche pas ! lui ordonna Tanja.

Le nœud autour du cou se détacha, le corps glissa au sol et tomba sur le côté.

— Elle est… ?

— C'est fini, confirma Tanja.

— Mais pourquoi elle a fait ça ?

Tanja se releva. Dans une main, elle tenait un bout de papier griffonné. En silence, elle s'approcha de Coralie et le lui tendit. Cette dernière le lut.

> *Tout espoir de sortir un jour de cet enfer s'est évanoui cette nuit. Je ne peux pas imposer ça à notre enfant. Je ne supporte pas l'idée de ne pas te revoir. Pardonne-moi, Simon. Je t'aime.*
>
> *Clem*

Coralie fondit en larmes et répéta :

— Mais pourquoi elle a fait ça ?

— Elle était trop fragile, répondit Tanja.

— On dirait que ça ne te touche pas, lui reprocha Coralie en pleurs.

— Tu te trompes.

— Et son bébé ? Peut-être qu'on peut encore faire quelque chose…

Tanja secoua négativement la tête.

37

Lonay, jour J

Au moins deux ou trois heures s'écoulèrent sans que rien ne se passe. Tanja et Coralie s'étaient retranchées dans la cellule numéro 5, couchées sur le lit du bas, dans les bras l'une de l'autre. Coralie avait eu du mal à accepter cette inaction temporaire, mais elle avait fini par se résoudre à laisser Tanja décider des opérations : se cacher là, attendre qu'il fasse jour et que les choses se soient calmées. Elles ne parlaient pas. Coralie jetait de temps en temps un coup d'œil à Tanja qui, tendue, restait à l'affût du moindre bruit. Bientôt gagnée par l'épuisement, Coralie s'était à moitié assoupie lorsqu'un nouveau coup de feu retentit dans les couloirs de la prison. Plus puissant que les précédents. Plus proche aussi.

Tanja sortit de la cellule et se précipita vers la porte de l'unité. Elle jeta un coup d'œil à l'extérieur, puis revint en arrière et, sous les yeux de Coralie qui s'était levée à son tour, se mit à pousser la table du réfectoire contre la porte.

— Qu'est-ce qui se passe ? demanda cette dernière, effrayée.

— Ils arrivent, cria Tanja.

— Qui ça ?

— Les hommes de Steva. Aide-moi, bon sang ! Va chercher les matelas dans les cellules !

— Mais ça ne suffira pas.

— Fais ce que je te dis !

Coralie apporta un premier matelas, qu'elle tendit à Tanja. Puis elle partit chercher le second, tandis que l'Albanaise érigeait une barricade contre la porte.

— Aide-moi pour le frigo, cria encore Tanja. On va l'appuyer contre les matelas.

— Mais…, bégaya Coralie, et s'ils utilisent des explosifs ?

— Ils n'oseront pas. Avec un peu de chance, ils penseront que nous retenons Steva et qu'elle est encore en vie. Ils ne prendront pas le risque de la tuer. Nous devons gagner du temps.

— Tu en es sûre ?

— Je ne suis sûre de rien.

— Peut-être qu'ils ont déjà trouvé le corps de Steva derrière la porte rouge.

— Dans ce cas, dit Tanja, nous sommes perdues.

Les pensées s'entrechoquaient dans le cerveau de Coralie. Elle revoyait Majo dans son bureau, bien vivante avec son regard lubrique fixé sur sa nudité, puis la défunte surveillante attachée sur sa planche de torture. Elle entendait encore sa voix résonner dans le réfectoire de l'unité, quand elle les appelait *les hamsters*. Les hamsters avaient tous fini par payer leurs crimes. Ou presque. Louise avait rejoint ses filles, Pilar la sienne. Le bébé que Steva avait précipité dans un pierrier était vengé. Par son geste désespéré, même Clem était devenue un hamster. Tanja et elle allaient bientôt laisser leur peau dans cette maudite taule. C'était une question de minutes.

Tanja rejoindrait sa mère et son fils. Mais Coralie ? Si elle mourait ici sans avoir parlé, elle condamnait Justine. Et deviendrait à son tour un de ces maudits rongeurs cannibales. Il n'en était pas question.

Coralie regarda la table, vit le tournevis et la radio. Elle prit les deux objets et rejoignit Tanja, en train de consolider son inutile barricade censée les protéger des monstres qui arrivaient. Tremblante, Coralie lui tendit la radio.

— Qu'est-ce que tu veux que je fasse de ça ? grommela Tanja.

— Appelle la centrale.

— Pourquoi ?

— Je ne sais pas faire fonctionner ce truc. Toi, tu sais. Dis-leur où est ma fille !

— Je ne comprends pas, répondit Tanja.

— Si je meurs, Justine mourra.

Un nouveau coup de feu éclata dans les couloirs, Coralie sursauta. Au bord de la crise de nerfs, elle insista pour que Tanja prenne la radio et aligna précipitamment les phrases. Sous le coup du stress, elle mâchait à moitié ses mots :

— Ma fille se trouve dans le sous-sol d'une cabane de pêcheur aux volets bleus, au bord du lac de Neuchâtel, chemin des Lacustres, à l'ouest d'Estavayer, à proximité de la STEP. Dis-le à la centrale ! Il faut que les gardiennes transmettent cette information à la police.

Nouveau coup de feu, encore plus rapproché.

— Vite ! cria Coralie en tremblant. Je t'en supplie !

Tanja hésita une seconde, puis elle prit la radio, l'approcha lentement de sa bouche et appuya sur le bouton de l'intercom, sans quitter Coralie des yeux.

— Centrale, vous avez entendu ?

Grésillement.

Réponse.

— On a entendu, Alba. On communique immédiatement l'information au procureur Jemsen.

Feux croisés

(Dernière partie)

38

Estavayer-le-Lac, jour J

Nul cri n'est plus terrifiant que celui d'un parent qui survit à son enfant. Le procureur entendit ce hurlement de douleur dont il n'aurait jamais voulu être à nouveau le témoin : celui de Gilles Amey, qui venait de comprendre que la police était arrivée trop tard.

Trois jours qu'ils avaient acquis la conviction que Justine était retenue prisonnière quelque part dans la Broye : Jemsen, Flavie, Garcia, Kneuss et tous les policiers neuchâtelois, fribourgeois et vaudois mobilisés sans relâche pour la retrouver étaient épuisés.

Trois jours que Garcia avait eu une idée un peu folle sur ce parking désert de la zone commerciale et industrielle de Payerne, que Flavie s'y était opposée dans un premier temps avant de s'y résoudre, que Jemsen avait bataillé ferme avec le juge Ecklin pour que le TMC finisse par l'approuver du bout des lèvres.

Trois jours à attendre un résultat, qui avait fini par arriver une heure plus tôt, alors que la nuit envahissait encore le paysage et les esprits de plus en plus pessimistes des enquêteurs.

Pendant ces trois jours, ils n'avaient pourtant pas chômé.

Trois jours plus tôt, Jemsen, Flavie et Garcia avaient quitté Payerne pour retrouver le juge Ecklin tard dans la soirée, au tribunal de La Chaux-de-Fonds. Une fois l'ordonnance de validation du TMC en poche, ils étaient redescendus au BAP à Neuchâtel et avaient attendu au moins deux heures l'arrivée des renforts pour la donnée d'ordres. Avant de regagner Payerne. Jemsen se souvenait encore du mandat démesuré qu'il avait donné oralement à tous les gendarmes fribourgeois et vaudois engagés :

« Je veux que vous passiez au peigne fin toute la région. Fouillez tous les sous-sols, les fermes isolées, les bâtiments abandonnés, je veux que vous retourniez toutes les pierres s'il le faut. Je veux que vous interrogiez tout le monde. Prenez au sérieux la moindre information que vous obtiendrez, le moindre coup de téléphone que vous recevrez. Parce que demain matin, à la première heure, nous lancerons un appel à témoins. Je veux qu'on explore toutes les pistes, même celles qui semblent le plus absurdes. Je veux que vous n'ayez plus qu'une pensée en tête ces prochaines heures, voire ces prochains jours : retrouver Justine Amey. Au travail ! »

Cette nuit, les enquêteurs avaient quitté les locaux de la police à Fribourg une heure plus tôt, dès que Tanja avait communiqué l'adresse où se trouvait Justine. Trois voitures banalisées et deux fourgons d'intervention lancés à vive allure à travers la Grande Cariçaie. Le chemin forestier au bord du lac, le bloc erratique, la station d'épuration. La nature sauvage tout autour. Et les premières lueurs de l'aube.

Les fourgons avaient libéré les hommes des groupes d'intervention du GRIF et du DARD, les fantômes s'étaient enfoncés dans les bois et avaient progressé jusqu'à la petite clairière ouverte en demi-lune sur le lac, avec sa cabane de pêcheur aux volets bleus.

Avec l'assentiment de sa greffière, le procureur avait donné le go de l'intervention, le cadre de porte de la cabane en bois avait volé en éclats et les spectres noirs avaient investi les lieux.

Une minute plus tard, tout avait basculé. Un membre du Groupe d'intervention était réapparu, blême, à la porte de la cabane. Il avait vomi tripes et boyaux.

La phrase que le chef du GRIF avait alors lâchée dans la radio résonnait encore dans l'esprit de Jemsen :

— Vous pouvez venir. Mais je vous préviens : ce n'est pas beau à voir.

Jemsen, Flavie et Garcia s'apprêtaient à entrer dans la cabane. Quelques mètres derrière eux, au-delà d'un cordon de sécurité formé par les hommes du DARD, Kneuss essayait de calmer Gilles Amey, tandis que les journalistes continuaient de filmer et de prendre des photos, immortalisant à la fois l'échec des enquêteurs et la détresse du père de Justine.

Le chef du GRIF apparut à la porte du cabanon. Il avait retiré son casque, mais conservé sa cagoule. Anonymat oblige, surtout avec la presse à proximité.

— Suivez-moi, dit-il, mais ne touchez à rien.

— Vous avez appelé la scientifique ? demanda le procureur en entrant en premier.

— Elle est en route.

La porte donnait directement dans la pièce principale. Le désordre régnait, le ménage n'avait pas été fait depuis des mois, peut-être des années. Partout, de la poussière, de la crasse et des toiles d'araignées. Encombré d'objets aussi divers qu'inutiles, le cabanon servait avant tout d'entrepôt de stockage. Derrière l'amoncellement de vieilleries en tout genre, on devinait un lit dans un coin de la pièce. Dans un autre, une cuisinière à gaz à côté d'un poêle. Au plafond de bois pendaient des filets de pêche à moitié déchirés.

La première chose qui avait frappé Jemsen en entrant était

l'odeur, âcre, piquante, nauséabonde. Celle d'un incendie plusieurs heures après l'extinction, mêlée à celle de la mort.

Flavie pénétra à son tour dans la cabane et protégea immédiatement ses narines et sa bouche dans le creux de son coude.

— À qui appartient cet endroit ? demanda-t-elle.

— On attend une réponse, répondit le chef du GRIF. Le registre foncier n'ouvre qu'à 8 heures. Et ses données en ligne ne l'indiquent pas.

La pièce n'était que faiblement éclairée par les reflets irisés du soleil levant sur le lac. L'homme en noir alluma une lampe torche et braqua le faisceau sur le sol, au centre de la pièce, le seul endroit qui n'était pas encombré de vieux meubles vermoulus et d'outils dont certains semblaient d'un autre temps.

Les planches du parquet avaient été découpées en un carré d'un mètre sur un. À la place se trouvait une trappe métallique de la même taille, incrustée dans une chape de béton. Sur la gauche, un tapis replié que les hommes du GRIF avaient dû retirer, dévoilant sur le sol un grand rectangle assez net autour de la trappe. Le tapis recouvrait l'accès et l'avait protégé de la poussière.

La trappe métallique était à moitié déformée, mais elle tenait encore en place. Dans un double œillet d'acier qui permettait le verrouillage de la trappe, un gros cadenas à l'arceau éclaté.

— Le travail de vos hommes ? demanda Garcia en désignant le cadenas.

— Non, répondit le chef du GRIF. Nous l'avons découvert ainsi. À l'exception du tapis, nous avons tout remis en place pour que vous puissiez vous rendre compte de l'état des lieux à notre arrivée. Nous allons vous montrer ce qu'il y a en dessous. Puis nous remettrons une nouvelle fois tout en place, en attendant l'arrivée de l'Identité judiciaire.

L'homme en noir s'approcha de la trappe, dégagea le

cadenas et ouvrit le panneau métallique. L'odeur de brûlé et de mort s'intensifia, comme si un souffle maléfique remontait des entrailles de la terre.

— C'est quoi, ce truc ? balbutia Jemsen en s'approchant du trou.

— Je ne sais pas, répondit le chef du GRIF. Une petite excavation en béton armé. Au début, j'ai pensé à un bassin souterrain pour les poissons. Mais on y a installé une douche, des toilettes et l'électricité. On dirait plutôt un abri antiatomique de fortune. Ou une cellule.

Le procureur se pencha pour regarder. L'homme en noir éclaira d'abord les murs du sous-sol, complètement noircis. Le faisceau de la lampe de poche traversait une légère brume.

— Ça fume encore ? demanda Jemsen.

— Non, répondit le chef du GRIF. C'est plutôt de la condensation due à l'humidité et à la chaleur de la terre. Je dirais que c'est arrivé hier.

— Mais qu'est-ce qui s'est passé ?

— Il faudra attendre les conclusions de l'Identité judiciaire. Mais *a priori*, on dirait qu'il y a eu une explosion. Vous voyez ces impacts contre les murs ?

L'homme en noir éclaira des petits trous dans les murs de la pièce excavée. Dans certains trous, on devinait des éclats de métal ternes et noircis, qui brillaient à peine à la lumière de la torche électrique.

— C'est le pire des scénarios, reprit le chef du GRIF. Une explosion dans un espace aussi confiné, c'est un peu comme si vous faisiez péter une grenade dans un blockhaus. Aucune chance d'en réchapper. Sauf que là, ce n'était pas une grenade. Il y a eu du feu, des flammes si violentes qu'elles ont tout carbonisé en un rien de temps. L'explosion a été suffisamment forte pour déformer cette trappe en acier et faire sauter le cadenas. C'est dire la puissance de la déflagration. Mais la structure a résisté et empêché que le feu ne se propage à la cabane. Les flammes ont tout brûlé en un temps record, mais ont aussi rapidement bouffé l'oxygène qui se trouvait dans le sous-sol. Le feu a fini par s'éteindre de lui-même. Il faut dire que là-dessous, il n'y a pratiquement que du béton.

L'homme en noir dirigea le faisceau de sa lampe vers le sol de l'abri souterrain, puis reprit :

— Et malheureusement un lit de camp et son occupante.

Flavie et Garcia s'étaient, eux aussi, approchés du trou. Au bas d'une échelle, simples arceaux en acier incrustés dans le mur, ils devinèrent la forme d'un corps méconnaissable, complètement calciné et à moitié fondu dans les structures déformées d'un lit pliable à l'armature métallique. Du matelas et des autres éléments combustibles qui meublaient l'abri, il ne restait pratiquement rien. Que des cendres.

39

Lonay, jour J

Plus de trente minutes s'étaient écoulées depuis l'appel radio de Tanja à la centrale.

Les deux détenues étaient assises sur le sol du réfectoire, dos collés aux matelas appuyés contre le tas de meubles qui barricadait la porte de l'unité. Sous le choc, semblant depuis un long moment perdue dans une sorte d'absence cotonneuse, comme pour se protéger du monde dément qui s'était déployé autour d'elle dans la nuit, Coralie revenait peu à peu à elle. Tanja l'avait prise dans ses bras.

Le silence avait envahi les lieux. Plus de détonation ni de coups de feu, aucune nouvelle de la centrale. Aucun bruit dans le couloir derrière la porte.

— Tu crois que c'est fini ? murmura Coralie.

— J'en doute, répondit Tanja. Si c'était fini, nous aurions déjà vu débarquer les matonnes ou les hommes du DARD.

— Alors, qu'est-ce qui se passe ?

— Je ne sais pas. Peut-être que les deux camps sont entrés en négociation.

— En négociation ? s'étonna Coralie. Tu as vu ces hommes sur les écrans de la prison. Ce sont des monstres. Ils ne sont pas là pour négocier.

Tanja resta muette et resserra l'étreinte protectrice. Coralie sanglotait doucement, blottie dans ses bras, comme elle l'avait fait des heures plus tôt dans ceux de sa mère de substitution. Louise lui manquait.

— Tu sais, reprit Coralie, je ne suis pas un monstre. Tout ce que j'ai fait, je l'ai fait pour protéger ma fille de son père. C'est lui, le monstre. Pas moi.

— Je le sais, répondit Tanja. Je sais jusqu'où une mère est prête à aller pour protéger son enfant. Même si, pour cela, elle doit transgresser les règles de la société et devenir une criminelle aux yeux des autres.

— C'est ce qui t'est arrivé ?

— Et bien pire encore. En croyant protéger ma mère et mon fils, je les ai tués.

— De tes propres mains ?

— Bien sûr que non. Mais j'ai provoqué la situation qui a engendré leur mort. C'est comme si je les avais tués de mes propres mains.

— Alors, c'était un accident ?

— Non plus.

— Raconte.

— Non. Je n'ai pas envie d'en parler.

Coralie entendit des trémolos dans la voix de Tanja. Elle n'insista pas.

— Quelque part, dit-elle presque apaisée, je suis soulagée d'avoir dit où se trouve Justine. Même si je sais qu'on va la rendre à son père. Mais quand je sortirai d'ici, je me battrai et je me battrai encore, comme une lionne, pour obtenir justice. Je me battrai contre vents et marées, parce que sur cette terre, ma fille est ma seule raison de vivre.

— Et tu la reverras.

— Peut-être seulement là-haut. Comme Louise avec Delphine et Marie. Comme Pilar avec Azaria. Comme toi…

— Ne dis pas de bêtises, Coralie. Je suis sûre que Justine va bien. Peut-être que Norbert Jemsen l'a déjà retrouvée ou qu'il est sur le point de la retrouver, grâce à toi et à ton courage.

— Je ne suis pas courageuse.

— Bien sûr que tu l'es. Il faut du courage pour avoir fait ce que tu as fait. Même si la police et la justice pensent que c'est un acte insensé. Un jour, tu sortiras d'ici et les choses rentreront dans l'ordre. Après une tempête, le calme revient toujours.

— Mais il n'efface jamais les dégâts causés.

Coralie se dégagea avec douceur des bras de Tanja et se leva.

— Qu'est-ce que tu fais ? demanda cette dernière.

— J'ai besoin d'air.

Coralie tenait toujours à la main le tournevis de Steva. Elle se dirigea vers la fenêtre du réfectoire, regarda à travers les barreaux et prit une profonde inspiration. Au-dessus de Lonay, l'aube tirait ses premiers traits orange pastel dans le ciel immaculé, l'air frais de la fin de la nuit envahit aussitôt les poumons de la détenue. Elle en profita. Dans quelques heures, l'air redeviendrait irrespirable à cause de la canicule.

— C'est une belle journée pour mourir, dit-elle, le regard perdu vers l'horizon, vers la liberté.

— Cesse de dire des conneries, ronchonna Tanja. Tu ne vas pas mourir. Pas aujourd'hui.

Coralie se retourna et lui fit face.

— Tu étais beaucoup plus défaitiste, il y a une demi-heure.

— Mais depuis, il ne s'est plus rien passé.

— Les hommes de Steva attendent peut-être en embuscade que l'on sorte d'ici.

— Ou ils ont fait demi-tour.

Coralie regarda une nouvelle fois à travers les barreaux. Le ciel, les arbres et les immeubles locatifs à l'extérieur de la prison, le mur d'enceinte, la cour de promenade, les murs et les fenêtres des bâtiments renfermant les autres unités carcérales. Pas un bruit, sauf celui, lointain et lancinant, de l'autoroute Lausanne-Genève.

— Tout est si calme, dit-elle. C'est bizarre, non ? Comme si tous les riverains de la prison n'avaient rien entendu, comme s'ils ignoraient ce qui se passe ici et que la vie continuait normalement pour eux.

— On les a sûrement évacués de leur logement, suggéra Tanja. Ou on leur a ordonné de rester chez eux durant l'intervention, pour éviter de recevoir une balle perdue.

— Dans ce cas, sourit Coralie, il y en a un qui n'obéit pas. Je peux le voir d'ici. Il fume et boit son café sur le balcon, comme si de rien n'était.

Coralie se tourna une nouvelle fois vers Tanja.

— Je te jure, il est si paisible. Comme toi dans les pires circonstances, comme si rien ne pouvait t'atteindre.

— Parce que plus rien ne peut m'atteindre.

— Si, la mort.

— La mort ne me fait pas peur. Je la vois comme une délivrance.

— C'est pour ça que tu es restée si insensible face à la mort de Louise, de Pilar et de Clem ?

— Je ne suis pas insensible, Coralie. Je suis fataliste. Contre la mort, tu ne peux rien faire. Quand la Grande Faucheuse frappe à ta porte, il est inutile de résister. Tu ne peux que lui ouvrir et l'accueillir à bras ouverts.

Coralie soupira.

— J'aimerais tant te ressembler, Alba. Réussir à avoir ce détachement, à conserver la maîtrise de soi en toutes circonstances, même dans les pires moments. Je t'admire, tu sais.

Et pourtant, pensa Tanja, *il n'y a rien d'admirable dans ce que j'ai fait. Ni dans ce que je suis en train de faire…*

Coralie ne disait plus rien. Elle regardait inlassablement par la fenêtre, tantôt à l'horizon au-delà du mur d'enceinte, tantôt dans la cour de promenade. Au fil des minutes, elle commença à marquer des signes de nervosité. Elle trépignait sur place, se retournait de temps à autre vers Tanja, la regardait dans les yeux, puis regardait la radio que l'Albanaise tenait toujours dans une main. Avant de tourner à nouveau le regard vers l'extérieur.

De plus en plus agitée, Coralie fit ce petit manège plusieurs fois, comme si son cerveau était en pleine ébullition, mais qu'elle ne parvenait pas à analyser la situation.

— Qu'est-ce qui ne va pas ? finit par lui demander Tanja.

— Tout ! répondit Coralie. Ou plutôt rien ! Rien ne va, rien ne colle. Toute cette agitation, tous ces morts. Et maintenant, ce calme insupportable…

Un petit rire nerveux s'échappa de sa bouche, puis elle reprit aussitôt :

— Tu connais le procureur Jemsen ?

Tanja marqua la surprise.

— Un peu, oui. C'est lui qui m'a envoyée ici.

— Pourtant, il m'a semblé si familier pour toi, quand tu as cité son prénom tout à l'heure.

— Ben, c'est parce que…

Tanja hésita et reprit :

— …c'est son prénom, voilà tout.

— Non ! rugit Coralie, comme si le lionceau avait soudain grandi.

Elle se mit à tourner sur elle-même, cherchant encore une explication.

— Non, répéta-t-elle en se parlant maintenant à elle-même. Non, ce n'est pas ça ! J'en suis sûre. Quelque chose ne colle pas.

— Je ne vois pas où tu veux en venir, dit Tanja en se levant.

— Reste où tu es ! lui ordonna Coralie en pointant vers elle le tournevis de façon menaçante. Laisse-moi réfléchir !

Tanja se tint debout devant la barricade improvisée et ne bougea pas.

— Quand tu as appelé la centrale tout à l'heure, la gardienne a simplement répondu : *On a entendu. On communique l'info au procureur Jemsen.*

— Et alors ?

— Elle n'a pas eu l'air surprise, elle n'a posé aucune question. Comme si elle attendait cette information. Information que tu n'as d'ailleurs pas répétée à la radio, je te l'ai dite avant de te donner la radio et que tu appuies sur le bouton. C'est comme si elle avait déjà entendu ce que je venais de te dire. Il y a des micros, ici, n'est-ce pas ? La centrale nous écoutait. Et toi, tu le savais.

— Calme-toi, tenta Tanja.

— Non, je ne me calmerai pas ! cria Coralie. Pas tant que je ne saurai pas ce qui se passe ici.

— Tu sais très bien ce qui se passe.

— Ah oui ? Et il est censé se passer quoi, à ton avis ? Une prise d'otages ? Une mutinerie ? Des explosions, des coups de feu. Rappelle-toi les images des caméras de la prison, sur l'écran derrière la porte rouge. Le mur, bon sang ! Le mur d'enceinte de la cour de promenade, avec ses écritures en grosses lettres blanches. Sur les images, le mur était à moitié éventré par une explosion. Et là, quand je regarde maintenant par la fenêtre, il est intact. Il n'y a aucune flamme, aucune fumée qui s'échappe des fenêtres des autres unités. Tout est calme, beaucoup trop calme. Dis-moi ce qui se passe !

Les derniers mots avaient jailli de la bouche de Coralie comme les eaux brûlantes d'un geyser en furie.

Pour toute réponse, Tanja lâcha un profond soupir, se tourna vers la barricade et commença à dégager les meubles qui obstruaient le passage.

— Qu'est-ce que tu fais ? aboya Coralie. Ne te défile pas ! Réponds-moi !

— Elle va te répondre, annonça soudain une voix venue d'outre-tombe.

Coralie sursauta et tourna la tête vers la porte de la cellule d'où venait la voix. Ce qu'elle vit la pétrifia, elle lâcha le tournevis qui rebondit sur le sol du réfectoire.

— Clem..., bégaya Coralie. Tu es... tu n'es pas...

— Elle n'est pas morte, dit une autre voix familière. Et moi non plus.

Coralie sursauta une seconde fois et resta figée face au spectacle improbable qui s'offrait à elle. À côté de la table du réfectoire, Pilar venait de se relever et la regardait.

Tanja se hâtait maintenant de pousser sur le côté les meubles qui entravaient la porte de l'unité. Coralie devina, dans l'entrebâillement, des mains qui l'aidaient à dégager le chemin depuis l'extérieur. Des mains féminines, pas celles de mercenaires serbes. Et quand enfin le passage fut dégagé, Coralie vit trois femmes pénétrer dans le réfectoire et se tenir debout, aux côtés de Tanja.

— Aucune de nous n'est morte, annonça Steva.

Sidérée, médusée, Coralie regarda tour à tour les six femmes qui la fixaient : Tanja bien sûr, mais aussi Clem, Pilar, Steva, Majo et Louise. Ses lèvres se mirent à trembler, des larmes perlèrent sur ses joues et elle balbutia avec peine :

— Mais... mais qui êtes-vous ?

40

La Chaux-de-Fonds, jour J-4

Il était presque minuit quand Jemsen et Flavie arrivèrent au tribunal. Ils garèrent la voiture sur une place réservée à la police, le long du mur de la vieille bâtisse située au 10 de l'avenue Léopold-Robert. Après un contact par SMS, le juge Ecklin vint les chercher, les fit entrer par une porte dérobée à l'arrière de l'immeuble et les conduisit dans son bureau au premier étage.

— Un café ? proposa-t-il.

La greffière déclina l'offre.

— Ce n'est pas de refus, répondit le procureur. Noir et sans sucre. La nuit risque d'être longue.

— À qui le dites-vous ? ironisa le juge, visiblement irrité d'avoir dû retourner sur son lieu de travail à une heure aussi tardive.

Tout comme le ministère public, le TMC effectuait des services de permanence. Mais il était assez rare que ceux-ci requièrent une intervention du juge durant la nuit. Les mises en détention, les autorisations de mesures de surveillance secrète et autres compétences de ce tribunal pouvaient généralement attendre le lendemain.

Ecklin servit deux cafés, Flavie accepta un verre d'eau, puis le juge reprit :

— J'ai bien reçu votre requête tendant à autoriser une investigation secrète dans la prison de Lonay. Je ne vous cacherai pas mon embarras et j'aimerais obtenir quelques garanties de votre part avant de la valider.

— Les conditions légales d'une infiltration sont remplies, monsieur le juge, répondit Jemsen. L'enlèvement et la séquestration font partie des infractions permettant une telle mesure. Et jusqu'à présent, tous les autres actes d'enquête accomplis ont échoué.

— Je sais tout cela. C'est écrit noir sur blanc dans la requête que votre greffière a eu l'amabilité de m'envoyer par courriel, un peu plus tôt dans la soirée. Mais le problème est ailleurs : l'article 281 alinéa 3 du Code de procédure pénale interdit l'utilisation de dispositifs techniques, comme des caméras ou des micros, pour enregistrer à des fins probatoires le comportement d'un prévenu en détention.

— Cet article ne concerne pas la procédure relative aux agents infiltrés, intervint Flavie.

Le juge leva vers elle un regard étonné. Il était peu courant qu'une greffière s'immisce dans des discussions juridiques. Mais le cas de Jemsen était un peu particulier et le duo soudé qu'il composait avec Flavie connu de tous dans le milieu judiciaire.

— Peut-être, répondit Ecklin. Mais quelle garantie me donnez-vous qu'aucun support de son et d'image ne sera utilisé par l'agent lors de l'infiltration ?

— Pas à des fins probatoires, dit le procureur. Je vous en donne ma parole, monsieur le juge.

— Que voulez-vous dire par là ?

— Que s'il y a des enregistrements, ils ne seront pas utilisés à titre de preuves et ne figureront pas dans le dossier.

Le juge leva vers le procureur des yeux suspicieux.

— Vous marchez sur des œufs, Jemsen. Que comptez-vous faire exactement avec cet agent infiltré ?

— Le TMC n'a pas besoin de connaître la logistique de l'opération.

Ecklin sourit.

— C'est vrai. Mieux vaut peut-être pas, d'ailleurs. Mais je tiens tout de même à vous rappeler cette affaire de *cold case* zurichois.

Le juge sortit de son dossier un arrêt du Tribunal fédéral et lut à haute voix :

— *En septembre 2020, la Cour suprême du canton de Zurich a acquitté un homme accusé de l'assassinat de son épouse. La victime avait été abattue en 2009 à bout portant devant le domicile conjugal. Dans sa décision, la Cour suprême a considéré comme inexploitables les aveux que l'homme avait formulés en 2015 dans le cadre d'une investigation secrète. Un agent infiltré avait d'abord noué une amitié avec l'intéressé, puis une autre agente avait par la suite joué un rôle de voyante. Dans ce cadre, les deux agents s'étaient servis de la crainte de l'homme à l'égard des forces occultes, et notamment de sa croyance en la présence d'un esprit maléfique chez la victime. Ils lui avaient offert leur protection s'il faisait table rase et acceptait de se confier à eux. L'homme avait fini par avouer son crime à son pseudo-ami.*

Ecklin reposa la feuille de papier et ajouta :

— La cellule infiltration de la police judiciaire fédérale, qui a donné un coup de main aux Zurichois pour résoudre ce *cold case*, est allée très loin dans ses méthodes. Trop loin selon le Tribunal fédéral. Traces de mains ensanglantées sur le pare-brise de la voiture du prévenu pour lui faire croire au fantôme de sa femme, bouteille d'eau bénite à verser à l'endroit où il avait enterré le corps qu'on n'avait jusque-là pas retrouvé, pour lui faire croire que c'était le seul moyen de chasser l'esprit maléfique de la revenante, mais surtout – bien évidemment – pour le forcer à dévoiler le lieu de la sépulture. Grâce à ces méthodes peu orthodoxes, la police a retrouvé le corps de la victime. Malheureusement, le TF a retenu que des aveux obtenus dans le cadre d'une investigation secrète, après avoir exercé une pression illicite sur la personne concernée, ne pouvaient pas être utilisés pour la condamner. Il en va du droit fondamental de toute personne à ne pas s'auto-incriminer. Voulez-vous prendre le risque qu'il en aille de même pour Coralie Amey ?

Jemsen sourit à Ecklin et répondit :

— À vrai dire, monsieur le juge, les deux situations sont différentes à plus d'un titre. Mais surtout, je ne vous cacherai pas que je m'en fiche pas mal, à ce stade, de savoir si Coralie Amey sera condamnée ou non. Nous ne cherchons pas un cadavre ni la preuve d'un meurtre. Nous n'enquêtons pas pour tenter d'élucider un *cold case*. Nous cherchons une jeune fille disparue. Et nous souhaitons la retrouver vivante, avant que sa disparition ne se transforme en meurtre, c'est tout ce qui compte. La procédure pénale qui suivra importe peu.

Ce fut au tour d'Ecklin de sourire.

— En définitive, monsieur le procureur, vous êtes prêt à franchir la ligne rouge pour retrouver cette gamine.

— Sans aucune hésitation.

— Dans ce cas, pourquoi demander l'autorisation du TMC pour cette infiltration ? Vous auriez pu vous en passer.

— Pas tout à fait, répondit Jemsen. Tout d'abord, votre autorisation sera nécessaire pour convaincre le directeur de la prison de Lonay de coopérer. Ensuite, je ne veux pas contraindre la police à agir en dehors du cadre légal. Nous assumerons les éventuelles conséquences quant aux méthodes choisies. Mais si conséquences il y a, elles seront exclusivement juridiques, comme dans le cas zurichois que vous avez cité, et je les assumerai seul. Il n'y aura de risques pénaux ou disciplinaires ni pour l'agent infiltré, ni pour les autres enquêteurs engagés sur cette affaire.

— En résumé, conclut Ecklin, si je comprends bien, c'est aussi sur moi que reposera la responsabilité d'avoir autorisé cette infiltration si elle s'avère par la suite illégale.

— Que risquez-vous exactement, monsieur le juge? De vous faire désavouer un jour par une autorité de recours? Ça fait partie du jeu. Vous et moi, nous le savons. Il n'est jamais agréable de recevoir un arrêt qui ne va pas dans le sens de sa décision initiale. Mais entre nous, ça ne m'a jamais empêché de dormir.

— Il en va tout de même de ma crédibilité, Jemsen.

— Répondez donc à cette seule question, monsieur le juge: quel est le poids de votre crédibilité, dans la balance de la justice, comparée à la vie d'une enfant?

41

Neuchâtel, jour J-3

Dix minutes et un second café plus tard, Jemsen et Flavie quittèrent le tribunal régional des Montagnes et du Val-de-Ruz avec, en poche, l'ordonnance signée par le juge Ecklin. Le TMC autorisait la mise en place d'une infiltration dans le cas Coralie Amey.

Le procureur et sa greffière retrouvèrent le commissaire au neuvième étage du BAP, salle de pause de la police judiciaire. Garcia faisait face aux baies vitrées qui donnaient sur la rue éclairée des Poudrières et, au-delà, sur le lac. Quelques petits points lumineux rouges et verts, clairsemés, marquaient l'emplacement de bateaux : sorties nocturnes bienvenues en cette période de fortes chaleurs, festives pour les uns, romantiques pour les autres. Les navigateurs ignoraient que, dans les terres qui les encerclaient, un drame se jouait.

Garcia était au téléphone et carburait lui aussi à la caféine.

— Combien de temps te faut-il pour finaliser les montages ? demanda-t-il à son interlocuteur.

La réponse fut brève.

— Parfait, reprit l'OPJ. Je ne te remercierai jamais assez, Manu. On se rappelle tout à l'heure.

Et il raccrocha.

— Alors ? demanda-t-il en se retournant vers le procureur et sa greffière.

Flavie déposa l'ordonnance du TMC sur la table.

— Ça n'a pas été facile, dit Jemsen, mais par chance, Ecklin est un juge intelligent et pragmatique.

— Génial ! s'exclama le commissaire. J'étais à l'instant au téléphone avec l'inspecteur Junod, de la police genevoise. Vous vous souvenez de lui ? Je vous en avais parlé dans le cadre de l'affaire du Philatéliste. Un petit génie de l'informatique, qui travaille pour la BRES.

La BRES était la Brigade romande d'enquêtes secrètes, chargée de la formation des agents infiltrés et des *covermen*, les personnes de contact, pour toute la Suisse francophone. Elle assurait aussi la logistique des missions d'infiltration d'une certaine importance, par la mise à disposition des personnes et des moyens adéquats.

Garcia jeta un coup d'œil à l'horloge murale de la salle de pause – 1 heure du matin passée – et il ajouta :

— Mais j'en reparlerai tout à l'heure. Elles devraient arriver d'ici quelques minutes.

Jemsen et Flavie observaient les cinq femmes qui, tour à tour, avaient rejoint la cafétéria du neuvième. Chacune avait amené avec elle un gros sac de sport qui contenait ses effets personnels : vêtements et affaires de toilette pour une période indéterminée – probablement quelques jours – de vacances à l'ombre. Adresse de l'hôtel : prison de La Tuilière à Lonay.

Comme l'exigeait le Code de procédure pénale, chaque agente devait recevoir, directement du procureur en charge de l'affaire, les instructions relatives à sa mission. Par la suite, une fois l'infiltration commencée, chaque agente n'aurait alors plus de contact qu'avec son *coverman*. Garcia assurerait ce rôle pour chacune.

— Je vous présente tout d'abord l'adjudante Duvillard de l'OFDF, l'Office fédéral de la douane et de la sécurité des frontières. Elle travaille aux enquêtes pour la région Jura-Neuchâtel. Sa légende : Marjorie Delley alias Majo, surveillante de la prison, nouvellement affectée à l'unité 3 pour les besoins de la mission. Comme c'est la seule qui pourra aller et venir librement entre l'intérieur et l'extérieur de l'établissement, respectivement entre le secteur de détention concerné et son bureau gracieusement mis à disposition par le directeur de Lonay, c'est elle qui jouera l'intermédiaire entre les autres agentes infiltrées et moi pour la transmission des informations et des ordres. L'adjudante Duvillard a également travaillé par le passé pour Fedpol et son unité d'intervention Tigris. Dans ce cadre, elle a reçu une formation un peu spéciale, en particulier de résistance à certaines formes de torture comme le *waterboarding*.

Garcia passa à la suivante, visiblement la plus âgée de toutes.

— Voici l'inspectrice Vaudan, de la police cantonale valaisanne. Sa légende : Louise Brossard. La BRES l'a choisie, parce que moyennant quelques rides en plus, des lentilles de contact bleues et une petite retouche à sa coupe de cheveux – nos maquilleurs font des miracles – elle correspond physiquement, à peu de chose près, à la mère de Coralie Amey, décédée d'un cancer il y a trois ans à La Chaux-de-Fonds. Coralie était très attachée à sa mère et sa mort a été un choc pour elle. Nous comptons là-dessus pour créer un lien assez fort entre les deux femmes, lien que nous briserons dans la foulée. Première étape de déstabilisation.

Le commissaire désigna ensuite une grande perche à la peau basanée, au corps athlétique et aux longs cheveux noir ébène.

— L'agente Dilonardo, de la police de l'aéroport de Genève. Très sportive, trop peut-être pour l'occasion, marathonienne et vainqueur de la dernière course de l'Escalade.

Elle va également passer entre les mains expertes de nos maquilleurs pour un vieillissement de la peau, une coupe de cheveux rasta et des lentilles qui lui donneront des yeux injectés, signe d'une consommation régulière de cocaïne et de médocs. Sa légende : Pilar Feliz, Jamaïcaine impliquée dans un réseau international de trafic de stupéfiants entre l'Amérique latine et l'Europe.

Infiltrée suivante.

— La gendarme Hürni, de la police cantonale fribourgeoise. Sa légende : Clémence Chopard, alias Clem, détenue enceinte de plusieurs mois, sur le point d'accoucher en prison. Nous espérons exacerber l'instinct maternel de notre cible. Et bien sûr, une fois le but atteint, nous briserons à nouveau le lien.

— Mais dites-moi, intervint Jemsen, un peu inquiet, en s'adressant à l'intéressée, vous n'êtes pas véritablement enceinte ?

— Bien sûr que non, monsieur le procureur, répondit-elle en souriant. Je ne prendrais pas ce risque.

— Nos maquilleurs, reprit Garcia. Fais-leur confiance, l'illusion sera parfaite.

Puis il passa à la dernière agente, une petite boule de nerfs au crâne rasé. Flavie se dit qu'elle n'aurait pas voulu la croiser inopinément, tard le soir, dans une ruelle sombre et déserte de Neuchâtel.

— La lieutenante Saïd, de la police cantonale vaudoise, instructrice en sécurité personnelle à l'académie de Savatan, maîtrise plusieurs langues, dont l'arabe et le serbo-croate. Sa légende : Steva Nikolic, ancienne criminelle de guerre et membre des Pink Panthers.

L'agente adressa un salut militaire un peu obséquieux à Jemsen.

— C'est un honneur de travailler pour vous, monsieur le procureur. J'ai beaucoup entendu parler de vous et le commissaire Garcia m'a dit que vous pourriez partager avec moi votre expérience passée dans les Balkans, durant le conflit de l'ex-Yougoslavie. Ça pourrait m'être utile pour peaufiner ma légende. Mais avant cela, j'aimerais savoir jusqu'où nous pouvons aller pour faire craquer la cible.

Jemsen repensa aux avertissements du juge Ecklin, à l'affaire zurichoise de la fausse voyante. Il balaya tout ça de son esprit et répondit :

— Vous avez carte blanche.

Les cinq femmes avaient quitté la salle pour une autre, elles n'avaient que peu de temps à disposition, le reste de la nuit, pour peaufiner leurs légendes et se mettre d'accord sur les détails du scénario que leur avait dépeint Garcia dans les grandes lignes. Elles devraient ensuite intégrer la prison de Lonay, avant que Coralie Amey, actuellement détenue dans une cellule de garde à vue du BAP, n'y soit conduite à son tour par les agents de sécurité.

— Comment se positionne le directeur de La Tuilière par rapport à tout ça ? demanda Jemsen.

— Dès l'instant où l'infiltration est autorisée par le TMC, il accepte de jouer le jeu, répondit Garcia. Mais demain à la première heure, il en informera le service pénitentiaire vaudois. J'imagine qu'il préfère se couvrir.

— Je peux comprendre.

— Évidemment, il m'a dit qu'il était obligé de mettre dans la confidence une partie de son personnel.

— Cela va de soi. Et par rapport aux autres détenues de l'établissement ? Je sais qu'il n'y aura aucun contact entre l'unité 3 et les autres secteurs de la prison. Mais elles entendront les détonations et les coups de feu, même s'il ne s'agit que de bruitages.

— Il fera circuler l'information qu'il s'agit d'un exercice. Sauf dans l'unité 3, bien entendu, qui sera complètement cloisonnée du reste de l'établissement.

— Et le voisinage immédiat de la prison ?

— Les bruitages seront limités à l'intérieur de la prison et amplifiés dans l'unité 3, ainsi que dans les autres zones que nous exploiterons, par un système de haut-parleurs. En principe, ils seront inaudibles de l'extérieur.

— Et si c'est tout de même le cas ? Vous ne craignez pas que des voisins de la prison appellent les médias ?

— C'est un risque que nous devons courir. Nous y avons réfléchi, mais sommes parvenus à la conclusion qu'il serait dangereux de communiquer préalablement aux journalistes l'organisation d'un exercice. L'information pourrait parvenir aux oreilles de Coralie Amey.

Garcia résuma encore à Jemsen et Flavie les services qu'il avait demandés à Manu Junod, le génie en informatique de la police genevoise.

— Et Tanja ? demanda Flavie. C'est une vraie détenue, elle. Elle ne travaille plus pour la police, même si elle a été agente infiltrée par le passé. Je sais que le Code de procédure permet d'engager des non-policiers pour ce genre de mission. Vous croyez qu'elle acceptera ?

— Nous verrons bien, répondit Garcia.

— Mais elle est au mitard, fit remarquer Flavie. Je sais de quoi je parle, ma dernière visite à Lonay a été annulée à cause de sa punition.

— Nous le savons aussi. Dès que les agentes seront en place, l'adjudante Duvillard alias Majo ira la chercher et lui proposera le deal.

— Et si elle refuse ?

— Son séjour au mitard sera prolongé jusqu'au terme de la mission.

— C'est dégueulasse, s'offusqua la greffière.

— Mais c'est comme ça. Nous ne pouvons pas courir le risque qu'une détenue se balade dans l'établissement en connaissant la vérité sur ce qui va s'y passer.

— Et si elle accepte, je pourrai quand même lui rendre visite ?

— Oui, ce serait même souhaitable, car aux yeux du personnel ou des autres détenues qui ne seront pas dans la confidence, bouleverser des habitudes risquerait de paraître suspect. Mais en aucun cas, lors de cette visite, vous ne devrez parler avec Tanja de l'opération en cours. Vous devrez vous limiter à des échanges de banalités.

— Et si c'est elle qui me parle de Coralie Amey ?

— Ça m'étonnerait. Si Tanja est dans la confidence, elle ne prendra pas ce risque. Mais si jamais cela arrive, vous devrez peser chaque mot de la conversation, comme si des oreilles non autorisées vous écoutaient. Vous vous en sentez capable ?

— Je crois que oui. Une dernière question, toutefois : que peut espérer Tanja en retour de sa coopération ? La liberté ?

Jemsen répondit à la place de Garcia :

— Faut pas rêver, Flavie. Mais j'ai parlé de tout cela avec Dan et il pourrait témoigner lors de son prochain procès. Si la coopération de Tanja permet de retrouver Justine en vie, elle pourrait espérer une remise de peine de la part du tribunal. En tout cas, mon nouveau réquisitoire ira dans ce sens. Le jour où elle sortira de prison, Alba Dervishaj disparaîtra à jamais et Tanja Stojkaj pourra enfin refaire sa vie, sous sa vraie identité ou sous une autre.

42

Lonay, jour J

Les morts s'étaient relevés, aurait-on pu écrire dans la Bible à la suite du chapitre 26, verset 19, du livre d'Ésaïe. Devant la fenêtre du réfectoire, Coralie tournait sur elle-même comme une hélice. Elle avait pris sa tête dans ses mains comme dans un étau et la secouait de droite et de gauche, cherchant à remettre de l'ordre dans ses idées. Plus rien n'avait de sens. Soudain, elle se pencha, ramassa le tournevis à ses pieds et braqua nerveusement la lame en direction des six femmes qui lui faisaient face.

— Qui êtes-vous ? Mais qui êtes-vous, bon Dieu ? répétait-elle en boucle.

— Pas celles que tu croyais, répondit Clem en soulevant son T-shirt et en dévoilant un faux ventre arrondi en silicone.

Elle décrocha l'objet retenu par une lanière dans son dos et le laissa tomber au sol.

— Mais…, balbutia Coralie, j'ai cru que… je t'ai vue… pendue dans ta cellule…

— Tu as vu ce que nous voulions que tu voies, répondit Tanja. Comme pour Pilar, Majo et Steva.

— Mais, Steva… Je t'ai vue la poignarder… plusieurs

fois… tu t'es relevée… tu étais recouverte de son sang de la tête aux pieds…

— Une poche de faux sang, répondit la Serbe, que nous avions pris soin de dissimuler sous le bureau avant de t'emmener dans cette pièce.

— Et Majo… je l'ai vue, elle aussi…

— Un bon entraînement permet de résister au *waterboarding*, surtout s'il n'est pas trop prolongé. Steva et Clem se sont assurées que tu relèves le seau suffisamment tôt. Pour le reste, nous avons simplement transformé un local technique à notre sauce.

— Mais… je ne comprends pas… la porte rouge… et cette détenue qui a disparu…

— La porte rouge, nous l'avons peinte avant-hier matin, juste avant ton arrivée ici, pour renforcer la légende de Pépita. Mais Pépita n'existe que dans ton esprit, Coralie, parce que nous l'avons inventée de toutes pièces et tout fait pour que tu y croies. Il n'y a jamais eu de détenue nommée Pépita dans cette prison. Du moins, pas ces dernières années. Aucune détenue qui se serait mystérieusement volatilisée d'entre ces murs. Aucune agente de détention sadique, ni aucune séance de torture. Tout ça n'a existé que dans ton imagination, parce que nous l'avons voulu.

Coralie donnait l'impression de comprendre de moins en moins la situation. Ou peut-être que son esprit, tout simplement, refusait de voir et d'admettre l'impensable.

— Qui êtes-vous ? répéta-t-elle en s'effondrant en pleurs.

— Des agentes de police, répondit Louise.

Coralie regarda, sans la croire, celle qui ressemblait tellement à sa défunte mère, avec sa coiffure blanche à l'identique et son chignon au sommet du crâne. Sauf que les yeux bleus de Louise n'affichaient plus la même fatigue et qu'elle n'avait visiblement plus aucune peine à se tenir debout ni à se déplacer. Toute expression de douleur avait disparu.

— Je… je ne vous crois pas ! cria Coralie. Je… j'ai vu le reportage sur Steva à la télévision… les horreurs qu'elle a commises au Kosovo…

— Un montage, répondit Pilar. Fabriqué de toutes pièces par notre service informatique.

— Mais… mais non, ce n'est pas possible… Le journaliste de la RTS… c'est celui qu'on voit d'habitude au JT… je…

— L'intelligence artificielle permet de faire des miracles, Coralie.

— Comme pour les images des caméras de vidéosurveillance de la prison, et le son des explosions et des coups de feu, compléta Majo. Rien de tout cela n'a existé, il n'y a jamais eu d'attaque des Pink Panthers pour libérer Steva, ni d'intervention du DARD.

Coralie commençait à peine à comprendre que les six femmes qui se trouvaient en face d'elle l'avaient bernée sur toute la ligne.

— Mais pourquoi ? demanda-t-elle d'une petite voix.

Tanja s'avança vers elle.

— Pour que tu avoues, Coralie. Que tu nous dises où se trouve Justine.

Coralie lâcha un hoquet de surprise, puis deux petits rires saccadés. Incrédule, elle s'exclama :

— Tout ça… pour ça ?

— Pour la vie d'une enfant, répondit Tanja. Maintenant, pose ce tournevis et suis ces femmes. Elles vont t'emmener.

— Pourquoi ?

— Parce que d'autres agents de police vont t'interroger.

— Mais pourquoi ? Vous savez déjà tout.

— C'est la procédure.

— Et ma fille ?

Tanja ne répondit pas et se tourna vers les cinq policières qui se trouvaient derrière elle. Elle attendait qu'une d'elles réponde à sa place, mais tout ce qu'elle lut dans leurs yeux fut de la surprise. Steva tendit les bras et fit un pas en avant.

Tanja comprit qu'elle cherchait à lui venir en aide, que le danger arrivait de l'autre côté. Elle se retourna d'un bloc et n'eut que le temps de voir un bras armé s'abattre sur elle. La lame du tournevis pénétra profondément dans sa chair, à la base du cou. Une vive douleur l'envahit aussitôt. Et les dernières choses qu'elle vit et entendit avant de s'évanouir furent le regard haineux et la voix hystérique de Coralie.

— Tout ça pour m'enlever Justine et la rendre à son connard de père ! Tu m'as trahie, Alba ! Tu m'as trahie ! Crève, salope !

Clem et Louise se précipitèrent vers Tanja, dont le corps avait glissé au sol. Le sang giclait par saccades, Louise tentait tant bien que mal de compresser la plaie.

— L'artère sous-clavière est touchée, cria Clem en se retournant vers Majo. Les secours, vite !

Déjà, la fausse surveillante s'était emparée de la radio pour appeler des renforts.

Steva et Pilar avaient bondi pour s'interposer entre Coralie et les autres, mais elles restaient sur leurs gardes, à bonne distance de Coralie qui avait reculé vers la fenêtre et continuait de vociférer des injures à tout-va.

— Calme-toi, lui dit Steva. L'une de vous a un flingue ? cria-t-elle à la cantonade sans cesser de surveiller Coralie.

— Tu sais bien que non, répondit Pilar, le directeur de la prison l'a interdit au sein de l'établissement. Pose ce tournevis ! ajouta-t-elle à l'intention de Coralie.

Mais déjà, celle-ci avait appuyé la lame sur sa propre carotide, menaçant de se suicider.

— N'approchez pas ! hurla-t-elle. Restez où vous êtes !

— Ne fais pas de bêtise, Coralie, dit Steva. Ça n'en vaut pas la peine. Pense à ta fille.

La haine avait de nouveau fait place à un torrent de larmes.

— C'est vous qui n'avez pas pensé à Justine, répondit Coralie en pleurant.

À l'autre extrémité du réfectoire, la radio crépita dans les mains de Majo. Une voix féminine retentit :

— Adjudante Duvillard ?

— Je vous écoute.

— L'ambulance est en route.

— Quand va-t-elle arriver ?

Il y eut un bref silence, puis l'opératrice annonça :

— Je vous avertis quand elle est là.

Majo regarda Clem et Louise. Cette dernière maintenait la pression sur la blessure de Tanja, toujours inconsciente. Majo lut dans les yeux de Clem que la situation était préoccupante.

La radio crépita à nouveau.

— Adjudante Duvillard, la détenue Amey est avec vous ?

— La situation n'est pas vraiment sous contrôle, répondit Majo. Pourquoi ?

— Il y a un problème. Il serait préférable qu'elle ne regarde pas la télévision.

— Qu'est-ce qui se passe ?

— Je ne peux rien vous dire pour le moment.

Majo comprit.

— Merde ! souffla-t-elle.

S'adressant à Steva et Pilar, elle lâcha nerveusement :

— Intervenez, nom de Dieu ! Maîtrisez-la !

Trois mètres séparaient les deux policières de Coralie, qui menaçait toujours de se planter le tournevis dans la gorge.

— On ne peut pas, répondit Steva. C'est trop risqué.

— Reculez ! hurla Coralie, qui marchait en crabe, pas à pas, vers sa cellule.

— Fais pas de connerie, Amey, dit Pilar, les bras toujours tendus devant elle, prête à se défendre au moindre signe d'attaque ou à bondir sur Coralie à la première seconde d'inattention de sa part.

Steva et Pilar s'écartèrent légèrement, Coralie glissa

contre le mur et pénétra dans sa cellule. S'assurant que les deux policières n'entrent pas à leur tour, elle saisit la télécommande de la télévision de sa main libre, alluma et se mit à zapper rapidement, passant de chaîne en chaîne jusqu'à tomber sur celle de RTS La Première. L'écran affichait 6 heures du matin, la radio romande diffusait en direct l'émission La Matinale. Le journal était filmé, les titres et les premiers sujets déjà passés. Une journaliste commentait :

Dans un communiqué publié hier soir, le ministère public vaudois a annoncé avoir déposé auprès du tribunal d'arrondissement de Lausanne l'acte d'accusation et le dossier dirigés contre Aloïs Lanteret, le chef de l'armée suisse, suspendu de ses fonctions depuis qu'une femme l'a accusé de viol en début d'année. Cette affaire, on le rappelle, fait grand bruit dans les hautes sphères de l'Administration et les différents milieux politiques. L'avocat du commandant de corps Lanteret a rappelé que son client conteste les faits qui lui sont reprochés et qu'il compte plaider son acquittement. Quant au procureur général du canton de Vaud, il a annoncé qu'il soutiendrait personnellement l'accusation et qu'il espère que le procès puisse avoir lieu avant la fin de l'année.

— Coralie, je t'en supplie, dit Majo qui venait de s'immiscer entre Steva et Pilar, à la porte de la cellule. Éteins ça.

Mais Coralie ne l'écoutait pas, elle regardait la télévision, sans cesser d'appuyer la lame du tournevis contre sa gorge. La journaliste changea de sujet.

Drame, maintenant. Depuis trois jours déjà, les polices neuchâteloises, fribourgeoises et vaudoises fouillaient la Broye à la recherche de la petite Justine Amey, douze ans, disparue de son domicile de Dombresson après avoir été enlevée par sa mère. Cette dernière a été rapidement arrêtée, mais elle a toujours refusé de dire aux enquêteurs où elle avait caché sa fille.

La journaliste disparut de l'écran et fut remplacée par des images du terrain. Coralie reconnut aussitôt la petite clairière en demi-lune au bord du lac et la cabane de pêcheur aux volets bleus. Sur les images, on voyait des policiers en civil, des gendarmes et des hommes du Groupe d'intervention. La voix d'un autre journaliste se mit à commenter les images.

Ce matin à l'aube, les forces de l'ordre, accompagnées du procureur neuchâtelois Norbert Jemsen, ont investi cet endroit, à l'ouest de la commune d'Estavayer-le-Lac. On ne sait pas comment les enquêteurs ont réussi à identifier le lieu où était retenue la petite Justine Amey, ils se refusent pour l'heure à tout commentaire. Mais ce que l'on sait, c'est qu'ils sont malheureusement arrivés trop tard. L'enfant n'a pas survécu à sa séquestration.

Coralie afficha soudain une mine à moitié incrédule, à moitié horrifiée.

— Mais non…, balbutia-t-elle. Non… J'ai…

D'après les premiers éléments de l'enquête, poursuivit le journaliste, il semblerait qu'une explosion soit à l'origine du décès. Les enquêteurs attendent l'arrivée sur place de la police scientifique et du médecin légiste.

— Non ! cria Coralie. Non ! Ce n'est pas possible ! C'est impossible ! Je…

L'image changea, montrant son ex-mari face à la caméra, un micro devant lui. Gilles Amey pleurait et peinait à s'exprimer.

> *Elle l'a tuée,* lâcha-t-il entre deux sanglots. *Mon ex-femme a assassiné notre fille. J'espère qu'elle paiera pour ça. Et je verrai aussi avec mon avocat si nous envisageons une plainte contre la police et le procureur pour non-assistance à personne en danger.*

— C'est toi, l'assassin ! hurla Coralie en fixant l'écran. C'est toi, le monstre !

Elle se laissa aller contre le mur de la cellule. Majo fit un pas à l'intérieur et dit d'une voix calme :

— Coralie, pose ce tournevis, s'il te plaît.

— Non, répondit-elle d'une petite voix. Non, Gilles a raison. J'ai tué Justine…

Et sous les regards impuissants de Majo, Steva et Pilar, Coralie ferma les yeux, serra fermement le manche du tournevis de ses deux mains, appuya d'un coup sec et enfonça la lame de l'outil dans sa gorge.

43

Epalinges, jour J+1

Depuis la veille au soir, de violents orages s'étaient abattus sur la Suisse romande et la France voisine. Les températures avaient chuté de dix degrés au moins.

Les essuie-glaces balayaient le pare-brise à la vitesse maximale, le clapotis de la pluie résonnait dans l'habitacle.

Garcia conduisait la vieille Subaru des stups. À sa droite, Jemsen semblait perdu dans ses pensées. Le cœur des deux hommes ressemblait à la météo du jour. Maussade.

Comme pratiquement tous les jours de l'année en début de matinée, le tronçon Yverdon-Lausanne était encombré. Entre les pendulaires de Neuchâtel, de Fribourg et du Nord-Vaudois d'une part, et les frontaliers qui descendaient du Doubs depuis la douane de Vallorbe d'autre part, c'était l'enfer. Depuis des lustres, des voix s'élevaient pour réclamer une troisième piste autoroutière, comme celle prévue sur l'axe Lausanne-Genève. Des voix, bien entendu, aussitôt contrées par les mouvements écologistes.

L'opération montée par la BRES n'avait connu aucune faille et on aurait presque pu parler d'un succès. Jusqu'à son épilogue, qui s'était transformé en cauchemar. Pour finir, on ne reconnaîtrait que son résultat : un échec.

Dans ce monde lancé à cent à l'heure, le succès était une normalité, et la normalité ne méritait aucune louange. On ne jugeait les gens que par leurs erreurs, la pointe de l'iceberg. La partie immergée, le succès, restait invisible.

Quand les ambulanciers étaient arrivés à la prison de Lonay, ils n'avaient pu que constater le décès de Coralie Amey. Les agentes qui lui avaient prodigué les premiers secours n'avaient rien pu faire pour la sauver.

Tanja avait été emmenée en urgence au CHUV, l'opération s'était révélée longue et délicate, le pronostic vital demeurait réservé, même si les médecins semblaient plutôt optimistes.

Dès qu'elle avait appris la nouvelle, Flavie avait quitté précipitamment Estavayer-le-Lac, direction l'hôpital vaudois. Elle y avait passé la journée de la veille et toute la nuit, probablement à tourner en rond dans l'attente d'informations du corps médical. De temps à autre, elle avait appelé Jemsen pour le tenir au courant de l'évolution de la situation. Mais depuis minuit, plus rien. Peut-être avait-elle fini par s'endormir, épuisée, sur la banquette d'un couloir des urgences ou dans le fauteuil d'une chambre aseptisée.

Le sort de Coralie et de Tanja touchait évidemment le procureur, qui partageait aussi la douleur de sa greffière. Mais ce qui le rongeait par-dessus tout, c'était l'image, gravée à jamais dans son esprit, du corps carbonisé de Justine. La mort d'un adulte était pénible. Celle d'un enfant, insurmontable.

Au fond de la pièce bétonnée et excavée de la cabane de pêcheur, la police scientifique fribourgeoise avait retrouvé les restes d'un autocuiseur, d'une casserole et d'une bonbonne de gaz complètement éventrée.

— Mais putain, grommela soudain Jemsen, brisant un long silence alors qu'ils approchaient du contournement autoroutier de Lausanne. Qu'est-ce qui a bien pu traverser l'esprit d'une mère pour ne pas imaginer un tel danger pour sa fille ?

— Entre le stress de l'enlèvement et celui de se savoir traquée, répondit Garcia, je doute que Coralie ait pensé à ce genre de détail.

Un détail qui avait coûté la vie à une enfant.

— Mais elle avait préparé son coup, protesta Jemsen. Elle connaissait cet endroit, elle l'avait aménagé avant l'enlèvement de Justine.

— Probablement dans la précipitation. Dans son esprit, ça ne pouvait être qu'une solution transitoire. Peut-être avant d'envisager une fuite à l'étranger. Cette femme n'avait que peu de ressources. Elle devait être complètement paumée. Et rappelle-toi ce qu'en disent les psychiatres qui la suivaient : elle ne réfléchissait pas comme tout le monde.

— C'est tout de même à Préfargier qu'elle a connu le propriétaire de cette cabane. Comment cela a-t-il pu nous échapper ?

— Tu as entendu le médecin-chef de la clinique : c'était lors d'un premier séjour de Coralie dans l'institution, il y a longtemps, bien avant la séparation d'avec son mari. Ce pêcheur souffrait de gros troubles psys, lui aussi. Paranoïa, complotisme. Il était sûr que notre monde courait à sa perte et il avait développé un mode de vie survivaliste, d'où la construction de cet abri de fortune. Il avait dû en parler à Coralie dans le cadre de leur hospitalisation. Les médecins ont dit qu'ils étaient devenus très proches. Ils les avaient même suspectés, à l'époque, d'entretenir des relations intimes. Puis ce pêcheur s'est suicidé. Et tout le monde l'a oublié.

— Sauf Coralie…, murmura Jemsen, tandis que Garcia s'engageait dans l'échangeur de Villars-Sainte-Croix, direction l'Est-Vaudois et le Valais. Pourquoi n'a-t-on pas démoli cette cabane après la mort du pêcheur ?

— Parce qu'il avait deux enfants et qu'ils se disputent, encore aujourd'hui, la succession. La cabane n'a aucune valeur en soi, mais le terrain au bord du lac vaut une petite fortune.

À partir de la Blécherette, la circulation devint un peu plus fluide. Garcia poursuivit jusqu'à la sortie Lausanne-Vennes et prit la direction d'Epalinges, où se trouvait le CURML, le Centre universitaire romand de médecine légale.

— Et le téléphone de Justine ? demanda Jemsen. Est-ce qu'on sait si elle a tenté de joindre sa mère ?

Le portable avait été retrouvé par la police scientifique, à moitié fondu, dans une main du petit cadavre carbonisé. Jemsen imaginait le pire, la fillette encore en vie et grièvement blessée par l'explosion, tentant d'appeler au secours.

— L'appareil est entre les mains de notre service d'investigation numérique, répondit Garcia. La coque est très endommagée, mais par chance, la carte SIM et les circuits internes semblent intacts. L'analyse est en cours.

La doctoresse Selina Argento accueillit le procureur et le commissaire directement en salle d'autopsie. Sur la table centrale en inox, le corps de Justine reposait sous un drap blanc.

Sur place se trouvait aussi l'inspecteur Rosset, du commissariat forensique de la police neuchâteloise. Il portait autour du cou un appareil photo.

— Vos conclusions, docteur ? demanda Jemsen.

La médecin légiste leur tendit un petit pot d'onguent nasal contre les mauvaises odeurs, le procureur et le commissaire déclinèrent. Elle retira le drap blanc de la table d'autopsie, dévoilant le corps complètement brûlé, méconnaissable.

— Deux enfants en deux jours, répondit Argento. Sans compter l'autopsie du corps de Coralie Amey, que je vais devoir effectuer cet après-midi sur mandat du ministère public vaudois. Vous me devez un dîner, monsieur le procureur.

Jemsen émit un sourire pincé et relança :

— Alors, vos conclusions ?

— Dans les cas d'incendie, le but de l'autopsie est de vérifier que les brûlures sont bien la cause du décès. Mais dans les cas d'explosion, les corps présentent souvent, associées aux brûlures, des lésions polytraumatiques et des lésions de blast.

— De blast ? demanda Jemsen.

— L'éclatement de l'organisme dû à l'onde de choc provoqué par l'explosion. Dans le cas de cette jeune fille, l'incendie qui a suivi l'explosion n'est pas la cause de la mort. Je peux vous dire avec certitude qu'elle n'a pas inhalé de fumées et que ses voies respiratoires, au-delà des cordes vocales, ne présentent aucune trace de suie, ni aucune atteinte d'origine thermique. L'analyse sanguine confirme l'absence d'intoxication massive au monoxyde de carbone et à l'acide cyanhydrique, ce qui prouve qu'elle ne respirait plus au moment de l'incendie.

Jemsen regarda plus attentivement le corps de Justine : cette peau noirâtre, épaisse, desséchée et craquelée. Il n'en restait aucun lambeau intact. Sous l'effet de la chaleur, une importante rétractation tissulaire avait occasionné des éclatements cutanés au niveau des anses intestinales. Malgré la carbonisation étendue, certains organes internes, thoraciques et abdominaux, apparaissaient à l'air libre. Les viscères avaient un aspect cuit, spongieux et déshydraté, comme le sang, présent en certains endroits sous la forme d'une pâte rougeâtre.

Un détail interpella le procureur.

— Vous n'avez pas pratiqué d'incision en Y, docteur. Comment savez-vous que les bronches et les poumons n'ont pas été touchés ?

— Bien vu, répondit la légiste. En fait, c'était inutile, et je vais vous expliquer pourquoi. En premier lieu, l'analyse histologique des prélèvements de viscères et de peau a confirmé le caractère post-mortem des brûlures.

— C'est donc l'explosion qui l'a tuée ?

— Non plus, répondit Argento. L'analyse toxicologique des fragments cutanés a permis de dépister la présence d'un accélérant sur tout le corps. En d'autres termes, après la mort de cette gamine, quelqu'un a arrosé son cadavre avec de l'essence et y a mis le feu.

— C'est en effet l'incendie qui a fait exploser la bonbonne de gaz et non l'inverse, confirma l'inspecteur scientifique Rosset.

— Voyez-vous, reprit la légiste, la carbonisation criminelle d'un corps en extérieur, par exemple dans une forêt ou dans un champ, est la plupart du temps incomplète, car elle nécessite une trop grande quantité de liquide inflammable. Elle est plus complète quand elle est réalisée dans un lieu clos, comme c'est le cas ici.

Jemsen et Gracia ouvrirent de grands yeux incrédules.

— C'est donc un meurtre ? s'étrangla à moitié le procureur.

— Non plus, répondit Argento.

— Je ne comprends pas, intervint Garcia. Ça ne peut pas non plus être un suicide, puisque Justine était déjà morte quand on l'a aspergée d'essence. Est-ce que sa mère aurait voulu couvrir un accident ?

— Impossible, répondit Rosset. Les analyses démontrent que les faits se sont passés la veille de la découverte du corps. Donc, Coralie Amey était déjà en prison.

— Je ne comprends plus rien, balbutia Jemsen, complètement désarçonné.

Argento et Rosset affichaient tous les deux un petit sourire en coin, qui agaça aussitôt le magistrat instructeur.

— Je vais tout vous expliquer, dit la légiste. À commencer par l'examen radiologique qui a précédé l'autopsie. Dès les résultats de celui-ci, j'ai immédiatement compris qu'une autopsie complète serait inutile. Voilà ce qui s'est passé…

44

DOMBRESSON, JOUR J+1

Cet après-midi-là, le temple de Dombresson était bondé. Datant du XVIIe siècle, il avait été entièrement restauré et orné de vitraux du peintre suisse Aloys Perregaux, suite à un incendie qui avait ravagé sa toiture durant l'été 1994.

Des gens d'ici et d'ailleurs étaient venus en masse pour assister à la cérémonie d'adieu à Aurélie Gonin et témoigner leur soutien à ses parents. Les bancs de l'église étaient pleins à craquer, les personnes debout occupaient le moindre espace libre et les plus courageux, ceux qui n'avaient pu accéder à l'édifice religieux faute de place, suivaient le service funèbre retransmis à l'extérieur par des haut-parleurs, à l'abri de parapluies, sous une pluie battante. La voix de la pasteure résonnait aux quatre vents.

> *La mort fait partie de la vie… mais pour qui reste, elle est d'abord une relation coupée. Devant le cercueil, notre connaissance s'arrête. Mais une espérance peut être chuchotée. Elle vient d'ailleurs, nous la transmettons : depuis Pâques, la mort n'a plus le dernier mot. Nous croyons que chaque*

personne, avec son histoire unique, est connue et aimée de Dieu. C'est ce qui lui donne sa valeur. Une telle cérémonie dit cette dimension unique de chaque être aux yeux de Dieu. Elle rassemble celles et ceux qui veulent prendre congé de la personne défunte et la remettre à Dieu. Aujourd'hui, vous êtes, toutes et tous, ici présents pour dire au revoir à Aurélie et la confier à l'éternelle bonté du Seigneur. Notre Seigneur…

Jemsen et Garcia s'approchèrent de Gilles Amey. Le directeur des pompes funèbres avait revêtu son plus bel habit et se tenait, digne, à côté du corbillard garé à proximité du temple. À la fin de la cérémonie, la Mercedes noire au coffre surdimensionné et aux vitres teintées à l'arrière emporterait le cercueil d'Aurélie Gonin pour son dernier voyage, vers le crématorium.

En voyant le procureur et le commissaire, Amey se tourna vers son employé et lui demanda poliment de le laisser seul avec les enquêteurs. Le jeune homme ne posa aucune question et s'éloigna en direction de l'église.

— Bonjour messieurs, les salua froidement Amey. Pensez-vous réellement que votre présence soit opportune en ces circonstances ?

— Nous pourrions vous retourner la question, répondit Jemsen. Ne venez-vous pas de perdre votre fille ?

— Par votre faute.

— Vous savez que c'est faux. Mais j'imagine que vous allez répondre que nous verrons cela avec votre avocat, n'est-ce pas ?

— Ce n'est pas moi qui l'ai dit, monsieur le procureur. La vie continue, mon travail aussi. J'ai promis mon aide aux parents d'Aurélie. Et je tiens ma promesse.

— Et nous, la nôtre, répondit sèchement Garcia.

— Laquelle ?

— Celle de retrouver votre fille et d'arrêter le coupable.

Amey ne sourcilla même pas. Un peu plus bas dans la rue, il avait aperçu la voiture de gendarmerie et compris qu'ils étaient là pour lui.

— J'imagine que vous savez tout?

— Bien sûr, répondit Jemsen. Mais il était inévitable que la vérité éclate au grand jour et vous ne pouviez qu'en être conscient. C'était seulement une question de temps.

— Évidemment, confirma calmement Amey. J'espérais simplement que vous arriveriez après cette cérémonie. Où est Justine?

Les conclusions de la doctoresse Argento résonnaient encore dans l'esprit de Jemsen.

Un médecin légiste devait systématiquement répondre à une série de questions. S'agit-il d'un corps humain? C'était le cas. La victime était-elle vivante lors de l'incendie? Non. Y a-t-il des traces de violence *ante mortem*? Oui, plusieurs plaies perforantes au niveau de l'abdomen. Quelle est la cause du décès? Hémorragie massive consécutive à plusieurs coups de couteau. Lame courte, de type petit couteau suisse. Et cette dernière question : peut-on identifier la victime?

« L'ADN a parlé, avait conclu la légiste. Ce corps n'est pas celui de Justine Amey, mais celui d'Aurélie Gonin. À vrai dire, je le savais déjà au moment de l'examen radiographique. Et sous les tissus carbonisés, au moment des prélèvements cutanés, j'ai retrouvé l'incision en Y que j'avais pratiquée trois jours plus tôt. On ne cuisine pas un plat déjà cuisiné. En conséquence, pourquoi autopsierais-je un corps que j'ai déjà autopsié? »

Trois jours plus tôt, au terme de l'autopsie d'Aurélie Gonin, la doctoresse Argento avait conclu au suicide, le procureur avait ordonné la libération du corps, puis les pompes funèbres Amey étaient venues le chercher au

CURML, pour le ramener à Neuchâtel et le rendre à sa famille.

Jemsen répondit, écœuré :

— Justine va bien. Les gendarmes l'ont trouvée tout à l'heure à votre domicile. Elle leur a ouvert la porte. Ils sont avec elle, actuellement.

— Tant mieux, lâcha Amey. Vous savez ? Je n'ai jamais fait de mal à ma fille.

— Nous le savons. Elle vient de le répéter aux gendarmes. Sinon, elle ne vous aurait certainement jamais téléphoné depuis Estavayer pour vous dire où elle se trouvait et vous demander de venir la chercher. Le service informatique de la police a retrouvé l'appel dans son portable.

Amey sourit.

— Coralie n'a jamais dû l'imaginer capable de cela en lui laissant son téléphone. Sa folie l'empêchait de voir la réalité en face. Justine veut vivre avec moi, pas avec elle. Elle considère sa mère comme une malade.

— Elle a effectivement répété cela aux gendarmes tout à l'heure, confirma Jemsen. Nous n'avons aucune raison de ne pas la croire. Mais pour l'instant, elle ne sait pas que sa mère s'est suicidée. Tout comme les parents d'Aurélie Gonin ignorent que le cercueil devant lequel ils pleurent dans cette église est vide. Vous êtes odieux, monsieur Amey ! Vous avez manipulé tout le monde, dans cette affaire.

— Je n'ai fait que m'adapter aux opportunités qui s'offraient à moi. Jusqu'à l'appel de Justine, j'étais mort d'inquiétude et j'ai été sincère avec vous.

— Pourquoi ne l'avez-vous pas été jusqu'au bout ? Il vous aurait suffi de nous dire la vérité : que juste après l'arrestation de votre femme, Justine vous a appelé et que vous vous êtes déplacé jusqu'à Estavayer pour la récupérer. L'affaire aurait été terminée.

Amey soupira.

— Et quelques mois plus tard, Coralie aurait été libérée et tout aurait recommencé. Hors de question ! Alors, une idée a germé dans mon esprit…

— Éliminer une bonne fois pour toutes votre ex-femme de l'équation, c'est ça ? Vous saviez que Justine était tout pour Coralie et qu'elle refuserait de survivre à la mort de sa fille. Vous avez simulé le décès accidentel de Justine et manipulé les médias pour que l'information arrive jusqu'à la prison. Vous saviez qu'en apprenant cela, Coralie se suiciderait.

— Je vous le répète, insista froidement Amey : le jour où cette malade aurait été libérée, elle aurait aussitôt recommencé. Je le sais et vous le savez aussi ! Je ne voulais plus vivre dans la peur. Au moins, aujourd'hui, je suis libre de vivre ma vie sans craindre les menaces cette folle. Et ma fille aussi.

— Libre ? s'étonna Jemsen. Mais vous allez finir en prison, monsieur Amey.

Le directeur des pompes funèbres défia le procureur du regard.

— De quoi comptez-vous m'accuser exactement ? De meurtre ? Est-ce que le fait d'espérer le suicide d'une personne et que cette personne passe à l'acte fait de moi un meurtrier ? Vous savez bien que non. Je n'ai tué personne. Je ne suis pas responsable de ce qui s'est passé dans cette prison.

— Incitation au suicide, répondit Jemsen. Article 115 du Code pénal.

— Je n'ai jamais incité Coralie à se suicider. Pour ça, il aurait fallu que je puisse lui parler ou lui écrire. Je n'ai rien fait de tout cela.

— Mais vous l'espériez.

— Encore une fois, espérer la mort de quelqu'un ne fait pas de vous un criminel.

— Nous verrons bien.

Amey sourit.

— Je vais être franc avec vous, monsieur le procureur. Hier après-midi, j'ai mis mon avocat dans la confidence. Je lui ai tout raconté, tout ce que j'ai fait sans omettre le moindre détail. Il m'a aussi parlé de cette infraction. Comme il m'a parlé de l'entrave à l'action pénale et de l'atteinte à la paix des morts, concernant l'usage que j'ai fait du corps d'Aurélie. Des avis médicaux concluront que je n'avais pas mon plein discernement dans les circonstances tragiques de ces derniers jours. J'étais un père désespéré, au bout du rouleau, prêt à tout pour sauver ma fille. Je suis une victime dans cette affaire, tout comme Justine. Mon casier judiciaire est vierge, mon passé irréprochable, un grand nombre de témoins de moralité pourront défiler au tribunal. Si je suis condamné, j'obtiendrai le sursis et vous le savez. Quant au TMC, je doute qu'il accepte de me placer en détention provisoire avant mon procès. Les faits sont clairs, je les admets, il n'y a aucun risque de collusion. Je n'ai aucune intention de fuir, je suis né en Suisse, j'ai la nationalité suisse, aucune attache à l'étranger, ma vie est ici, avec ma fille. Quant au risque de récidive… Pourquoi récidiverais-je? Coralie est morte.

— Vous me faites vomir, lâcha Jemsen.

— Je n'en doute pas, monsieur le procureur. Mais jamais le TMC ne prendra le risque de séparer une nouvelle fois Justine de son père, surtout après ce qu'elle vient de vivre.

Jemsen et Garcia se regardèrent, impuissants. Ils savaient au fond d'eux qu'en dépit de ce qu'il avait fait et du dégoût qu'il leur inspirait, Gilles Amey avait raison sur toute la ligne: le droit pénal avait ses limites.

45

Lausanne, jour J+2

Le monde de l'infiltration était celui des apparences et de la manipulation. Un peu comme la magie. Blanche ou noire, propre ou sale, elle influait sur les esprits, souvent les plus faibles, pour leur faire voir une vérité qui n'existait pas. Et dans ce monde, chacun avait son talon d'Achille, sa part de faiblesse.

Jemsen se réveilla au petit jour dans un appartement qu'il ne connaissait pas. Une chambre au plafond haut, un grand lit, deux draps séparés parce que la locataire des lieux avait ses habitudes. Un chat aussi, qui répondait au doux nom de Scalpel. À côté de lui, Selina Argento dormait encore, profondément, épuisée par son travail des derniers jours. Le dîner de la veille avait été particulièrement plaisant, la nuit qui avait suivi, plus encore. Féline, aurait-on pu dire en référence à une célèbre série de comics. Délicatement, Norbert déposa un baiser sur le front de Selina et se leva discrètement.

Il s'avança, nu, vers la fenêtre grande ouverte. Au pied de la ville endormie, le Léman affichait des taches d'huile légèrement irisées. Les premières lueurs de l'aube caressaient les sommets des Alpes savoyardes. Les orages et les pluies diluviennes des dernières trente-six heures cédaient la place au retour d'une nouvelle journée estivale.

Toujours en veillant à faire le moins de bruit possible, Jemsen s'habilla et griffonna un petit mot sur un bout de papier : *Je t'appelle dans la journée. N.* Il le déposa sur son oreiller, puis quitta l'appartement de la légiste sur la pointe des pieds.

Il n'était pas tout à fait 6 heures du matin quand le procureur arriva au CHUV. Circulation facile, même s'il fallait encore respecter la limitation de vitesse nocturne du trente à l'heure. Une mesure qui faisait grincer des dents dans certains milieux, qui accusaient la gauche et les écologistes d'asservir Lausanne sous d'inutiles contraintes. Genève parlait d'instaurer des péages aux portes de la ville. Et d'autres grandes agglomérations envisageaient carrément d'interdire les voitures. Le monde filait inexorablement, par des cascades sournoises de décisions politiques discutables, vers la mort des petits commerçants et la transformation progressive des centres-villes en cités-dortoirs.

À cette heure matinale, les couloirs aseptisés de l'hôpital étaient calmes. Jemsen se rendit au comptoir des urgences et fut accueilli par une infirmière.

— Bonjour, dit-il en sortant sa carte de légitimation. Je suis le procureur en charge de l'affaire Alba Dervishaj. La doctoresse Argento vous a laissé un certificat pour moi.

L'infirmière ne parut pas surprise par cette visite, on l'avait prévenue. Elle le salua à son tour, farfouilla parmi les documents empilés dans un bac en plastique et trouva celui qu'elle cherchait.

— Le voici, dit-elle en le lui tendant. Pas courant qu'un médecin légiste signe un certificat de décès. Mais j'imagine que tout est en ordre. En tout cas, les pompes funèbres Amey sont passées hier soir pour prendre en charge le corps et l'emmener au CURML. Pauvre Mme Dervishaj, je ne sais pas ce qu'on lui reprochait exactement ni pourquoi elle était en prison. Sa blessure n'était finalement pas si grave et son état s'était stabilisé. Le médecin s'apprêtait même à valider son retour à Lonay. Terrible, cette histoire de choc anaphylactique. Ici, personne n'a compris son décès.

— L'autopsie apportera certainement des éclaircissements, répondit simplement Jemsen. Il faut attendre le rapport de la légiste.

— Oh, vous savez, ce genre de document ne circule pas à notre niveau. Il reste entre les mains de la direction et des médecins. Mais à titre personnel, j'aurais bien voulu savoir.

Le procureur connaissait déjà les conclusions de Selina, ils en avaient discuté la veille au soir : choc anaphylactique de grade quatre, arrêt circulatoire ayant entraîné le désamorçage de la pompe cardiaque. *Origine indéterminée*, préciserait-elle dans son rapport pour éviter toute question d'une responsabilité éventuelle de l'hôpital dans le décès. De toute façon, Alba Dervishaj n'avait aucune famille et personne n'aurait de raison de réclamer des investigations médico-légales plus poussées.

— Les mystères de la vie et de la mort, conclut Jemsen avec un discret sourire.

Il prit le certificat de décès, remercia l'infirmière et repartit.

Épilogue

La Grande Béroche, jour J+2

Depuis qu'elle avait perdu sa fille et son mari, Flavie habitait seule dans un petit appartement, sur le littoral ouest du canton de Neuchâtel. Jemsen sonna et entra. Il trouva sa greffière et le commissaire Garcia assis au salon, en pleine conversation autour d'un café.

— Comment va-t-elle ? demanda-t-il.

— Elle se repose, répondit Flavie.

Le procureur s'avança vers la porte de la chambre à coucher et l'entrouvrit. Tanja dormait au milieu du grand lit, la couverture remontée sous les aisselles. Au-dessus de son épaule gauche à moitié dénudée, à la base du cou, un pansement recouvrait la plaie.

Blotti contre elle, en boule sur la couverture, Lucifer dormait lui aussi. Le chat d'Ana Bartomeu n'avait visiblement pas oublié celle qui, le temps d'un court trajet entre Genève et Lonay quelques mois plus tôt, n'avait cessé de le couvrir de tendres caresses.

— Tout est en ordre ? demanda Garcia, quand Jemsen referma la porte de la chambre.

— Je crois. Au CHUV, on se pose plein de questions

sur la mort d'Alba, mais Selina Argento y répondra dans la journée.

— Comment as-tu fait pour la convaincre ?

— Je lui ai offert à dîner.

— Mais encore ?

Jemsen hésita, puis lâcha :

— Je lui ai raconté toute l'histoire de Tanja. Du moins, tout ce qu'elle avait besoin de savoir. Je lui ai aussi parlé de la BRES et de la raison d'être de cette brigade. Je crois que l'idée de collaborer aux missions d'infiltration a réveillé en elle le fantasme de l'espion.

— Pour Tanja, intervint Flavie, vous êtes sûr que c'était nécessaire ? Plus il y a de gens au courant, plus élevé est le risque de…

— C'était indispensable, coupa Jemsen. Sinon, Selina n'aurait jamais accepté de prendre tous ces risques. Simuler un faux examen médico-légal de la blessure de Tanja sur mon ordre, administrer une substance qui arrête temporairement le cœur et donne l'illusion parfaite de la mort, signer un faux certificat de décès… et aujourd'hui encore, établir le faux rapport d'une autopsie qui n'aura jamais lieu.

— La cellule *backstopping* de la BRES imagine et met en œuvre ce genre de pirouettes tous les jours pour les scénarios des infiltrations, commenta Garcia. Et je suis content de pouvoir compter désormais sur une médecin légiste dans ce cadre. C'était une corde qui manquait à notre arc.

— D'accord, finit par approuver Flavie. Mais pour Gilles Amey, c'était une folie de le mêler lui aussi à ce subterfuge.

— Nous en avons déjà parlé hier, répondit Jemsen. Les journalistes qui ont suivi l'affaire Alba Dervishaj depuis le début risquent de montrer une certaine curiosité à la suite de son décès. Si nous voulons faire croire à sa mort, il faut que les choses soient accomplies jusqu'au bout, sans négliger le moindre détail. Pour cela, nous avions besoin d'une entreprise de pompes funèbres. Pour le transport du corps entre le CHUV et le CURML, puis entre le CURML et le lieu de crémation, quand j'aurai signé l'autorisation de libération du corps. Pour organiser la crémation, Amey devra disposer du certificat de décès signé par Selina. Sur cette base, il pourra obtenir de l'office de l'état civil un acte de décès, le permis de transport du défunt et un permis d'incinérer. Il n'y aura aucune cérémonie d'hommage, parce que Alba n'avait aucune famille.

— Qu'adviendra-t-il des cendres ? demanda Flavie.

— Il est évident que si Tanja était réellement décédée, elle aurait voulu que ses cendres soient dispersées dans le lagon de Bora Bora, aux côtés de celles de sa mère et de son fils. Mais ce n'est pas le cas et, de toute façon, à part nous trois et l'intéressée qui dort dans cette chambre, personne ne connaît son histoire. La seule histoire connue du public est celle d'Alba, une prostituée albanaise qui, en définitive, n'a jamais existé et ne manquera à personne. Sauf peut-être à moi, parce que, avec Alba, nous avons tout de même un passé commun au Kosovo. Ainsi, j'ai pris la liberté, en plus de faire assumer la taxe de crémation par l'État, d'y ajouter les frais liés à une case de columbarium.

— Et si Amey parle un jour ?

— Il ne le fera pas. Il a beaucoup trop à perdre. Il sait que toutes les saloperies qu'il a commises resteront impunies ou presque, et nous le savons aussi. Alors, nous avons conclu un pacte avec lui. Nous passons sous silence ce qu'il a fait et renonçons à le poursuivre, et en échange, il nous rend ce service. Après tout, ce n'est pas la première fois qu'il va faire incinérer un cercueil vide.

— Mais pourquoi accepterait-il ce pacte, puisqu'il se sent intouchable ?

— Intouchable ou presque sur le plan pénal. Mais pas imperméable au jugement moral de ses proches, de ses voisins ou de la société en général. Justine ignore jusqu'où son père est allé pour que sa mère se suicide, comme elle ignore aussi l'usage qu'il a fait du corps de sa meilleure amie Aurélie. Et elle continuera de l'ignorer aussi longtemps que son père taira notre petit accord. Les Gonin n'ont pas non plus besoin de savoir la vérité, leur chagrin est déjà immense et il n'y a pas de raison d'en rajouter. Selina est d'accord avec tout ça et elle ne fera pas mention de l'identification du corps d'Aurélie dans son rapport d'autopsie. Quant à l'entreprise des pompes funèbres Amey, autant dire qu'elle disparaîtrait si la vérité éclatait au grand jour. Gilles Amey est conscient de cela. Il sait aussi que, si Justine venait à apprendre un jour ce qu'il a fait, il risquerait de la perdre à jamais. Et il a compris que notre silence dépendait du sien.

— En d'autres termes, vous vous êtes engagés dans un chantage réciproque, réprouva la greffière.

— Disons que Norbert et moi, répondit Garcia, nous nous sommes dit que les saloperies d'Amey pourraient finalement profiter à quelqu'un : Tanja. La voici définitivement débarrassée de sa légende Alba Dervishaj.

— Cet après-midi, compléta Jemsen, je vais envoyer son certificat de décès au tribunal. Les juges n'auront pas d'autre choix que de classer l'affaire en raison de l'extinction de l'action pénale consécutive à la mort de la prévenue et le mandat d'arrêt lancé contre Alba Dervishaj sera annulé. Dans la foulée, l'ADN et les empreintes d'Alba seront également effacés des bases de données. Et Tanja sera libre de recommencer une nouvelle vie, sans crainte d'être un jour rattrapée par cette légende.

Une nouvelle vie sans sa mère et son fils, pensa Flavie. *Mais peut-être avec moi.*

— Et Amey, demanda-t-elle, comment va-t-il expliquer aux médias que Justine est en vie ?

— En accord avec son avocat et le chargé de communication de la police neuchâteloise, répondit Jemsen, nous allons rédiger une brève que les médias relayeront. Selon la version officielle, Justine a réussi à échapper à la vigilance de sa mère et à retourner chez son père par ses propres moyens. La presse évoquera ce drame familial et son issue tragique : le suicide de Coralie Amey en prison. Et l'affaire se tassera en moins d'une semaine.

— Vous oubliez le corps carbonisé découvert à Estavayer, fit remarquer Flavie. Qu'allez-vous dire aux journalistes ?

— Que nous nous sommes trompés, que notre enquête pour retrouver Justine nous a conduits à la découverte fortuite d'un autre corps, que cet autre corps n'a, à ce jour, pas pu être identifié et qu'aucune autre jeune fille portée disparue ne correspond à ce cadavre. J'ai déjà fait savoir à mon homologue fribourgeois que je conserverais cette affaire. Il n'a émis aucune objection, bien au contraire, trop heureux de ne pas se retrouver avec un dossier de plus sur les bras. Évidemment, la couverture médiatique de la découverte d'un corps non identifié dans la Broye risque d'être beaucoup plus étendue dans l'espace et le temps, j'en ai conscience. Alors, chaque fois qu'un journaliste m'appellera pour prendre des nouvelles de l'avancée de l'enquête, je lui répondrai : *Rien de nouveau, hélas. Nous ne négligeons aucune piste, les recherches s'orientent actuellement vers les réseaux de prostitution enfantine ou les gens du voyage. L'instruction a pris une dimension internationale, mais les pays potentiellement concernés sont connus pour ne pas collaborer dans le cadre de l'entraide. S'il y a du nouveau, nous vous tiendrons informés.* Dans six mois, comme nous n'aurons trouvé aucune piste, j'ordonnerai la suspension de l'instruction jusqu'à découverte de faits nouveaux. Et le dossier partira aux archives. Définitivement.

— Tout ça me semble bien risqué, soupira Flavie.

— Pas si tout le monde ferme sa gueule, conclut Garcia.

Jemsen retourna vers la porte de la chambre à coucher et l'ouvrit discrètement. Tanja dormait encore et Lucifer n'avait pas bougé. Il les regarda longuement, partagé entre inquiétude et soulagement. Il espérait que Garcia avait raison, qu'ils n'avaient omis aucun détail important dans ce plan et que toute cette folie ne se retournerait pas un jour contre eux.

Le procureur savait déjà, de longue date, jusqu'où une mère était capable d'aller pour protéger son enfant. Tanja lui en avait fait la démonstration, même si, en définitive, elle avait échoué.

Ces derniers jours, il avait aussi découvert à quel point des ex-conjoints étaient capables de se déchirer pour la garde de leur enfant. Sa dernière pensée fut pour Justine et son amie Aurélie. Si la première pouvait aujourd'hui rêver d'un avenir meilleur, la seconde, elle, comme bien d'autres enfants victimes de harcèlement scolaire, n'avait malheureusement pas trouvé la force, dans un intense moment de désespoir, d'entrevoir un peu de lumière au bout du tunnel.

Jemsen espérait qu'aujourd'hui, elle avait enfin pu trouver la paix. Il avait imposé une dernière exigence à Gilles Amey : que ce dernier procède à la crémation du corps non identifié d'Estavayer, puis que, en toute discrétion, les cendres remplacent celles contenues dans l'urne funéraire d'Aurélie.

Achevé d'imprimer par
Normandie Roto Impression s.a.s.
N° d'impression : 2403347
Dépôt légal : octobre 2024
N° d'édition : 17

Imprimé en France